Kate Hardy

AMOR RARO & COMEÇOU COM UM CASAMENTO...

Tradução
Angela Monteverde
Vanessa Mathias Gandini

HARLEQUIN®

2016

Título original: CROWN PRINCE, PREGNANT BRIDE

Originalmente publicado em 2014 por Mills & Boon Romance

Título original: IT STARTED AT A WEDDING...

Originalmente publicado em 2015 por Mills & Boon Romance

Gerente editorial: Livia Rosa
Assistente editorial: Tábata Mendes
Editora: Juliana Nóvoa
Estagiária: Caroline Netto

Arte-final de capa:
Ô de casa

Editoração Eletrônica:
ABREU'S SYSTEM

Impressão:
RR DONNELLEY
www.rrdonnelley.com.br

Distribuição para bancas de jornais e revistas de todo o Brasil:
Dinap Ltda. – Distribuidora Nacional de Publicações
Rua Dr. Kenkiti Shimomoto, nº 1678
CEP 06045-390 – Osasco – SP

Editora HR Ltda.
Rua Nova Jerusalém, 345
Bonsucesso, Rio de Janeiro, RJ – 21042-235

Contato:
virginia.rivera@harlequinbooks.com.br

SUMÁRIO

Kate Hardy

AMOR RARO

Tradução
Angela Monteverde

CAPÍTULO 1

ELA NÃO deveria estar ali.

Muito bem, Lorenzo sabia que turistas eram importantes para seus amigos. Sem a renda que eles forneciam ao visitar a casa e os jardins de Edensfield Hall, seu velho companheiro de escola, Gus, jamais poderia manter a tradicional propriedade da família. Até mesmo conservar os telhados da casa em bom estado exigia uma grande soma do orçamento anual, sem falar de outras melhorias.

Porém, existiam horas determinadas quando a casa era aberta ao público. No momento, não estavam nesse horário; a casa e os jardins deveriam estar completamente fechados para todos, com exceção da família. Entretanto, a mulher com a túnica e calça preta larga caminhava por ali com ousadia e uma câmera pendurada no pescoço, parando de vez em quando para tirar uma foto de algo que chamava sua atenção. Naquele exato momento, fotografava o lago.

Na verdade, aquilo não era problema dele. Deveria esquecer a mulher.

Mas então ela se voltou, viu que a fitava, e tirou uma foto dele.

Já era demais. Insistiria que apagasse a foto... ou, caso a câmera fosse antiga, que retirasse o filme. Não permitiria que uma estranha fizesse dinheiro fotografando-o no terreno de Edensfield justamente quando a propriedade estava vetada ao público. Restavam duas semanas para ele colocar a cabeça no lugar e se preparar para a coroação.

Lorenzo caminhou até ela.

– Desculpe. Acabou de tirar minha foto – disse sem sorrir.

– Sim.

Pelo menos ela não negava. Isso facilitaria as coisas.

– Importa-se de apagar?

Ela pareceu surpresa.

– Qual o problema?

Como *se* ela não soubesse. Lorenzo Torelli... mais especificamente Sua Alteza Real Príncipe Lorenzo Torelli de Melvante, na fronteira entre a Itália e a França... estava para subir ao trono e iniciar o governo no mês seguinte, quando seu avô pretendia abdicar. Muitas histórias haviam sido publicadas nos grandes jornais europeus, todas ilustradas com fotos, então, ela não podia afirmar de jeito nenhum que não sabia quem ele era.

– Sua câmera, por favor. – Ele estendeu a mão.

– Acho que não. – Ela replicou friamente. – Não permito que toquem no meu material de trabalho.

Foi a vez de ele se surpreender.

– Está admitindo que é uma *paparazzo*?

Ela fez um gesto de desdém.

– Claro que não. Por que os *paparazzi* desejariam tirar fotos suas?

Ela devia estar brincando. *Realmente* não sabia quem ele era? Será que vivia no deserto e não lia jornais? Não assistia televisão?

– Não gosto que tirem minha foto. – Ele disse, com cuidado. – Além disso, a propriedade só será aberta ao público hoje à tarde. Se puder, por gentileza, apagar a foto... e me mostrar que assim fez... a ajudarei a encontrar a saída em segurança até que estejam prontos para receber visitantes.

Ela ergueu os olhos com impaciência.

– Não estou fazendo nada de errado.

Lorenzo estava acostumado a ser obedecido. O fato de a moça ser tão teimosa quando sem dúvida estava errada o aborrecia, e foi difícil se manter educado, embora falasse com extrema calma.

– Madame, a casa e seus arredores simplesmente não estão abertos para visitantes até hoje à tarde. Portanto, no momento, você a está invadindo.

– Sério? – Os olhos azuis eram insolentes.

– A foto, por favor? – Lorenzo insistiu.

Ela tornou a erguer os olhos com impaciência, retirou a câmera em volta do pescoço, e mostrou a foto apertando o botão para apagar.

– Pronto. Apaguei. Feliz?

– Sim. Obrigado.

– Certo. – Ela inclinou a cabeça. – Um pequeno conselho: tente sorrir no futuro, meu caro. É mais fácil pegar moscas com mel do que com vinagre.

E foi embora, deixando Lorenzo com a sensação de que era ele o errado naquela história toda.

O HOMEM devia ser um dos amigos de Gus, parecia ter a mesma idade do irmão mais velho de Lottie. Talvez sua intenção fosse ser prestativo, pois claramente tentava proteger a privacidade da família. Indigo sabia que deveria ter explicado para ele que não era uma turista invasora, mas amiga da família, e que estava trabalhando na restauração de um vitral da casa. Porém, não era da conta dele e sua atitude arrogante a aborreceu... especialmente quando a acusara de ser uma *paparazzo*.

Apenas tirou a foto dele porque estava de cara feia perambulando pelo lugar e parecendo um anjo negro. Algo que poderia usar no seu trabalho. Agiu por impulso, viu uma expressão interessante no rosto dele. Atraente. E imaginou como seria se sorrisse.

Mas o modo como ele reagiu à foto, resmungando... Qualquer um pensaria que era uma celebridade em férias, em vez de algum banqueiro maçante da cidade.

Que idiota.

Indigo tornou a erguer os olhos com impaciência e caminhou para a casa. No momento, era melhor se concentrar no trabalho. Iam tirar a janela da biblioteca naquele dia, e colocá-la na sala que Gus havia designado para ela em Edensfield Hall. Indigo já havia feito um vídeo para o site da propriedade, a fim de explicar o que estava acontecendo com a janela, e prometeu escrever diariamente no blog, inserindo fotos da obra para que os turistas pudessem se sentir parte do processo de restauração. E ela não se importava que as pessoas se aproximassem e fizessem perguntas enquanto trabalhava. Adorava discorrer sobre vitrais.

E o estranho com jeito de anjo caído... Bem, podia fazer o que bem quisesse.

Quando desceu para jantar, Lorenzo ainda estava um pouco desconcertado pelo encontro com a *paparazzo* que negava sua profissão. Ao entrar na sala de estar, ficou espantado ao vê-la entre os convidados, só que dessa vez ela não usava uma roupa sem graça; estava com um vestido escarlate mais curto do que de qualquer outra mulher na sala. Acompanhavam sapatos vermelhos brilhantes com tiras e saltos mais altos do que de qualquer outra ali, também.

Olhem para mim, parecia gritar.

Como se alguém pudesse desviar os olhos dela.

Especialmente quando seu cabelo não estava puxado para trás como naquela manhã; caía solto em cascatas sobre os ombros em uma massa ondulada de ébano. Se estivesse usando um vestido verde de veludo e seda que arrastasse no chão, seria a modelo perfeita para um quadro de Rossetti.

Lorenzo estava aborrecido consigo mesmo por se sentir tão deslumbrado, mas a fotógrafa era uma das mulheres mais lindas que já tinha visto. Precisava saber quem era e o que fazia ali.

Trocou algumas palavras polidas com Gus e logo entrou no assunto.

– Quem é a garota de vermelho? – perguntou fazendo um aceno displicente com a cabeça como se não estivesse realmente interessado.

– Quem? – Gus seguiu a direção de seu aceno e sorriu. – Oh, é Indigo.

Como Gus podia se referir a ela com tanta calma? Lorenzo não entendeu; a garota o deixava fervendo e ainda nem havia falado com ela nos últimos minutos.

– Amiga da família? – arriscou.

– Um das melhoras amigas de escola de Lottie.

O que era surpreendente. Indigo não parecia ter as mesmas raízes aristocráticas de Gus e sua irmã.

– Na verdade, ela está aqui também a negócios. Está restaurando o vitral na biblioteca a nosso pedido – explicou Gus. – Minha mãe lhe pediu ideias para uma nova janela com vitral, então Indigo anda tirando fotos de recantos da propriedade para se inspirar.

Por isso ela considerava a câmera uma ferramenta de trabalho. Lorenzo sentiu-se empalidecer de vergonha.

– Compreendo.

– O que foi que você fez, Lorenzo? – Gus perguntou com ar divertido.

– Esta manhã eu a vi tirando fotos e pensei que fosse uma invasora. Eu me ofereci para escoltá-la até a saída. – Lorenzo admitiu.

Gus riu.

– Aposto que ficou intrigado com ela. Nossa Indi é um espírito livre. E não gosta de receber ordens.

Lorenzo fez uma careta.

– Creio que é melhor eu ir me desculpar.

– Boa ideia. Do contrário, se arriscará a receber um tratamento especial tipo Indi.

– O que é isso?

– Indi é diminutivo de Indigo e não de independente, embora ela seja. E é muito geniosa. – Gus arqueou as sobrancelhas. – Mas digamos apenas que ela é fora do comum. Lottie poderá apresentar você dois. – Fez um sinal para a irmã se aproximar. – Lottie, seja um anjo e apresente Lorenzo a Indi, está bem?

– Ainda não se conhecem? – Lottie passou o braço pelo de Lorenzo e o levou até Indigo. – Indi, este é Lorenzo Torelli, velho amigo da família. – Sorriu. – Lorenzo, esta é Indigo Moran, a pessoa mais espontânea que conheço.

Indigo riu.

– Só porque vive em um mundo de colarinhos engomados, Lottie. Sou absolutamente igual a qualquer um.

Lorenzo a fitou pensando que não, ela nada tinha de igual aos outros... havia algo diferente na garota. Algo *especial.*

– Gus me contou que esteve na escola com Lotie – disse.

– Sim, até que ela escapou aos 14 anos, a sortuda – respondeu Lottie, dando um tapinha no braço da amiga. – Indi era uma aluna brilhante. Fazia caricaturas das meninas que me importunavam e colava pela escola inteira. Fica difícil ser desagradável quando todos passam a apontar e rir de sua caricatura.

Indigo deu de ombros.

– Bem, dizem que a pena é mais forte que a espada.

– A sua pena era mais afiada, além de forte – retrucou Lottie com convicção.

Agora Lorenzo entendia o que era um "tratamento especial tipo Indi": uma caricatura muito maldosa espalhada aos quatro ventos, e ele tinha a desagradável sensação de saber como Indigo o desenharia em seu mundo de colarinhos engomados.

– Seria rude de minha parte deixar você dois sozinhos para se conhecerem melhor? – perguntou Lottie.

– Claro que não – respondeu Indigo.

Seu sorriso tirou o fôlego de Lorenzo. Ficou surpreso ao perceber que se sentia como um garoto de escola.

– Eu... preciso me desculpar – disse.

Ela franziu a testa.

– Pelo quê?

– Pelo modo como me comportei com você hoje.

Ela voltou a dar de ombros.

– Não se preocupe com isso.

Mas ele se preocupava. Foi educado para ter boas maneiras desde o berço. Era sempre polido, e havia sido rude com Indigo.

– Não percebi que era uma amiga da família, mas bem que você poderia ter explicado.

– Por quê? Você também podia ser um invasor.

– Tem razão. – Ele gostava de ver como Indigo sabia rebater tudo que dizia, e, com tanta gente que só tentava agradá-lo, achava a atitude dela reconfortante. – Gus disse que você está restaurando o vitral da biblioteca.

– Sim.

– Desculpe, mas você não parece... – Fez uma pausa. – Não, esqueça. Estou me intrometendo muito.

Ela sorriu e o brilho em seus olhos acelerou o pulso de Lorenzo.

– Está querendo dizer que não pareço uma restauradora de vitrais? Ou que não pareço ter frequentado a escola com Lottie?

Ai! As duas coisas. Ele fez uma careta.

– Preciso responder?

Ela pareceu encantada.

– Deixe-me ver. O que analisaremos em primeiro lugar? Acho que a escola. – Imitou o tom de voz arrastado de Lottie. – Eu a conheci aos 11 anos. Ficávamos no mesmo dormitório. Infelizmente com Lolly e Livvy também. Poderíamos ter sido os quatro mosqueteiros... só que eu não tenho um "L" no meu nome.

– E me parece que não gostaria de ficar do mesmo lado que Lolly e Livvy.

– Claro que não. – Ela voltou a falar no seu tom normal. – Não tinha tempo para ser maldosa e assediar os outros.

– Ótimo. Espero que não tenha pensado que quis assediá-la hoje.

– Bem, me fez apagar a foto. – Ela observou.

– Já pedi desculpas. – Lorenzo resmungou.

– E quanto a você? É artista de cinema?

– Não.

– Pois me deu a impressão de que tentava parecer importante.

Lorenzo sorriu intimamente. Será que ele deveria lhe contar?

Não. Porque não desejava que ela perdesse a espontaneidade. Não acreditava que Indigo Moran fosse se arrastar aos seus pés quando soubesse quem era, mas preferiu não se arriscar.

– E você? – retrucou, evitando responder. – Tem certeza que é uma restauradora e não advogada?

Ela riu. Sua boca era linda. Lorenzo teve o louco desejo de beijá-la ali mesmo. E não era assim que costumava reagir às mulheres. Agia sempre com a razão e não o coração, como lhe foi ensinado. Quando se era rigidamente formal tudo ficava mais fácil.

Mas o que havia em Indigo Moran que o impelia a quebrar todas as regras? E era loucura porque no momento não podia quebrá-las. Não quando estava para se tornar rei de Melvante.

– Tenho certeza que sou restauradora de vitrais. Esperava que tivesse 40 anos, usasse barba, óculos à John Lennon, sandálias, e o cabelo malcortado?

Lorenzo teve de rir. E percebeu que todos na sala o olhavam.

– Desculpe. Estou fazendo papel de tolo – confessou quando Syb, a mãe de Gus, se aproximou. – Além de ter ofendido a srta. Moran pelo menos duas vezes hoje.

– Pode me chamar de Indigo. – Ela corrigiu dando um tapinha no seu ombro.

– Vamos ficar ansiosos para ver sua caricatura pendurada na sala do café da manhã – brincou Syb.

– Ele ainda não ganhou uma – disse Indigo, rindo.

– Mas estou me esforçando – replicou Lorenzo, gostando do duelo verbal. Quanto tempo fazia que ninguém o tratava com tanta irreverência?

Porém, um pensamento sombrio o assaltou: após a coroação, será que alguém ousaria tratá-lo como um homem comum? Seria aquela a última vez?

– Posso me sentar ao seu lado no jantar, Indigo? – perguntou.

– Como quiser.

Que ironia. Fazer o que queria era justamente o que não poderia a partir do próximo mês. Teria responsabilidades a cumprir. Programações. Um país para governar. Fazer o que queria seria impossível. Cumpriria o que esperavam dele. Seu dever.

CAPÍTULO 2

QUANDO o jantar foi servido, Lorenzo já havia trocado os cartões na mesa para se sentar ao lado de Indigo.

– Muito gentil, sr. Torelli. – Ela disse enquanto ele afastava a cadeira para que sentasse.

Na verdade, ele não devia ser chamado de "sr.", porém, não iria corrigi-la.

– Obrigado. Seu nome é muito apropriado para uma restauradora de vitrais. – Lindo e inesquecível. – Há quanto tempo trabalha nisso?

– Desde os 16 anos. Trabalhava e tinha aulas noturnas, e depois cursei a academia de arte.

Muito determinada para alguém tão jovem. Lottie não tinha dito algo sobre Indigo ter deixado a escola aos 14 anos?

– Sempre soube o que queria? – Ele perguntou.

Indigo franziu o nariz.

– É uma história muito patética.

– Conte-me. Fará com que me sinta melhor quando me ridicularizar em uma de suas caricaturas.

– Fui enviada para o colégio interno aos 6 anos.

Lorenzo estava com cinco anos a mais quando saíra de casa, porém, lembrava da sensação. Deixou o lar onde cresceu para viver entre estranhos. No seu caso, foi em outro país. Com a percepção das crianças, na ocasião pensou que estava sendo castigado... acusado pela morte dos pais em um acidente fatal. Hoje, adulto, conhecia a verdade, e percebia que foi o avô quem tentou protegê-lo contra o assédio da mídia, enviando-o para o internato. Entretanto, mesmo assim doeu muito ser afastado de casa.

– Detestei – murmurou Indigo.

Ele também havia detestado.

– Chorava todas as noites até adormecer.

Lorenzo teria feito o mesmo, mas meninos não podiam chorar. Ainda que não fossem ingleses.

– Só o que tornava o internato suportável era a capela. – Indigo continuou. – Possuía vitrais fantásticos, e eu adorava os desenhos que a luz projetava no chão quando o sol brilhava. Era o meu refúgio.

Para Lorenzo, foi a música que o fez suportar a situação. O piano no conservatório do colégio. Ali ele fechava os olhos e fingia que tocava Bach em casa, na biblioteca.

– Ajuda quando encontramos algo que nos anime nos momentos difíceis – murmurou.

– Sim, eu costumava desaparecer. Uma das professoras me encontrou na capela... estavam me procurando havia mais de uma hora. Pensei que fosse se zangar, porém ela compreendeu. Acabou me comprando lápis de cor e um bloco de desenho. Descobri que gostava de desenhar, e isso me ajudou.

Lorenzo queria abraçar Indigo. Não por pena, mas por solidariedade. Conhecia o problema dela.

– Por que preferiu trabalhar com vidro em vez de ser caricaturista profissional?

– Desenhos são *planos*. – Ela respondeu sem titubear – mas vitrais... o modo como as cores se misturam à luz...

A paixão reluzia em seus olhos de tom azul-escuro. De súbito, Lorenzo desejou vê-los brilhar por causa de outro tipo de paixão.

E isso era loucura.

Não estava disponível para um namoro. Naquele momento, tinha muito com que se preocupar na vida. E, mesmo se pensasse em ter um relacionamento, uma artista de vitrais que gostava de satirizar pessoas em caricaturas não era o tipo que escolheria.

Além disso, ela bem poderia já estar namorando alguém. Uma garota linda como Indigo Moran devia ter dúzias de admiradores.

– Ama seu trabalho, não?

– Claro – respondeu ela. – Não ama o seu?

– Acho que sim. – Lorenzo nunca conhecera outra coisa. Cresceu sabendo que um dia seria rei. Não havia opção. Era seu dever. Seu destino.

– E o que você faz? – Indigo quis saber.

Não o estava provocando; realmente ignorava quem ele era. E Lorenzo não iria embaraçá-la naquele momento revelando sua verdadeira identidade.

– Trato dos negócios da família. Meu avô se aposenta no mês que vem, e irei assumir seus afazeres.

Era a verdade, embora não inteiramente.

– Viciado em trabalho, hein?

Seria, mas tudo bem. Há muito tempo já havia aceitado isso.

– Sim. – Redirecionou a conversa para ela, não querendo que Indigo soubesse demais a seu respeito.

LORENZO TORELLI ficava completamente diferente quando sorria. Não era o tolo pomposo que conhecera no jardim; era lindo, refletiu Indigo.

E queria muito pedir que posasse para ela. Seria o modelo perfeito para a janela que estava idealizando.

– Venha dar uma olhada no meu ateliê temporário depois do jantar – sugeriu.

– Com prazer.

Conversaram todo o jantar, e Indigo descobriu que não só desejava desenhá-lo, mas também tocá-lo.

O que era loucura.

Lorenzo Torelli era um completo estranho, podia até ser casado. E seu radar... que deveria avisá-la quando um homem prestava... não funcionou muito bem no passado, funcionou? Havia cometido o maior erro da sua vida com Nigel.

Porém, nem todos os homens eram mentirosos e trapaceiros que abandonavam as pessoas como seu ex e seu pai haviam feito. Seu avô não foi assim. Gus não era. E, pelo que Lottie havia contado, o pai deles foi um anjo e jamais olhou para outra mulher além da esposa. Mas Indigo tinha dificuldade em confiar, e por isso nem mesmo havia flertado depois de Nigel, muito menos namorado.

– Pensativa?

Indigo retornou ao momento presente.

– Quando estou para começar um novo trabalho, costumo entrar em outro mundo.

– Não há nada de errado nisso.

Bom. Lorenzo a compreendia.

Depois do café, ele perguntou:

– Falou sério sobre me mostrar seu trabalho?

– Claro. – Indigo o levou à biblioteca. – Começa aqui. Retiramos a janela hoje à tarde.

– Há uma cópia da janela em um cartaz à entrada da propriedade – ele comentou, surpreso.

– As pessoas vêm especialmente a Edensfield para ver a janela com o vitral da sereia. Não queria desapontá-las escondendo tudo até meu trabalho ficar pronto. Fui à Veneza quando restauravam a Ponte dos Suspiros e vi que fizeram cartazes publicitários com ela. Achei ótima ideia e desde então tento sempre fazer algo parecido.

– Bem pensado.

– Venha ver a sereia de perto. É linda. Da época vitoriana. Ao estilo de Burne-Jones, embora não seja obra sua.

LORENZO SORRIU.

– Andei pensando que, se você usasse um vestido de veludo verde, pareceria uma modelo pré-rafaelita.

– Obrigada pelo elogio. – Ela corou. – É meu movimento artístico favorito – retrucou, referindo-se aos pintores precursores de Rafael.

– Meu também. – Lorenzo quase revelou que sua família possuía uma coleção e que Burne-Jones havia feito um desenho de sua tataravó. Mas então teria de revelar sua identidade, e não estava pronto para isso.

– Adoraria trabalhar em um vitral pré-rafaelita. Quem sabe um dia. – Indigo o conduziu até uma sala no final do corredor. – Gus arrumou este cômodo para ser meu ateliê. Trabalho com substâncias perigosas, mas, mesmo assim, as pessoas podem conversar comigo e ver o que estou fazendo. Tenho uma câmera sobre a escrivaninha e a foto vai até aquela tela. Podem me observar em close-up com completa segurança.

Indigo era muito simples ao falar disso.

– Não se importa de trabalhar com uma plateia? – Ele perguntou.

– A propriedade só fica aberta ao público por algumas horas quatro dias por semana. – Indigo disse com displicência. – Os visitantes não me distraem.

A janela da biblioteca já havia sido desmontada em molduras; a que continha a sereia estava no centro da mesa.

– Tirei fotos em close-up do painel esta tarde, portanto, tenho um registro fotográfico completo. A seguir, irei desmontá-lo, limpar e começar os reparos.

– Por isso a câmera é uma de suas ferramentas de trabalho. – Agora ele entendia. – Desculpe se a acusei de invasora.

– Já se desculpou... educadamente... então está esquecido. – Indigo o fitou. – Mas existe algo que pode selar nosso entendimento.

Quid pro quo. Troca de favores. Era comum na diplomacia. Porém, Lorenzo estava um pouco desapontado por ela ter pedido. Pensara que Indigo fosse diferente. Mas, quem sabe, todos tinham seu preço.

– O que é?

– Posaria para mim?

Ele piscou diversas vezes.

– Posar?

– Sim, para um desenho. Você parece um anjo.

Seria a maneira de Indigo dizer que ele a atraía? Sentiria o mesmo que ele?

– Um anjo? – Lorenzo parecia um papagaio repetindo tudo, mas precisava saber como aquela conversa acabaria.

– Ou um príncipe da Idade Média.

Aquela comparação era mais verdadeira. Embora Lorenzo tivesse certeza que Indigo ignorava sua identidade.

– E o que eu teria de fazer?

– Apenas ficar imóvel enquanto eu o desenhasse. Mas aviso que ser modelo é cansativo... Ficar sentado como uma estátua mantendo a mesma expressão no mínimo por dez minutos é mais difícil do que as pessoas julgam – sorriu. – Também posso me conformar em tirar fotos suas e trabalhar nelas se for mais fácil para você.

Então foi assim que tudo começou.

– Por isso tirou minha foto? – Lorenzo perguntou.

Indigo aquiesceu com um gesto de cabeça.

– Estava carrancudo como um anjo negro. Seria perfeito para personificar Lúcifer.

– Ora, muito obrigado, srta. Moran. – Ele murmurou secamente.

Indigo riu.

– Foi um elogio. Ou pode ser o anjo Gabriel, se preferir.

– Gabriel não era louro?

– No cântico de Natal suas asas eram de neve e seus olhos feitos de chamas. – Ela respondeu de modo pensativo.

Impulsivamente, ele cantarolou parte do cântico.

Ela arregalou os olhos.

– Tem uma linda voz, sr. Torelli.

– Obrigado. – Ele fez uma reverência.

– Então? Vai posar para mim?

Lorenzo estava tentado. Seriamente. Mas seria muito complicado.

– Fica para uma outra vez – disse em tom gentil. Teria de inventar uma boa desculpa para não magoá-la. – Fale-me de seu trabalho aqui. O rosto da sereia está danificado, então vai substituir aquele pedaço do vitral?

– Sim, mas só como último recurso. Quero manter o vitral original o mais intacto possível. – Fez uma careta. – Melhor me calar. Vai ficar entediado.

– Não, estou realmente interessado.

– Confie em mim. Não vai aguentar me ouvir falando de epóxi, silicone e folhas de cobre. – Indigo disse secamente.

Lorenzo sorriu.

– Então me fale de outra coisa. Qual a história da sereia?

Ela arqueou as sobrancelhas.

– Gus não lhe contou?

– Não era exatamente o que meninos de escola conversavam, e depois que crescemos tínhamos outros assuntos para discutir.

– Entendido. Está caçoando de mim e das histórias de sereias – replicou ela.

Lorenzo franziu a testa.

– Não foi essa minha intenção.

Talvez não. Porém, ele falou no mesmo tom usado no jardim, todo pomposo.

– Fale-me da sereia. – Lorenzo insistiu.

Indigo percebeu, surpresa, que ele queria mesmo saber.

– A história diz que há muitos anos habitou aqui um conde que era um grande jogador de cartas. Vencia todos... exceto quando jogou com um estranho alto e moreno, e perdeu tudo. Acontece que o estranho era o diabo, e o seu preço para deixar o conde manter sua propriedade e seu dinheiro era casar com a filha do nobre. O conde aceitou, mas sua filha não ficou feliz com a decisão e se atirou no lago. Foi transformada em uma sereia e viveu feliz dali em diante.

– Pensei que sereias viviam no mar.

Indigo gargalhou.

– Ora, sr. Torelli! Ninguém lhe disse que sereias não existem de verdade? Então, tanto faz se vivem no mar ou em lagos. Lottie me contou que há uma versão dessa história onde a sereia foi "pescada" por um lindo príncipe, mas pode ser por influência do conto de Hans Christian Andersen.

– Espero que não, pois esse conto não acaba bem.

Os olhos dele estavam muito sombrios. Lindos. Indigo ansiava por pintá-los e capturar essa expressão. Se ele tivesse concordado... Ou quem sabe poderia desenhá-lo de memória.

Lorenzo segurou uma mecha do cabelo dela entre os dedos.

– Posso vê-la como uma sereia com esse cabelo incrível flutuando sobre as águas – disse com suavidade.

Socorro! Aquele clima sensual do jantar havia voltado em dobro. Seria fácil inclinar a cabeça em um convite para que ele a beijasse... porém, seria também uma grande tolice.

Ela ia dar um passo atrás por medida de segurança, quando Lorenzo se aproximou mais e a beijou nos lábios.

O beijo de início foi doce e quase tímido, porém, continuou por muito tempo, a boca firme acariciando a dela e fazendo com que Indigo passasse os dedos por seu cabelo, incentivando.

Indigo havia beijado bastante no passado, mas nunca daquele jeito. Nem Nigel, o homem que acreditou ser o amor de sua vida, conseguiu fazê-la se sentir assim... derretida e sensual com os joelhos bambos.

Quando Lorenzo finalizou o beijo ela se agarrou a ele, não confiando na firmeza das suas pernas. Seria terrível cair e fazer papel de idiota na frente de Lorenzo.

Embora tivesse a desagradável sensação de que já havia feito isso.

– Precisamos nos reunir aos outros – murmurou.

– Tem medo que pensem que me trouxe aqui por outros motivos além de falar sobre vitrais?

– Não. – Indigo sabia que estava enrubescida. – Não seja ridículo. Todos sabem como sou obcecada pelo meu trabalho. Provavelmente pensam que vou entediá-lo até as tampas.

Ele a brindou com um sorriso lento e insolente.

– Frase interessante, srta. Moran.

O rosto dela pegou fogo. Porque começou a se imaginar tirando a roupa dele muito lentamente. Não porque desejasse pintá-lo despido, mas porque desejava tocá-lo. Muito devagar. Até que ele implorasse por mais.

Oh, que horror. Acabava de conhecê-lo. Nunca antes havia sentido desejo instantâneo por ninguém. Por que reagia assim?

– Vamos voltar – insistiu, tentando manter a calma.

– Indi andou lhe mostrando o que está fazendo com a sereia? – perguntou Gus quando voltaram à sala de estar.

– Sim.

– Ela é brilhante. Talvez devesse encomendar um retrato para sua coroação, em vidro em vez de a óleo. – Gus sugeriu.

Indigo franziu a testa.

– Coroação? De quem?

Gus pareceu constrangido.

– Ops! Creio que cometi uma gafe.

– Tudo bem – confortou Lorenzo.

Não, não estava tudo bem, refletiu Indigo. Havia muita coisa que ignorava. Especialmente quando de repente Lorenzo pareceu inquieto.

Quando ficaram de novo a sós, Indigo estreitou os olhos.

– Que história é essa de coroação?

– O rei de Melvante abdicará no mês que vem passando o trono para seu neto. – Lorenzo explicou.

Mas ela ainda não entendia. Por que fazer o retrato de Lorenzo em vidro conforme Gus havia sugerido?

– E daí? – incentivou.

Lorenzo franziu o nariz.

– O neto sou eu.

– Vai ser o rei de Melvante?

Ele concordou com um aceno.

– O *nonno* já me passou várias obrigações. E fará 80 anos no próximo mês. Quero que aproveite seus últimos anos sem o peso da coroa.

– Então foi isso que quis dizer quando falou dos negócios da família. Ser rei.

Lorenzo deu de ombros.

– Governar um país não é tão diferente de um negócio.

Mas, mesmo assim, ela estava magoada por ninguém ter avisado. Lottie era sua amiga mais íntima, e Indigo conhecia sua família havia anos. Lorenzo certamente pensou que ela iria contar para a mídia que ele estava ali em Edensfield Hall, mas por certo a família de Lottie a defenderia porque a conhecia bem, não?

Um futuro rei.

Por isso se aborreceu quando ela tirou sua foto, e não desejava posar.

Isso mudava tudo.

Quando a beijou minutos atrás, Indigo pensou que era o início de um romance. Que estúpida! Nenhum futuro rei teria um romance com ela. Muito bem, literalmente falando, seu pai era um conde, um nobre, mas estava casado com sua condessa e não com a mãe de Indigo quando ela nasceu. E os jornais se regozijariam mesmo descobrindo que estava só levemente envolvida com Lorenzo. E ainda havia a confusão de seu relacionamento com Nigel e o modo como ele a abandonou. Isso também ficaria mal. Um rei não podia se permitir escândalos.

Então Indigo sabia que precisava recuperar o bom senso e depressa. Absolutamente nada aconteceria entre eles dois agora.

Não *podia* acontecer.

– Tratarei de me dirigir da maneira correta no futuro, Vossa Alteza – disse com calma. – Pena que não se importou em me contar antes.

– Não valia a pena. Nós dois somos amigos da família. Quem somos fora de Edensfield não importa.

– Mesmo assim, poderia ter me contado.

– Como? Devia tê-la corrigido dizendo que não sou o *sr.* Torelli mas "Sua Alteza Real Príncipe Lorenzo"? – Ele fez uma careta. – Seria muita arrogância e exibicionismo.

Ela respirou fundo.

– Creio que tem razão. Agora entendo por que se aborreceu quando tirei sua foto.

– Queria proteger minha privacidade... Não porque me julgo uma celebridade ou que mereça um tapete vermelho.

Ela franziu a testa.

– E seus guarda-costas? Presumo que tenha e que sejam tão discretos que ainda não os notei.

– Tenho mais liberdade que o habitual agora porque estou na casa de amigos – explicou ele.

– Mas não pode fazer nada espontâneo ou mesmo caminhar sem avisar meia dúzia de pessoas. Sua vida deve ser programada até os mínimos detalhes.

– Na maioria das vezes, sim. – Ele admitiu. – Mas, no momento, estou oficialmente de férias. Com um pouco de tempo para pôr as ideias no lugar, por assim dizer.

– Antes de ser coroado rei.

– Sim. É claro que não estou negligenciando inteiramente meus deveres enquanto fico aqui... Faço muita coisa pela internet e pelo telefone... mas meu avô achou que precisava de tempo para me preparar.

– Seu avô – disse ela – parece uma pessoa sensata. – Como havia sido o avô dela. – Mas me desculpe por ter sido tão obtusa. Não costumo ler as colunas sociais dos jornais, portanto, não fazia ideia de quem era.

– Jamais a acusaria de ser obtusa.

– Só me conheceu hoje. Posso ser uma cabeça de vento.

Ele arqueou as sobrancelhas.

– Por favor, acredite, sei julgar uma pessoa à primeira vista.

– Creio que na sua posição deve fazer isso o tempo todo. – Indigo fez uma pausa. – Então, por que você será coroado e não seu pai?

– Ele morreu em um acidente de carro quando eu tinha 10 anos. Com minha mãe.

Indigo podia ver a dor em seus olhos, mas logo Lorenzo tornou a ser o homem charmoso e elegante. Atrás da máscara. Claramente doía muito falar desse assunto. Ela entendia; havia partes de seu passado sobre as quais também não gostava de falar.

– Lamento – murmurou. – Deve ter sido difícil para você e seus avós.

– Aconteceu há muito tempo. A gente se acostuma.

– É verdade.

Ele a fitou com atenção.

– Parece falar com experiência.

Ela concordou.

– Fui criada por meus avós. – Indigo não conseguiu contar sob quais circunstâncias, para que Lorenzo sentisse pena.

– Algo que temos em comum. – Ele retrucou.

Não exatamente. Ela não achava que os pais dele haviam sido como os seus, que escolheram abandonar a filha. Lorenzo perdeu pai e mãe em um acidente. Quanto a ela, seu pai preferiu se afastar antes mesmo do seu nascimento... e sua única contribuição foi pagar parte de sua educação. Sua mãe esteve mais centrada na própria vida amorosa do que na família.

– Praticamente é só isso que temos em comum. – Indigo murmurou.

Ele sorriu.

– Podemos procurar outros pontos em comum entre nós dois. Isso deixa a vida mais interessante.

E mais complicada, ela refletiu. Lorenzo Torelli era maravilhoso. O modo como a havia beijado a fez derreter, portanto, precisava manter distância até que ele partisse de Edensfield para seu reino.

– Acho melhor parar de monopolizá-lo e deixar que converse com os outros. Preciso fazer algumas coisas para o trabalho. Prazer em conhecê-lo. Boa noite.

Dessa vez ele sorriu com malícia como se a chamasse de covarde. Indigo vestiu a carapuça: ele a amedrontava e a atraía ao mesmo tempo, e não podia permitir nada disso.

Um homem como Lorenzo deveria ter aprendido a ser charmoso desde o berço. A atenção dispensada a ela foi envaidecedora, e Indigo conhecia o lado negro dos galanteios. Da última vez em que se deixou levar por eles acabou chorando. Aprendeu da maneira mais dura que os relacionamentos podiam traí-la, mas seu trabalho nunca.

– Boa noite, Indigo. – Lorenzo murmurou.

CAPÍTULO 3

INDIGO NÃO estava na sala do café da manhã quando Lorenzo desceu no dia seguinte, e quando mencionou seu nome de modo casual, Gus apenas sorriu.

– Ela é mais viciada em trabalho que você. Chegou ao seu ateliê ainda de madrugada.

Lorenzo sabia que deveria evitar Indigo. Porém, a atração da noite anterior não havia desaparecido. Então não resistiu, foi até a cozinha pegar uma caneca com café e se dirigiu ao ateliê como quem não quer nada. Havia algum mal nisso?

Indigo estava novamente com roupas largas e o cabelo preso. Usava também óculos de segurança. Deveria ser a aparência feminina menos sexy do mundo. Entretanto, Lorenzo se sentiu em chamas quando ela ergueu os olhos e o viu.

– Pensei que gostaria de café com leite e sem açúcar – anunciou.

– Obrigada. – Ela empurrou os óculos para o alto a cabeça. – Como sabe de minha preferência?

– Notei no jantar de ontem. – Desde criança Lorenzo havia aprendido a observar detalhes. – Precisa de ajuda? – Era uma pergunta imbecil, e ele percebeu.

– Obrigada, mas, além do fato de meu trabalho necessitar de treino especializado, lido com ácidos, fluidos, solda, lâminas afiadas e vidro. Tudo isso poderia machucá-lo seriamente.

– Acho que sim.

– Mesmo sem más intenções a seu respeito... e, só para constar, caso esteja "grampeado" com seus seguranças ouvindo nossa conversa, juro que não tenho más intenções... ainda existe o risco de acidente. Minha empresa seguradora ficaria em polvorosa só por ouvir isso.

Era surpreendente perceber como Indigo Moran podia ser consciencioso e convencional, apesar do vestido que havia usado na noite anterior.

– E isso a incomoda? Pensei que tivesse a reputação de ser um espírito livre.

– O que não significa ser descuidada e estúpida.

Ele riu.

– Não creio que seja estúpida. Posso ficar olhando enquanto trabalha?

Indigo ficou surpresa.

– Está mesmo interessado em vidro? Está sendo educado ou apenas entediado e meio perdido aqui em Edensfield Hall?

Lorenzo gostava de seu modo franco de falar. Mas, ou passavam o dia em um duelo verbal, ou ele tentava ser claro. Preferiu a segunda opção, pois não tinha tempo a perder.

– É uma desculpa para ficar com você. E sinto que você gostaria disso.

– Não sei se é uma boa ideia. – Indigo murmurou.

Pelo menos não negava seu interesse nele. Então, Lorenzo resolveu continuar sendo honesto.

– *Sei* que não é uma boa ideia – disse com suavidade.

Ela nada respondeu, parecendo preocupada.

– Se eu não fosse quem sou, sua reação seria diferente, Indigo?

– Provavelmente. – Ela respondeu.

– Faz ideia do quanto foi bom ontem conversar com alguém que me achou uma pessoa comum, só para variar?

– Pobre menino rico – disse ela, cruzando os braços sobre o peito.

Lorenzo riu.

– E continua fazendo isso. Gosto de você. E acho que gosta de mim. Que mal há em nos conhecermos melhor?

– Como você disse ontem, os *paparazzi* o perseguem. Seguranças o protegem. Não é uma pessoas comum. Se alguém quiser conhecê-lo ou você quiser conhecer alguém, o mundo inteiro saberá disso.

– Esta é uma residência particular. – Ele observou.

– Aberta ao público. – Ela lembrou.

– Que não espera me ver... As pessoas poderão pensar que o homem sentado ali adiante se parece um pouco com o príncipe Lorenzo, mas logo esquecerão.

– E se o reconhecerem?

– Isso não acontecerá. – Lorenzo respondeu com segurança. – É como a história daquele famoso violinista no metrô de Washington anos atrás, tocando um Stradivarius. Ninguém esperava vê-lo no metrô com um dos instrumentos mais caros do mundo, portanto, ninguém o reconheceu e poucos pararam para ouvi-lo tocar. É tudo uma questão de contexto.

– Você está acostumado a conseguir sempre o que quer.

– Não *sempre*.

– Ganhou uma estrelinha dourada por persistência na escola dos príncipes?

Lorenzo riu de novo.

– Não existem escolas de príncipes, sabe muito bem que frequentei a mesma escola que Gus.

– Em outro país, e quando era ainda muito jovem – observou ela.

– Não tão jovem quanto você quando foi para o internato... eu tinha 11 anos. – E que saudades sentiu da família. Embora a distância o tivesse fortalecido. – Sei que é loucura, mas quero ficar um pouco com você. Tenho o dia livre e você está trabalhando, então talvez possa lhe ser útil e realizar diversas tarefas.

Ela zombou:

– Está me dizendo que um homem pode fazer diversas atividades ao mesmo tempo?

– Não seja feminista. – Lorenzo sorriu. – Aprendi isso na escola dos príncipes.

Indigo gargalhou.

– Acabou de dizer que tal escola não existe.

– Não existem aulas formais exatamente, mas, ao longo dos anos, aprendi sobre a importância da diplomacia, e como... – torceu o nariz. – ... como lidar com as pessoas, porém, talvez você interprete isso mal.

Ela corou ainda mais.

– Tem razão.

– Não me refiro às táticas masculinas de conquista. – Lorenzo murmurou. – Não sou assim. Não espero que caia nos meus braços porque serei o rei de Melvante. Mas não paro de pensar em você. E acho que acontece o mesmo da sua parte. O beijo de ontem... – Fez uma pausa. – Em geral não ajo assim, não sou impulsivo, e definitivamente não sinto atração instantânea. E acho que você também não.

– Não. – Ela corou como a dizer que com ele talvez fosse diferente.

– Seria sensato nos mantermos afastados, mas não consigo. Algo em você... – respirou fundo. – OK. Vou calar a boca para não distraí-la.

– Talvez se usar os óculos de proteção fique disfarçado. E vai precisar usar, se ficar aqui. E luvas também. – Ela remexeu em uma gaveta. – Tente estas.

As luvas serviram perfeitamente, o que era um bom sinal, Lorenzo pensou.

Depois ela lhe entregou um par de óculos e Lorenzo perguntou:

– O que deseja que eu faça?

– Cames de chumbo. Ajude-me a limpar. Vai ser fácil.

Aquilo era tão distante da vida de Lorenzo que parecia um descanso.

Fascinado, ele a observou trabalhar de forma rápida e precisamente, Indigo lidava com o vitral sem causar danos. Ele a viu etiquetar tudo antes de arrumar em um lugar específico e fotografar.

– Presumo que isso seja para que tudo volte ao lugar exato depois?

Ela concordou.

– Também documento tudo que faço, assim, um próximo restaurador saberá exatamente o que fiz e como.

Seu trabalho era metódico, limpo e eficiente. E também sabia dar instruções: quando mostrara a Lorenzo como limpar as cames, ela lhe deu uma velha peça de chumbo para que praticasse primeiro, e corrigiu-o sem fazê-lo sentir-se idiota.

E quando a propriedade foi aberta ao público, Lorenzo descobriu que Indigo não era a nerd desajeitada que dizia ser. Era paciente, charmosa, dava respostas rápidas e simples, ou mesmo, caso preferissem, explicações mais longas e detalhadas.

Ela jamais se mostrava superior ou impaciente e fazia de tudo para que as pessoas se sentirem apreciadas.

Ironicamente, nem todo o treinamento diplomático que ele recebeu se comparava ao dela. Indigo era calorosa e aberta. Podia ensinar muito a ele, preparando-o para seu novo papel como rei. Assim, ele pararia de vê-la sob outro prisma. O prisma que causaria muitos problemas para os dois.

ASSIM QUE a multidão partiu, Lorenzo pegou mais café para os dois.

Ela sorriu.

– Obrigada... É muita gentileza sua. Desculpe por tê-lo ignorado esta tarde.

– Estava ocupada trabalhando e dando explicações ao público. Devo admitir que é muito natural com as pessoas.

Ela pareceu surpresa.

– Mas você é um príncipe, precisa conversar o tempo todo. Não é natural com todo mundo?

– Não como você. – Ele admitiu. – Possui o dom da empatia.

Como ele era muito formal, tinha dificuldade em ficar à vontade.

– Estranho não terem ensinado isso na escola de príncipes.

Ele ergueu os olhos com impaciência.

– Muito engraçado.

– Ainda acho que seria um modelo perfeito para um anjo de vitral – disse ela. – Mas compreendo que se recuse.

– Não é que não queira. Não *posso*. Caso fosse outra pessoa... – Iria gostar de vê-la fazer um esboço com a língua entre os dentes, concentrada. E quem sabe, depois...

– Mas o novo rei de Melvante não pode – resumiu ela.

Até conhecer Indigo não foi um problema, porém, ela o fazia desejar quebrar todas as regras e mais algumas. A fim de parar de pensar nisso, brincou:

– Sim, estou acima disso.

Ela riu e tudo voltou ao normal.

– É melhor ir embora. Já a distraí demais.

– Pode ficar, se quiser. – Ela sorriu.

Era muito tentador. Lorenzo queria se sentir leve e engraçado como nunca antes.

Porém, precisava ser sensato. Deveria estar se preparando para a coroação.

– Obrigado, mas vejo você depois.

E, com sorte, mais tarde, mais ajuizado, poderia tratá-la como qualquer outra pessoa. Seria charmoso e atento, mas muito controlado.

O que mais precisava no momento era do piano na biblioteca.

A casa era novamente da família depois que os visitantes partiram, e, minutos depois de se sentar ao piano, Lorenzo sentiu que Toto, o velho labrador amarelo que conhecia desde filhote, se encostava em sua perna. Sentindo-se em casa, acariciou o cão, e a seguir, se perdeu na música.

INDIGO PODIA ouvir o piano. Era estranho, porque estava ouvindo um concerto de violoncelo no Ipod. Retirou os fones de ouvido. Definitivamente era um piano, mas não reconheceu a melodia.

A música acabou, e fez-se silêncio por um momento seguido por um dedilhar nas teclas como se a pessoa estivesse se decidindo sobre o que tocar a seguir.

Curiosa, Indigo se certificou que toda a parafernália elétrica estava desligada e os potes com ácido tampados, e foi atrás da música. Ao se aproximar da biblioteca, os acordes se tornaram mais altos. Parou à porta. Lorenzo estava ao piano, tocando de olhos fechados.

Caso fosse outro homem, aquela poderia ser sua carreira, Indigo pensou. Mas Lorenzo não podia se dar ao luxo de escolher.

Quando terminou, ela bateu palmas discretamente; Lorenzo abriu os olhos e a fitou espantado.

– Ouvi a música. – Indigo disse se desculpando.

– Não pretendia perturbá-la.

– Ia fazer uma pausa de qualquer modo. – Ela garantiu. – Você é excelente pianista.

– Obrigado – respondeu ele, um tanto tímido, e Indigo sentiu que em geral procurava ocultar a timidez. Não resistiu e perguntou:

– Tocaria mais para mim?

Ele tornou a sorrir com timidez, fazendo Indigo estremecer.

– Eu... sim, se desejar. Sente-se.

Ela tirou os sapatos e se enroscou em um canto do sofá de couro gasto; o labrador se aproximou e colocou uma pata em uma das almofadas, claramente demonstrando que queria se sentar ao lado dela.

Indigo suspirou diante do olhar de súplica, desceu do sofá e sentou no chão.

– Muito bem, ficaremos nós dois aqui.

Toto balançou a cauda, lambeu o rosto dela e se esparramou por cima de Indigo.

– É grande demais para ser um cãozinho de colo. – Ela disse, mas acariciou a barriga dele recebendo um olhar de total adoração.

– Gosta de cães? – Lorenzo perguntou, e deu de ombros. – Pergunta tola, é evidente que sim.

– Adoro. Mas preciso me deslocar sempre por causa de meu trabalho e nem todo mundo gosta de cães, portanto, não posso ter um. Costumo brincar muito com os de Lottie e Gus. – Fitou Lorenzo. – Notei que não se importou que Toto se encostasse em sua perna. Também gosta deles?

– Sim, tenho vários em casa, porém, menores que Toto.

Ela riu.

– Príncipe Lorenzo, não me diga que tem um chihuahua.

– Que levo comigo dentro de uma cesta? – Ele riu também. – Não. Temos vários spaniels. Embora quase da mesma idade de Toto, não se comportam tão bem. Sobem nos sofás quando ninguém está olhando. Especialmente Caesar. É minha sombra quando estou em casa.

E Indigo tinha certeza que ele adorava. Agora Lorenzo parecia mais humano, um rei que não esperava ser obedecido à risca e que gostava de cães idosos.

– O que deseja que toque?

– O que preferir – respondeu Indigo, e, atentamente, o ouviu tocar várias peças. – Fabuloso – exclamou ao final. – Quando falou que certas coisas ajudavam a passar por maus momentos... referia-se sempre à música, não?

Ele concordou com um aceno, e Indigo precisou se conter para não correr e abraçá-lo. Não queria fazê-lo pensar que sentia pena dele, porém, entendia que devera ter sido um menino solitário, longe do lar e da família. Havia passado pela mesma experiência.

– Já pensou em ser músico?

Ele sacudiu os ombros.

– Não era uma opção. Minha missão foi definida quando nasci.

Ela franziu a testa.

– Não se sente preso em uma armadilha?

– É meu dever, e não o abandonarei.

Ela notou que não havia respondido a pergunta. O que revelava mais do que se tivesse tentado blefar. Indigo sabia que ele se sentia preso em uma cultura formal e rígida onde se esperava que soubesse todas as regras de cor e vivesse segundo elas. Sufocando. Era pior que o internato.

– Caso pudesse fazer o que quisesse, o que seria? – perguntou com suavidade.

– Qualquer coisa? Aqui e agora?

Ele se ergueu da banqueta, caminhou até Indigo, fez com que se levantasse, a apertou nos braços e a beijou.

Como na noite anterior, porém, com maior intensidade, pois dessa vez ela sabia como se encaixavam bem e como tudo parecia *certo*.

Oh, socorro.

Indigo não queria que Lorenzo soubesse o quanto a atraía. Depois da traição de Nigel, não confiava mais em ninguém, e não seria fraca novamente. Com sorte, se fosse um pouco sarcástica, se sentiria segura.

Abanou-se ostensivamente com uma das mãos e perguntou:

– Ensinaram isso na escola dos príncipes, também?

Ele estreitou os olhos.

– Indigo, quer parar com essa tolice da escola de príncipes?

E o plano de defesa de Indigo foi por água abaixo quando ele a beijou de novo: beijos rápidos e sensuais que a deixaram sem fôlego. Acabou retribuindo.

Aquilo tinha de acabar. Já.

– Tem muita prática, não?

Ele não se perturbou.

– Isso exigiria falar de minhas conquistas, e um príncipe nunca age assim – revidou. – Você fala demais, Indigo Moran. – Ele prendeu seu lábio inferior entre os seus, o que a fez estremecer. – Mas, já que deseja... vamos conversar sobre ontem. O jantar. O seu vestido.

Ela franziu a testa.

– O que havia de errado com meu vestido?

– Nada. – Ele suspirou. – A não ser que desejei carregá-la nos ombros até minha cama.

Se as coisas continuassem assim, refletiu Indigo, ela acabaria fazendo algo muito estúpido.

– *Droit de seigneur?* – Ela perguntou. – O direito do rei?

– Não. – Ele a beijou de novo. – Para seu conhecimento, não acredito em forçar alguém a fazer o que não quer. Bancar o troglodita e carregá-la nas costas... Bem, era uma fantasia. – Ele sorriu. – Que eu só realizaria se você gostasse da ideia.

Ela podia imaginar a cena...

Estremeceu.

– O que há, Indigo? – Lorenzo perguntou com suavidade.

– Estou com dificuldade de respirar. – Ela admitiu.

– Ótimo. Agora sabe como me senti diante de seu vestido ontem, e de seus sapatos. Notei como suas pernas são longas, e se soubesse o quanto desejei tocá-las... – Tracejou sua boca com a ponta do dedo e ela entreabriu os lábios.

Lorenzo riu.

Era *isso*? Ele achava que tinha mais controle que ela? Bem, era um jogo para dois. Indigo sustentou seu olhar e sugou a ponta de seu dedo. Lorenzo enrubesceu.

– *Touché* – murmurou. – Indigo, precisamos parar. Agora. Seria desleal de minha parte continuar com isso. Vou voltar para Melvante em breve. Minha vida mudará totalmente.

Claro que sim.

E ele parecia torturado.

– Não posso lhe oferecer um futuro.

– Sei disso. E, mesmo se pudesse, eu seria sua pior escolha – disse ela. Com o escândalo permeando seu nascimento, e o fato de ter sido ingênua a ponto de acreditar em Nigel e não perceber que ele já era casado, Indigo não servia nem para ser a amante de um rei. – Deve encontrar uma princesa. – E isso a colocava completamente fora da corrida. Ainda que não desejasse a vida formal e rígida de uma família real.

– Creio que precisarei escolher uma esposa nos próximos seis meses, sim. E ela deverá ser de família nobre, porém, não me importo se seus pais são aristocratas, Indigo. É o modo como trata os outros que me interessa, não se sua família está no topo da árvore genealógica.

– Na verdade, meu pai é conde. – Lorenzo pareceu surpreso, mas a honestidade a fez acrescentar. – O problema é que ainda era casado com sua condessa quando teve um caso com minha mãe e ela engravidou de mim.

– Por isso estudou na mesma escola de Lottie?

– Foi ideia de meu pai, que custeou meus estudos. – Ela explicou friamente.

– Deu dinheiro em vez de afeto?

Lorenzo tocou na ferida.

– Eu e meu pai nunca sabemos direito se devemos nos ignorar ou não. Não quero aborrecer os parentes dele exigindo reconhecimento... Quero dizer, sou o fruto de um romance ilícito, e seria horrível escandalizá-los. Não foi culpa deles se meu pai agiu mal e se minha mãe bancou a tola. Então é mais fácil... – suspirou – ... eu ignorá-lo e ele fingir que não existo.

– Mas isso a magoa.

Era assim tão evidente? Ou Lorenzo era muito perspicaz? Indigo deu de ombros.

– Tenho sorte; meus avós maternos me amavam. Sempre tive amor, se é isso que quer saber.

– Porém, seus avós a mandaram para o internato quando ainda muito criança.

– Não tiveram escolha, minha avó não estava bem de saúde na época. Já tinham muito com que se preocupar além de cuidar de uma menina.

Lorenzo franziu a testa.

– E sua mãe? Por que não cuidou de você?

Ela respirou fundo.

– É melhor saber do pior. Quando ficou evidente que o conde não abandonaria a esposa por ela, minha mãe me deixou com seus pais e partiu. – Desviou o olhar. – Com o marido de outra.

Lorenzo sabia muito bem como romances extraconjugais causavam danos. O caso de sua própria mãe havia virado seu mundo de cabeça para baixo. Se ela pudesse ter suportado a vida na família real não teria um romance... e seu pai não teria reagido espatifando o carro de encontro a um muro, matando os dois. Então, quem sabe ele teria crescido feliz ao lado dos pais, e só precisaria pensar em ser rei dali a 30 anos.

Ou, talvez tivesse uma infância infeliz do mesmo jeito com os pais, sempre brigando em particular e fingindo que tudo estava bem em público.

Mas não iria contar isso para Indigo.

Não falava sobre suas mágoas para ninguém. Nunca.

– Foi duro para você – murmurou.

Indigo não se importou.

– Como já disse, meus avós me amavam.

Estava subentendido que a mãe não a amava.

– Costuma ver sua mãe atualmente? – Ele quis saber.

Indigo balançou a cabeça.

– Ela faleceu em um acidente de iate com o Homem Casado Número Quatro. Afogou-se. De minha mãe só tenho algumas fotografias e lembranças vagas.

Era o mesmo com Lorenzo. Fotografias e lembranças vagas. Só que ninguém conhecia as verdadeiras circunstâncias da morte de seus pais, a não ser seu avô e seu advogado na época. Não haviam contado nada para Lorenzo, porém, ele descobriu alguns documentos mal arquivados quando tinha 18 anos e soube da verdade. Ficou fora de si por uma semana, muito chocado com a atitude extremada do pai. Os *paparazzi* haviam tirado uma foto dele com uma aparência terrível e a pior ressaca do universo; então seu avô o fez voltar ao palácio, conversou com ele com total honestidade e franqueza, e Lorenzo voltou a se controlar.

– Foi duro para você. – Ele voltou a dizer para Indigo.

– O mais duro foi provar para todos que eu não era igual a minha mãe.

Sim. Lorenzo também compreendia isso. Precisou convencer o avô de que não era igual ao seu pai.

– Especialmente quando quis deixar o colégio interno. Detestava a rigidez e o jeito de certas meninas me tratarem.

– O que fez?

– Fiz uma proposta comercial para meu pai. Disse que, se ele me enviasse para uma escola pública aos 14 anos, economizaria quatro anos de mensalidades, o que seria suficiente para ele comprar um chalé para meus avós. Se meu pai os deixasse morar ali de graça pelo resto da vida, teria seu investimento de volta quando eles falecessem. Nós dois sairíamos ganhando, ele com dinheiro no bolso e eu com minha liberdade.

Lorenzo sentiu muita pena. Como um pai podia ser tão frio para aceitar um acordo desses?

– E seu pai concordou? – perguntou.

– Sim.

Por um segundo viu dor nos olhos dela.

E depois Indigo riu.

– Disse a ele que a alternativa seria eu me comportar mal até ser expulsa de qualquer internato da Inglaterra. Porém, ele soube que eu estava certa. E provei para meus avós que era diferente de minha mãe. Consegui um emprego nos fins de semana no supermercado local assim que tive idade suficiente, e outro de garçonete para custear a escola de arte até me formar.

– E foi boa aluna?

Ela aquiesceu com um gesto de cabeça.

– Fiz meus avós se orgulharem de mim.

Porém, sem dúvida o pai dela não reconhecia seus méritos.

– Indigo, não estou com pena de você, mas queria abraçá-la, agora.

– Tudo bem. Agora sou adulta. Foi o conde quem saiu perdendo, não eu.

Que idiota era ele por não perceber a joia de filha que possuía, refletiu Lorenzo.

Beijou-a de novo, enquanto repetia:

– Precisamos parar com isso.

– Como é possível parar?

Ele respirou fundo com força.

– Está sugerindo...?

– Conhecemos bem a situação. Você está prestes a se tornar rei. Não tem tempo para um relacionamento. Eu também não, pretendo avançar em minha carreira. – Ela fez uma pausa. Era loucura. Mas, ao mesmo tempo, era seguro, pois estava propondo um tempo limitado. Os dois não se envolveriam. – Ficarei aqui até o fim do mês. Pode ficar também?

– Sim.

– Então, estamos em uma casa particular, entre pessoas que jamais irão nos delatar para a imprensa, Lottie é minha grande amiga e creio que Gus também é seu velho amigo.

– Sim, e confio plenamente nele. – Beijou o pulso de Indigo. Ela era tudo que não podia ter. Um sopro de brisa. Vibrante. Porém, totalmente inadequada, e ele tinha certeza, mesmo sem perguntar, que Indigo odiaria o mundo em que ele vivia tanto quanto sua mãe odiou. Aquela relação nunca daria certo.

Mas, ao mesmo tempo, não podiam negar a atração mútua.

– Então está sugerido que tenhamos um caso breve. – Ele murmurou devagar.

– Um caso *louco*. – Ela corrigiu. – Porque ambos sabemos que, apesar da atração, no mundo real não servimos um para o outro, então vamos entrar nessa de olhos bem abertos, e depois sairemos intactos.

Isso o fez adivinhar que alguém já a havia abandonado e deixado em pedaços.

– Parece-me um tanto... bem, desonroso oferecer a você apenas um caso breve. – Principalmente agora que conhecia seu passado familiar infeliz; Indigo era fruto de uma aventura, e pagou o preço por isso como sempre acontecia com os filhos nessas circunstâncias.

– Lorenzo, não sou uma provável esposa para você, portanto, não pode me oferecer nada além disso – observou ela. – O que significa que, ou passamos as próximas semanas tomando banhos frios e nos evitamos, ou... – Ela prendeu o fôlego. – Quero que saiba que não saio por aí me oferecendo para os homens.

Ele a beijou de novo.

– Já sei disso, apesar do vestido que usava ontem, e me sinto honrado com sua proposta.

Ela estreitou os olhos.

– Mas vai recusar.

– A razão me diz que é má ideia, mas... – respirou fundo. – Também não costumo saltar sobre as mulheres quando as conheço. Não passo de um maçante homem de negócios.

– Está para se tornar rei, não empresário.

– Tanto faz. Dirigir um país é como dirigir um negócio. Indigo, sempre sigo a razão, examino todas as opções. Jamais ajo por impulso. – Exceto naquela semana em que ficou bêbado o tempo todo... e desde então nunca mais tocou em conhaque. – Porém, não paro de pensar em você. E beijá-la foi o gesto mais impulsivo que já fiz. Em anos. – Encostou a testa à dela. – Já desejou tanto algo que parece que vai explodir?

Ela não respondeu, e ele pressentiu que tinha a ver com o homem que a havia abandonado.

O que era exatamente o que ele teria de fazer um dia.

E Lorenzo não queria magoá-la. Embora pressentisse que já era tarde demais. Indigo havia sido rejeitada pelo pai, hostilizada no internato, e, ele tinha certeza, destruída quando alguém que amou a deixou. O fato de ter tido coragem de propor uma aventura a deixava vulnerável de novo.

Ele a beijou na testa e decidiu:

– Serão os banhos frios.

– Não creio que dê certo, tenho imagens gravadas em minha mente e você também, com certeza. – Ela molhou os lábios e Lorenzo quis beijá-la de novo.

– Indigo, estou tentando me controlar.

– E se não se controlar? – Ela acariciou seu rosto e ele beijou sua mão. – E se pudesse ser quem deseja por, digamos, uma noite?

– O que me assusta – confessou ele – é que não creio que uma noite com você seja o suficiente.

– Então uma semana. Duas semanas. Até você voltar para Melvante. Pode continuar fazendo o que pretendia fazer aqui.

Passe tempo com Gus. Pense. Faça planos reais. E eu tenho de trabalhar no vitral. Não abandonarei minhas responsabilidades. – Pausa. – Porém, existe tempo a ser preenchido entre todas essas atividades.

Ele entendeu.

– Tempo quando poderemos ser quem quisermos.

– Juntos. – Ela acrescentou.

Ele se sentou na poltrona e a puxou para si.

– É muito persuasiva, srta. Moran.

Ela inclinou a cabeça.

– Obrigada, Vossa Alteza.

– Porém, continuo me sentindo desprezível por não lhe oferecer nada, além de uma aventura.

– É tudo o que podemos oferecer um ao outro, então, escolha, Lorenzo. Banhos frios... ou isto. – Segurou seu rosto e o beijou na boca.

Ele a abraçou sem conseguir resistir, e correspondeu ao beijo.

– Isto – respondeu quando conseguiu falar. – *Isto*.

CAPÍTULO 4

INDIGO VOLTOU ao trabalho quando deixou a biblioteca, mas ficou pensando em Lorenzo sem parar. Ainda não acreditava no acordo fechado. Desde quando fazia tais loucuras? Depois da traição de Nigel e do modo como sua vida ruiu dois anos atrás, manteve seus relacionamentos estritamente platônicos.

E agora estava prestes a ter um caso louco com um homem que seria rei.

No mínimo loucura, refletiu.

Levou horas para escolher o que vestiria para o jantar. Em casa não se importava com roupas. Não fazia sentido quando suas refeições eram um lanche rápido para voltar a trabalhar até tarde. Porém, sabia que a família de Lottie sempre se vestia para o jantar, e quando ficava em Edensfield tentava se adaptar para não constranger os amigos.

Na noite anterior, seu vestido havia feito Lorenzo fantasiar que era um troglodita.

Então usaria algo mais sóbrio aquela noite. Algo que desse a Lorenzo a oportunidade de mudar de ideia. Porque Indigo tinha certeza que um dos dois precisava ter bom senso, e, no momento, não era ela. Então escolheu um vestido que uma de suas colegas na escola de arte havia confeccionado inspirada no estilo *vintage*, e depois lhe deu porque era a sua cara: em veludo azul-escuro com decote alto e mangas curtas, e a saia até os joelhos; acompanhava uma faixa de seda no mesmo tom de azul, e colar de pérolas, com pulseira combinando.

Esperava se controlar e não estremecer diante de Lorenzo com roupas elegantes... parecendo James Bond...

LORENZO SOUBE o momento exato em que ela entrou na sala, porém, se forçou a não se virar.

Ainda não haviam discutido se mantinham o caso em segredo, então, no momento ele agiria com cautela. Além disso, e se Indigo voltasse à razão e mudasse de ideia?

Ficou frio enquanto Gus a chamava para ficar com eles. Por um instante viu os olhos dela brilhar de animação. Os olhos dele também brilharam, e em seguida tornaram a ser duas pessoas polidas e neutras uma com a outra.

Mas, por dentro, Lorenzo pegava fogo.

O vestido da outra noite quase o fez se transformar em um troglodita e levá-la nos ombros para a cama.

Aquela noite, sem dúvida, ela desejou ser discreta. Mas não estava. O vestido de veludo acentuava suas curvas e o deixava curioso para vê-la nua. Desejava abrir cada botãozinho nas costas e beijar cada milímetro de pele.

Além de querer ver seu cabelo solto.

No momento, bem que poderia tomar um banho frio para recuperar o bom senso.

Tinha a impressão que falava gaguejando e mal se concentrava no que lhe diziam. Era insano. Jamais tinha agido assim. O que havia em Indigo Moran para deixá-lo daquele jeito?

E o pior era que estava sentado na sua frente à mesa. Tão perto e tão longe. Desejava que o jantar e as conversas sociais terminassem logo para se ver sozinho com Indigo e beijá-la até ficar sem ar.

– E ela me arrasta para as capelinhas mais remotas a fim de ver vitrais – dizia Lottie, porém, seu tom indulgente revelava que não estava se queixando.

– E você adora, porque sempre encontra uma linda casa de chá depois – provocou Indigo.

– Exatamente. Onde estaríamos sem o chá da tarde? É tão civilizado. – Lottie afagou o cabelo da amiga. – É bom conhecer alguém que nos mostra tanta coisa bonita. Vou lhe dar a camiseta que vimos no museu dos vitrais com a frase: *Vitrearum inconcinna*.

– Louca por vidro. – Lorenzo traduziu sorrindo. – Perfeita para Indigo.

Ela lhe lançou um olhar atrevido.

– Vejo que a escola de príncipes ensinava latim, Vossa Alteza Real.

Ele tossiu.

– Seria estranho se não soubesse um pouco de latim, já que falo italiano.

Gus disse:

– Devíamos ter apresentado vocês anos *atrás*. Iriam se divertir provocando um ao outro.

Indigo riu.

– Não sou tão competitiva.

– Pois sim. – Lorenzo brincou, e ambos riram.

Ele percebia como Indigo se encaixava bem em Edensfield; era adorada por toda a família, e parecia visitar o lugar regularmente. Imaginou por que nunca haviam se encontrado antes ali. Suas visitas à propriedade nunca haviam coincidido. Mas por certo ela havia sido convidada para o casamento de Gus com Maisie dois anos atrás quando ele foi padrinho do noivo? Porém, não se lembrava de ter visto Indigo, o que era estranho.

Ergueu os olhos e viu que ela o observava. Ele levantou o copo e fez um brinde discreto.

Ela sorriu e fez o mesmo.

Então ela não havia repensado a respeito da aventura louca. Bom. Engraçado, mas isso o fazia muito feliz. Tanto que se deixou convencer a tocar piano depois do jantar. Todos se reuniram na biblioteca, e Lorenzo executou a peça de Beethoven que havia tocado para Indigo naquela tarde. Esperou que percebesse que tocava para ela. Será que lembraria do beijo? Relanceou um olhar e viu que Indigo corava. Sim. Ela pensava no beijo, também.

Depois mudou de ritmo e tocou músicas populares para que todos cantassem juntos, então, descobriu algo novo sobre Indigo.

Era *desafinada*.

Entretanto, ninguém disse nada. Ela fazia parte da família e era aceita assim. Percebia que Indigo sentia falta de uma família.

Viu que ela ficava horrorizada ao perceber que cantava alto, e sufocou o riso. Ficava linda com o rosto corado.

– Lamento, mas preciso ver as fotos que tirei esta tarde e preparar algumas tarefas para amanhã de manhã.

Estava constrangida por causa de seu canto desafinado, e louca para escapar. Como lhe dizer que não tinha importância?

E se pedisse para que ela ficasse, seria como estar usando uma camiseta com a frase: "Ei, todo mundo, estou interessado em Indigo."

Lottie a abraçou.

– Não trabalhe demais, Indi. Não está aqui como escrava, mas como nossa amiga.

– Sim, mas tenho um trabalho a fazer.

– Então vá. – Lottie deu um tapinha em seu braço. – Vá mostrar seu lado louco por vidro. Vemos você depois.

Segundo Lottie, o trabalho era o que Indigo mais amava. Lorenzo pensou no homem que provavelmente a fizera sofrer no passado. Ela usaria o trabalho para sufocar a dor? Bem, ele sempre foi viciado em trabalho tentando compensar o avô pela desilusão que teve com seu pai. Porém, era bobagem. Não era possível consertar as coisas erradas que os outros haviam feito. Entretanto, estava sempre tentando, e Indi fazia o mesmo. Foi a primeira a compreendê-lo tão bem. Será que também se sentia compreendida por ele?

Ficou um pouco mais ao piano só para ser educado e não dar a impressão de seguir Indigo. Depois rumou para seu ateliê. Ela digitava no laptop.

Indigo o fitou e sorriu contrafeita.

– Desculpe, sou péssima cantora.

– Foi ótimo ver como a música a emocionou. E não precisa ser perfeita em tudo.

Ela não pareceu convencida.

Por que era tão severa consigo mesma? Seria por causa do relacionamento difícil com o pai? Contudo, Lorenzo sentia que a falha dela era igual à sua: tentava ser perfeita. Quando não conseguia, escapava para sua arte. Quanto a ele... sempre fazia a coisa certa.

Exceto por aquela louca atração. Mas não ia pensar nisso.

– Está ocupada. Vou deixá-la, a não ser que queira um café.

– Seria ótimo – murmurou ela. Depois o encarou com firmeza. – Mas prefiro você.

O bom senso o abandonou.

– Aviso que estou para me tornar um troglodita.

Ela enrubesceu ligeiramente.

– Bom, mas deve ter notado que hoje me vesti de maneira discreta.

– Nem tanto, esse vestido realça seu corpo.

– Foi o que disse minha amiga Sally, que cursou moda. Ela adora os tecidos e suas texturas. Dividíamos um apartamento e eu costumava servir de modelo para suas criações. Este é copia de uma peça *vintage*.

– Os botões nas costas me dão vontade de desabotoá-los.

– Verdade? – Ela sorriu devagar com malícia. – Dê-me dez minutos para acabar aqui. Depois vá ao meu quarto. – Ficou séria. – Espere. Seus seguranças.

– Bruno e Sergio? São discretos.

– Ainda me sinto... como se houvesse uma plateia.

– Hoje sabiam que eu estava na biblioteca, mas não atrapalharam. – Lorenzo assegurou. – Sabem que às vezes preciso de espaço. Não me viram beijá-la. – Pausa. – Suponho que deseja manter isso apenas entre nós dois?

Ela concordou com um aceno.

– Será um relacionamento temporário, e sem consequências. Porém, estamos na casa de amigos, e não nas nossas próprias.

– Se tem medo do que possam pensar de você – murmurou ele – , diria que os corredores desta mansão através dos anos já viram muitas pessoas se esgueirando na calada da noite para entrar em outros quartos.

– Sei disso. – Indigo suspirou. – Desculpe se estou sendo tola. E sem sofisticação.

– Não. Sei o que quer dizer. E cheguei a temer que mudasse de ideia.

– Pensei que você poderia mudar.

Ele balançou a cabeça.

– Sempre que me lembro o quanto sou *maçante*, olho para você. E só penso em beijá-la.

– Nesse caso, eu seria muito rude se não permitisse – retrucou ela.

– Vejo você em dez minutos. – Lorenzo avisou. Perguntou qual era o quarto dela e soube que ficava no mesmo corredor do seu. Melhor assim. Seria embaraçoso se um dos dois fosse descoberto vagando pelo outro lado da casa... além do que, Gus e Lottie saberiam exatamente o que estava acontecendo.

DEZ MINUTOS depois, Indigo estava no seu próprio quarto incapaz de ficar sentada; nem conseguira folhear o livro sobre vitrais que havia levado consigo e pretendia estudar nas horas vagas. Caminhou de um lado para o outro do quarto, consultando o relógio a cada segundo.

Só pensava em Lorenzo. Ele viria ao seu quarto, teriam um caso, e ela se sentia uma adolescente cheia de desejo.

Bem, iria se concentrar e aproveitar cada momento, sempre se lembrando que era temporário. Nada de promessas, e depois cada um seguiria seu caminho sem sofrimento. Não ficaria arrasada, fragilizada nem magoada como aconteceu com Nigel. Seria forte.

Uma leve batida à porta.

Lorenzo.

Ela conseguiu murmurar:

– Entre.

Ele entrou ainda mais parecido com James Bond, o colarinho aberto e a gravata-borboleta frouxa. As mãos estavam atrás das costas na postura de um verdadeiro rei. Isso a fez lembrar que estava prestes a ter um caso com *um futuro rei*. Que loucura!

Porém, ele a ergueu do chão e a fez rodopiar pelo quarto.

– Indigo Moran, quis beijá-la a noite toda.

– Eu também – admitiu ela.

Ele passou o dedo pelo seu rosto.

– Beije-me, Lorenzo.

Ele obedeceu.

Devagar. Fazendo com que aos poucos o sangue dela fervesse nas veias.

Ele a fez ficar de costas e afastou seu cabelo para exibir o pescoço fino, depois acariciou o vestido.

– Gosto da maciez do veludo. Mas sua pele é ainda mais macia, imagino. E preciso descobrir.

Abriu o primeiro botão, depois o seguinte, sempre acariciando cada centímetro de pele exposta.

A seguir roçou os lábios ali.

– Lorenzo. – Ela estremeceu.

– Você é linda. E cheira a rosas.

Indigo sorriu.

– É meu perfume favorito. Adoro o jardim daqui quando é verão porque se respira rosas o tempo todo.

– Lembrarei de você sempre que sentir esse aroma. – Ele murmurou, percorrendo sua espinha dorsal com a boca.

Depois a fez virar, baixou o vestido pelos ombros, e o ergueu do chão. Indigo achou graça ao vê-lo dobrar com cuidado sobre uma poltrona.

– É detalhista ou maníaco por ordem? – brincou.

– Detalhista. A atenção aos detalhes é... – Fitou-a de cima a baixo. – ... essencial.

Significava que iria lhe dar muita atenção? Indigo sentiu os joelhos cederem.

– Está vestido demais – murmurou, percebendo que se encontrava apenas com a *lingerie* rendada, enquanto a única peça desarrumada nele era a gravata.

– O que sugere?

– Não sei se quer tirar sua roupa ou se a tiro para você. – Ela confessou.

– Sejamos práticos. Você escolhe agora e da próxima vez faremos do outro jeito.

Haveria outra vez, então?

– Agora prefiro despi-lo – murmurou ela. E assim fez, muito devagar, ajudando-o a tirar o paletó, sentindo a textura de sua pele ao desabotoar a camisa. – Mudei de ideia sobre você ser James Bond. Parece o sr. Darcy do livro *Orgulho e preconceito.*

– Fala muito e é péssima criada de quarto. – Ele interrompeu.

– Por quê?

– Vagarosa demais e estou perdendo a paciência.

– Mandão, hein? – Ela provocou. – O futuro rei com a súdita.

Ele a beijou e acabou de se despir sozinho bem depressa. Segurou-a pelos ombros

– Indigo Moran, você é muito sensual.

Depois a tomou nos braços e a carregou para a cama.

Nenhum dos dois falou por um longo tempo.

CAPÍTULO 5

NA MANHÃ seguinte, Indigo acordou com a cabeça no ombro de Lorenzo e os braços dele ao seu redor.

Por um momento, se sentiu amada e segura.

E então, percebeu que não era esse o combinado.

Entretanto, há quanto tempo não acordava assim nos braços de um homem?

Não lembrava.

Saiu com outros antes de Nigel, porém, esteve mais focada no trabalho que nos relacionamentos. Queria provar para os avós que fez bem ao se rebelar contra a educação planejada por seu pai e que não era frívola como a mãe. Sempre colocou os estudos em primeiro lugar. E deu certo, porque terminou a escola com as melhores notas e uma oferta de trabalho em um famoso ateliê de vitrais.

Mas Indigo também gostava de se divertir. Ia muito a festas, saía com quem desejava, e quando lhe convinha, deixava que as despedidas fossem além de um beijo casto na porta do apartamento. Porém, recusava-se sempre a entregar seu coração, e manteve os relacionamentos superficiais durante a época da escola e no início da vida profissional.

Até conhecer Nigel.

E esse foi o maior erro de sua vida. Apaixonou-se e permitiu que seu coração fosse dilacerado. Na verdade, jamais acordou nos braços de Nigel. Ele nunca pernoitou em seu apartamento durante os seis meses de namoro e nunca a convidou para ir ao seu, alegando que morava e trabalhava do outro lado de Londres.

Por que Indigo não questionou isso? Por que apenas aceitou?

Porém, não valia a pena se torturar por causa do passado. Não cometeria o mesmo erro de novo. Dessa vez, estava protegida contra o sofrimento. Desde o início ela e Lorenzo haviam estipulado que seria apenas uma aventura breve com limite de tempo. Não se apaixonaria por Sua Alteza Real Príncipe Lorenzo Torelli. Seria uma relação leve e divertida, um interlúdio para os dois, e iria se divertir a cada segundo.

Ainda era muito cedo e o sol de verão começava a se insinuar pelas cortinas; ela se deitou de lado e o observou dormir.

Em repouso, Lorenzo era verdadeiramente belo. Possuía uma estrutura óssea perfeita e cílios longos. O modo como seus lábios se curvavam para cima dava a impressão que estava sempre sorrindo. Ou quem sabe *sorria* no sono. Quem sabe sonhava com ela... com os dois se amando na cama de colunas?

Indigo sorriu também. Lorenzo era um grande amante. Prestava atenção aos detalhes, sabia onde ela gostava de ser tocada e como ser beijada. A primeira vez poderia ter sido estranha e constrangedora, mas não, tudo se deu muito naturalmente, e foi perfeito.

Não resistindo, inclinou-se e o beijou de leve na boca.

Ele abriu os olhos logo percebendo onde estava. Então, sorriu de modo encantador.

– Bom dia, Indi – murmurou.

O coração dela acelerou.

– Bom dia, Lorenzo.

– Imaginei ou você acabou de me beijar? – Ele se aproximou mais.

Ela torceu o nariz.

– Desculpe. Não quis acordá-lo. Mas parecia uma cena de *A bela adormecida* e não resisti.

Ele tossiu.

– Detesto dizer, Indi, mas a Bela Adormecida era uma garota.

Sim. E ele era totalmente masculino, e a lembrança do seu corpo dentro dela a deixou acalorada.

– Não há motivo para um homem não ser beijado quando está dormindo – argumentou. – O "Belo Adormecido".

– É assim que me vê?

– Mais ou menos. Gosto de contos de fadas e de mudar algumas partes das histórias.

– Por favor, não me diga que pretende fazer uma série de vitrais inspirados em contos de fadas com histórias modificadas... e comigo como modelo.

– Se as coisas fossem diferentes pensaria nisso, pois é uma ideia *brilhante*, mas não vai acontecer – garantiu. – Por isso concordei com nosso plano... porque você é de um mundo diferente. E o encanto de agora é temporário. Só que não envolve rocas de fiar, dedos furados, e você não irá dormir por cem anos... e um beijo não quebrará o feitiço. – Ela acrescentou depressa.

– Fico feliz em ouvir isso. – Ele a apertou nos braços. – Agora que acordou o príncipe, creio que só há uma coisa a fazer.

E a beijou até perderem o fôlego.

– É assim que se começa um novo dia. – Ela disse sorrindo.

Ele sorriu também.

– Penso o mesmo. Mas é melhor voltar para o meu quarto antes que todos acordem. Sempre madruga, Indi?

– Não, mas não estou acostumada a dividir minha cama – admitiu.

– Ótimo. Eu também não. – E ele a acariciou.

– Certo. – Ela o beijou. – Agora desapareça antes que esbarre na mãe de Gus usando as roupas de ontem, e deixe todo mundo encabulado.

– Sim, madame. – Lorenzo saiu da cama e a fitou de esguelha. – Não deveria olhar para o outro lado enquanto me visto?

– Sou formada em Arte. Já tive muitas aulas com modelos-vivos e estou acostumada a ver pessoas sem roupa. – Arqueou as sobrancelhas. – Já lhe disseram que seu traseiro é mais bonito que o do Davi de Michelangelo?

Para sua satisfação, Lorenzo corou.

– Não, mas obrigado pelo elogio. – Ele acabou de se vestir... deixando o colarinho aberto e não se importando com a gravata-borboleta. Depois ficou ao lado dela na cama. – Quando terá um tempo livre hoje?

– Quando o jardim e a casa forem fechados ao público no final da tarde.

Por mais que desejasse ficar com ele, tinha obrigações e não seria profissional negligenciá-las. Porém, sabia que Lorenzo entendia; ele também estava ocupado e havia concordado em se encontrar com ela nas horas vagas.

– Poderíamos dar um passeio pela propriedade quando estiver livre.

– Ótimo. – Ela concordou. – Vou lhe enviar uma mensagem quando acabar e você me dirá onde e quando nos encontraremos.

– Certo. – Ele pegou o celular. – Qual é seu número?

Ela disse, e no momento seguinte o aparelho tocou; era uma mensagem de texto.

– Um sorriso e um beijo. Bonito. Vejo você mais tarde, Lorenzo.

Não o viu na hora do café porque tomou o seu na cozinha onde devorou granola, iogurte e uma fruta, levando a xícara com café para o ateliê. Lorenzo não veio vê-la durante a manhã; sem dúvida tinha coisas a fazer também.

E depois a casa foi aberta ao público; Indigo se ocupou explicando seu trabalho aos visitantes interessados.

Quando o último visitante se foi, enviou uma mensagem a Lorenzo avisando que estava livre.

Vejo você no roseiral em meia hora, foi a resposta.

Quando chegou lá ele se sentava em um dos bancos de ferro batido sob uma roseira. De novo isso evocou a imagem da história da Bela Adormecida e como adoraria pintar Lorenzo em um vitral. Sorriu ao ver Toto, o velho labrador, sentado ao lado dele, a cabeça nos joelhos de Lorenzo.

– Espero que não se importe com a companhia de Toto, que insistiu em vir também – disse ele.

Indigo riu e acariciou o cão.

– Não, adoro cachorros, especialmente em um jardim maravilhoso como este.

– Trabalhou bastante?

– Fiz progressos com a sereia e conversei com gente interessante. E você?

– Trabalhei em uns arquivos para meu avô.

– E precisa de um descanso?

– Sim. – Ele admitiu.

Ela tirou os sapatos e suspirou, enfiando os pés na grama alta.

– Ah, que bom. A única coisa de que não gosto no meu trabalho é usar sapatos o tempo todo.

– Usa por causa dos cacos de vidro?

– Sim. E esta é a grama mais macia do mundo.

* * *

O MODO como Indigo tirou os sapatos e agora caminhava pelo gramado... Lorenzo invejava sua naturalidade. Era algo que ele não tinha; estava sempre alerta para as consequências de seus atos. O que era bom, mas também significava que não sentia a alegria simples que ela sentia com as pequenas coisas da vida.

– Não tem medo de enfiar um espinho no pé?

– Não. As rosas deixam cair pétalas, e não espinhos. – Ela observou.

– Mas às vezes até os galhos das roseiras caem.

– Que posso ver e evitar. – Ela riu. – Mas admito que não andaria descalça perto do lago; os patos não tomam cuidado onde fazem suas necessidades e seria chato enfiar o pé no lugar errado enquanto admirava a água e o céu. – Fitou Lorenzo. – Por que não tira os sapatos?

– Agora?

– Sim. Sinta a grama. É macia e fresca.

Quando foi a última vez que ele havia andado descalço na grama? Provavelmente quando era muito pequeno. Para não parecer um desmancha-prazeres, Lorenzo tirou as meias, enfiou-as dentro dos sapatos, e os segurou na mão como Indigo fazia.

– Tem razão – admitiu depois de dar alguns passos. – É gostoso.

– Quando foi a última vez que andou descalço na praia? – Ela perguntou.

Ele deu de ombros.

– Não me lembro.

– Existe uma regra na escola de príncipes sobre você andar sempre empertigado e impecavelmente vestido a não ser quando toma banho?

Lorenzo sabia que ela estava zombando, porém, não deixava de ter razão; como príncipe devia estar sempre impecável. Mas não pretendia ser obsessivo.

– Ou quando nado. – Ele completou com displicência.

Indigo achou graça, e ele adorou o modo como atirou a cabeça para trás recebendo o sol no rosto radiante.

– Estou ansiosa para vê-lo como o sr. Darcy de *Orgulho e preconceito* na cena em que sai do lago todo molhado.

– Por falar em estar ansioso... – Ele roçou a mão livre na dela.

– É uma indireta, Vossa Alteza? – Ela provocou.

Ele fingiu impaciência.

– Devo lhe dar uma ordem real?

– Provavelmente eu não obedeceria. Mas entendo uma indireta.

Sorriu e entrelaçou os dedos nos dele.

Caminhando pelo roseiral de mãos dadas com Indigo e Toto indo e vindo, feliz, era como estar em outro mundo. Uma bolha encantada. Talvez ela tivesse razão ao dizer que ele a fazia se lembrar da história da Bela Adormecida, porque aquilo era como um sonho. Irreal. Não podiam ter um futuro juntos. Lorenzo precisava encontrar uma rainha para Melvante, alguém que seu avô e os conselheiros aprovassem... e, definitivamente, não aprovariam uma moça como Indigo, apesar de seu charme e de sua ética profissional.

Além disso, já sabia que Indigo detestava seu mundo; já havia escapado para a liberdade e não voltaria atrás.

Então, o remédio era aproveitar cada instante de sua aventura e aceitar como era: um interlúdio bonito, algumas horas de fuga.

– Por que gosta tanto de rosas? – perguntou.

– São lindas, cheiram bem, e ficam maravilhosas reproduzidas em um vitral. Provavelmente são as flores perfeitas.

Ele sorriu.

– Meu avô concordaria com você.

– Ele tem um roseiral? Ele mesmo cuida?

– Quando pode, sim. Sei exatamente aonde irei sempre encontrá-lo depois que se aposentar. – Lorenzo estava surpreso com a sagacidade de Indigo. Já havia descoberto que a música era seu refúgio, e as rosas eram o de seu avó. – Então as rosas ficam bem nos vitrais?

– Sim. Estou convencendo Syb a me deixar fazer um vitral de rosas para a biblioteca. Bem, sei que em princípio é Gus quem dá a palavra final, porém, ele quer que eu faça para dar de presente à mãe no seu aniversário e que ela adoraria. – Seu olhar ficou distante. – Meu sonho é fazer um vitral coberto de rosas. Teria um se tivesse a casa apropriada.

– E a sua não é?

– Moro em um apartamento pequeno e moderno. Alugado. – Fez um gesto displicente com a mão. – Não fico muito ali, e não faz sentido morar em uma casa grande. Ou estou no meu ateliê ou trabalhando na propriedade de alguém.

Lorenzo refletiu se Indigo gostaria de criar raízes. Havia crescido com os avós; no íntimo, almejaria ter algo só seu?

– E você? – Ela quis saber. – Precisa morar no castelo?

– Tenho meu apartamento particular ali – explicou ele. – Posso ser independente se quiser e fazer minha comida.

Indigo sorriu com indulgência.

– Como se um *príncipe* cozinhasse para si! Aposto que tem uma equipe de *chefs* que o mimam o tempo todo.

Não deixava de ser verdade. Quando foi a última vez que ele havia cozinhado? Em geral, estava tão ocupado que era mais fácil comer o que os *chefs* preparavam em Melvante, e pedir que entregassem em casa quando estava em Londres.

– Fique sabendo que faço um excelente chili. – Lorenzo protestou. – Aprendi a cozinhar quando era estudante... e gosto.

Apenas não cozinhava tanto quanto no passado.

Ela arqueou as sobrancelhas.

– É uma indireta para um desafio, Vossa Alteza?

– Talvez. – Lorenzo adoraria cozinhar para Indigo; visualizou-a sentada à mesa de sua cozinha, descalça, tagarelando e talvez desenhando esboços enquanto ele cozinhava. Então afastou a imagem da mente. Tais cenas domésticas nunca se concretizariam, por mais que lhe agradassem. Indigo não iria ao seu apartamento no castelo e em breve ele mal teria tempo de cozinhar ou tocar piano. Não teria tempo para coisas comuns... como andar de mãos dadas com uma linda garota em um roseiral.

Afastou esse pensamento, também.

Percebendo que ele havia ficado quieto e sombrio, Indigo quis mudar de assunto, e perguntou:

– Como é seu castelo?

Esse era um tema mais fácil.

– Muito parecido com os castelos dos cartões-postais europeus. Pedra branca, muitas torres com telhados pontudos, uma ponte levadiça e um fosso. Só que hoje em dia não usamos a ponte levadiça.

– Parece interessante. E por dentro?

– Tapetes vermelhos, painéis de carvalho e armaduras... e uma galeria com retratos de todos os rei de Melvante desde Carlo I.

– Você será Lorenzo I?

– Lorenzo III. Meu avô é o II. – O pai de Lorenzo deveria ter sido o III e ele próprio o IV. Como sua vida teria sido diferente caso seu pai ainda vivesse.

– Então você recebeu o nome de seu avô?

Ele aquiesceu com um gesto de cabeça, perguntando:

– E você?

Ela ficou triste.

– Acho que minha mãe apenas escolheu o nome mais incomum que encontrou. Possivelmente queria aborrecer meu pai, porque não é um nome tradicional.

Lorenzo pensou nos nomes ingleses reais e tradicionais.

– Não consigo vê-la como Elizabeth, Mary ou Anne.

– Talvez se me chamasse Elizabeth teria me entrosado no colégio interno. Seria a Lizzie dos quatro mosqueteiros de meu dormitório – brincou.

Lorenzo balançou a cabeça.

– Mesmo que tivesse L no seu nome, não se encaixaria com aquelas garotas.

– Odiava meu nome quando era pequena... quando sentia necessidade de aceitação. – Ela admitiu. – Naquele tempo, algumas meninas não eram simpáticas e diziam que Indigo não era nome de gente, mas de uma cor.

– Muitas cores são usadas como nomes próprios. Ruby, Jade e Amber. – Ele retrucou, mencionando os três primeiros que lhe vieram à mente.

– São pedras preciosas. – Ela corrigiu.

– E Violet? E Rose?

Indigo balançou a cabeça.

– São flores.

– Scarlet. – Ele insistiu. – Não pode negar *esse*.

– Acho que não. – Indigo riu. – Atualmente gosto do meu nome.

– Eu também gosto. Combina com você e com seu trabalho.

Ela fez um leve aceno.

– Obrigada, Vossa Alteza Real. Mas você me contava sobre a coleção de arte do castelo. Muitos retratos de reis.

– Meu tataravô era colecionador. Você gostaria de suas aquisições. – Lorenzo sorriu. – E há o retrato de minha tataravó que iria adorar. Ela posou para o pintor Burne-Jones quando era criança.

– Fantástico! Estou morrendo de inveja.

– Quem sabe um dia possa ir ao castelo e ver. – Fez a oferta sem pensar.

– Quem sabe. – Ela sorriu com doçura.

Lorenzo percebeu que era uma forma educada de dizer não.

Indigo suspirou.

– Muito bem. Você gosta do castelo e das obras de arte. Mas ali se sente em casa?

Lorenzo pensou a respeito.

– Sim. Tenho muitas lembranças felizes de lá. – Apesar da morte prematura dos pais, das mentiras que ouviu e que ocultavam a verdade, e do choque com a descoberta do lado negro de seu pai.

– Fico contente. – Ela apertou seus dedos. – E o que fará quando for rei?

– Continuar com o trabalho de meu avô e deixar meu povo orgulhoso. – Lorenzo respondeu prontamente.

– Metas importantes – aprovou ela. – Como pretende realizá-las?

Lorenzo se viu conversando seriamente com Indigo sobre Melvante, seu povo e o que desejava fazer pelo seu país. Sempre que fazia uma pausa, refletindo que talvez estivesse sendo muito maçante ou precisasse mudar de assunto, ela o incentivava fazendo perguntas que demonstravam sua atenção, e dando ideias que o faziam pensar. Sem dúvida estava muito satisfeito por Indigo demonstrar tanto interesse em seu trabalho quanto ele demonstrava pelo dela.

Toto se deitou aos pés deles com um resmungo; Indigo o acariciou.

– Creio que esgotamos o pobre velhinho. – Relanceou um olhar para a casa. – Veja o quanto caminhamos. Acho que Toto não vai apreciar tanto o passeio de volta.

– Então vou carregá-lo. – Lorenzo calçou os sapatos se preparando para levar o cão nos braços. Toto estava um pouco acima do peso, porém, Lorenzo não permitiria que o velho animal caminhasse de volta. Deixou que Toto os acompanhasse, mas se esqueceu que já não era o jovem cachorrinho que acompanhava ele e Gus quando estudantes.

– Lorenzo, não pode...

Os protestos de Indigo cessaram quando ele pegou Toto nos braços.

– Parece um elefante – resmungou Lorenzo. – Precisa fazer dieta. – Sorriu enquanto o cão lambia seu nariz em agradecimento.

Ficou surpreso ao ver lágrimas nos olhos de Indigo.

– O que foi? – perguntou com gentileza.

– Vai ser coroado rei em breve. E está carregando um cachorro velho para casa.

– Toto e eu somos velhos amigos, e devemos cuidar de nossos entes queridos, não? – Sorriu. – Na verdade, é o cão de Gus, mas passei tanto tempo na sua companhia quando estudante que, em parte, é meu, também.

– Mesmo assim, muita gente não... – Ela engoliu em seco. – Bem, o deixariam aqui.

– Para que descanse e encontre sozinho o caminho de volta para casa? De jeito nenhum. Poderíamos fazer isso, pois está na propriedade e é seguro, porém, eu prefiro carregá-lo porque é idoso e está cansado.

Indigo ficou em silêncio até chegarem à casa. Lorenzo colocou Toto no chão com delicadeza.

– É um bom homem, Lorenzo Torelli. – Indigo murmurou. – E será um bom rei.

– Assim espero. – Ele replicou.

CAPÍTULO 6

AO LONGO da semana, Lorenzo e Indigo passaram o maior tempo possível juntos, tentando ser discretos e não esfregar seu relacionamento no nariz de todos. Cada momento roubado era precioso.

– Ainda estou matutando sobre como você conseguiu carregar Toto para casa. Ele pesa uma tonelada e levou um tempão para chegarmos. Faz musculação ou algo assim? – perguntou Indigo quando estavam enroscados na cama dele.

– Algo assim.

– O que é?

– Venha treinar comigo na sala de ginástica de Gus e lhe mostrarei – disse Lorenzo.

A academia? Era uma das salas em Edensfield onde Indigo jamais havia pisado; nunca se interessou em correr, fazer esteira ou levantar pesos.

– Mas não sou esportista. Era sempre a última a ser escolhida para os jogos da escola e, mesmo quando mudei de colégio, nunca fui boa no vôlei, hóquei ou beisebol. Recebia A pelo esforço e D pelo resultado.

– O segredo é descobrir algo de que goste.

– Jamais gostei de esportes coletivos. – Fez uma careta. – Não me importo de fazer caminhadas... não sou tão preguiçosa assim... porém, não sou realmente esportiva. – Apalpou os peitorais e os bíceps de Lorenzo. – Você é musculoso, então imagino que pratique esportes.

– *Mens sana in corpore sano*. – Ele recitou.

– Mente sã em corpo são. – Ela traduziu. – Mais ensinamentos da escola de príncipes?

Ele riu.

– Já que você traduziu, deve saber de onde veio essa frase.

– Só estudei latim para me ajudar com os vitrais. Às vezes é preciso pesquisar velhos documentos para saber a proveniência de um vitral. E sobre pessoas que os doaram para igrejas e lugares assim.

– A frase é de Juvenal, na obra *Sátiras*. E não diz respeito apenas a príncipes... é uma lista do que o autor acha que se deve pedir na vida. Não me lembro de tudo, mas ela inclui um coração bravo que não tenha medo de trabalho pesado, que não guarde raiva nem sinta luxúria... – Inclinou-se para beijar Indigo. – Concordo com quase tudo. Menos com a luxúria. Porque você é incrivelmente desejável, Indigo Moran, e me deixa cheio de desejo. Demais.

– Obrigada, Vossa Alteza Real, eu...

Ele a interrompeu com outro beijo.

– Deixe-me terminar. Faria uma reverência em agradecimento, mas... – Indigo gargalhou. – Bem, me sinto confortável e não quero me mexer daqui.

– Também não quero que se mexa. – Ele a apertou com mais força nos braços.

– Que esporte você pratica? Espere! Vou adivinhar. – Indigo pensou um momento. – Você me prometeu reviver a cena do sr. Darcy, portanto, acho que é natação.

– Nado bem, mas não é esse meu esporte favorito.

– Então remo? Aposto que ganhou prêmios em Oxford.

– Bem, sim. – Ele admitiu. – Porém, remo também não é meu preferido.

Ela estava intrigada.

– Tênis? Críquete? Rúgbi?

– Três vezes não.

– Desisto. Diga-me. – Ela pediu.

– Sparring. Sou o pugilista que ajuda no treino de outro.

– *Boxe?* – Ela balançou a cabeça. – Não deixariam que um futuro rei se arriscasse tanto. Boxe é perigoso. As pessoas se machucam seriamente.

– Sparring é apenas ajuda. Eu tiro toda a diversão desse esporte sem riscos de me machucar – explicou. – Venha treinar comigo.

– Detesto dizer isso, Vossa Alteza Real, mas é 15 centímetros mais alto que eu, e não faço o tipo atlético. Não serei boa parceira.

– Claro que será. Vai trabalhar com luvas, e não com almofadas.

– Não trouxe roupas de ginástica.

– Pegue emprestadas de Lottie ou Maisie. As duas são mais ou menos do seu tamanho e devem ter o que precisa.

Obviamente ele não ia desistir.

– Então, quando treinaremos? – perguntou Indigo com um suspiro resignado.

– Amanhã de manhã. Pensei em logo ao amanhecer, já que gosta de acordar cedo.

Para Indigo, aquele não era o ideal de diversão, mas concordou.

– OK.

– Bom. – Ele a beijou no pescoço. – Então, aonde estávamos antes dessa interrupção?

MAIS TARDE, Indigo tomou emprestados uma camiseta e um short de Lottie... pelo menos havia levado um par de tênis. E, na manhã seguinte, seguiu Lorenzo até a academia.

Ele lhe entregou uma corda de pular.

– Pensei que seria boxe. – Ela comentou.

– É para aquecer os músculos. – Ele explicou.

Indigo conseguiu dar cinco pulos com a corda até tropeçar.

– Precisa pular com os dois pés juntos. Não com um pé de cada vez.

– Foi assim que aprendi a pular corda na escola.

– Estamos falando de pular corda no boxe. É muito mais eficaz para esquentar a musculatura.

– Qual a diferença?

– Observe.

Ele começou a pular corda lentamente para depois acelerar, e em breve parecia pairar no ar. Seus pés davam a impressão de não tocar o chão...

– Pare de se exibir. – Indigo brincou para esconder o quanto estava impressionada.

Lorenzo riu.

– Não, é prática. Faça um pouco todos os dias e acabará fazendo como eu.

Ela não acreditava.

– Mostre de novo.

– Está tentando fugir da raia, Indigo.

– Muito bem, admito que foi impressionante, Vossa Alteza Real, e gostaria de ver outra vez.

Ele não parava de rir.

– Certo, mas terá de merecer.

– Como assim?

– Se quer me ver pular corda terá de pular primeiro. Vamos melhorar sua técnica. – Ele a levou até a parede de espelhos. – Observe-se.

– Já não provamos que não sei pular corda?

– Provamos que precisa mudar de técnica. – Ele corrigiu. – Lembre-se do que eu disse: pule com os dois pés juntos, e observe-se no espelho. Concentre-se em erguer os pés.

Ela tentou de novo, e dessa vez conseguiu pular mais um pouco até tropeçar na corda.

– Viu? Está melhorando. Agora faça de novo. Observe seus pés e se concentre no ritmo. Pule, pule, pule.

Quando por fim Lorenzo a deixou parar, ela estava ofegante e molhada de suor.

– Isso é crueldade. Estou toda suada e repulsiva.

Ele riu e beijou a ponta do seu nariz.

– Calma, srta. Moran. Não lhe ensinaram que cavalos suam, homens transpiram e damas brilham?

Ela estreitou os olhos.

– Não sou uma dama.

Ele a beijou de leve na boca.

– Não concordo. Você é uma mulher e tanto, Indigo Moran, e no momento está muito sexy.

Como podia se concentrar com Lorenzo a fitando *daquele jeito*?

Ele tomou a corda de pular de suas mãos e colocou as luvas em Indigo.

– Certo... Agora precisa manter os joelhos flexionados, curvar-se ligeiramente, e manter as mãos no alto para proteger o rosto.

Ele explicou como dar um *jab*... golpe frontal... e um cruzado, depois colocou as almofadas sobre as mãos e as ergueu.

– OK, agora dê um *jab* de direita, depois um soco com a esquerda. Lembre-se de deixar a mão que não está usando perto do rosto.

Ela fez conforme ele ensinou. Era surreal: *estava dando socos em um futuro rei.* Deviam existir leis contra isso.

– Mais força. – Ele pediu.

Indigo balançou a cabeça.

– Não. Posso machucar você, Lorenzo.

Ele sorriu.

– Indi, meu bem, não vai me machucar. Estou habituado com boxe, mas tudo é novo para você e não irá me machucar mesmo que use toda a força. Agora, dê um soco.

Quando ele fez um intervalo, Indigo respirava com força, cheia de adrenalina.

– Foi fantástico! Entendo agora porque adora boxe.

– É um ótimo exercício para o coração, braços e bíceps. Vamos parar agora senão ficará toda dolorida amanhã... Aliás, ficará de qualquer jeito. – Parecia se sentir levemente culpado. – Desculpe, estava me divertindo, e deveria ter parado mais cedo.

– Tudo bem. Também gostei, embora pensasse que fosse detestar – retrucou Indigo. – E se alguém tivesse me dito que um futuro rei gostava de usar luvas de boxe...

Ele a beijou de leve.

– Em primeiro lugar, sou um homem, Indi. Lembre disso.

E o calor em seu olhar a fez estremecer de puro desejo da cabeça aos pés.

– E agora ? – perguntou, quase gaguejando.

– Agora vamos tomar banho. – Lorenzo se inclinou para murmurar ao ouvido dela. – E sugiro juntos.

– Não faço objeção. – Ela respondeu sem fôlego.

Lorenzo retirou suas luvas e olhou as mãos de Indigo.

– Você foi muito bem.

– Porque você é bom professor. – Ela sorriu.

– Como você quando me ensinou a limpar as cames.

– É só uma questão de dar instruções claras, prestar atenção e adaptar as coisas para a pessoa que está aprendendo.

– Foi o que fiz com você aqui. – Ele a beijou. – Agora vamos ao banho.

– Sim, Vossa Alteza Real.

NA MANHÃ seguinte, às 11h30, Lorenzo foi ao ateliê de Indigo.

– Hora do almoço – anunciou.

Ela consultou o relógio.

– Não é um pouco cedo?

– Não. Assim teremos terminado antes que a casa e os jardins sejam abertos, às 13h.

– Conveniente. – Ela verificou se o equipamento elétrico estava desligado e todos os vidros de líquidos bem selados para então acompanhar Lorenzo.

Ele carregava uma cesta de vime. Encontraram um belo lugar no gramado perto das estufas com vista para o lago. Lorenzo surgiu com um cobertor para sentarem. Depois abriu uma toalha de mesa vermelha e branca e colocou os pratos, talheres e duas taças de champanhe.

Era mais elegante do que a caixa de piquenique com copos e pratos de plásticos com que Indigo estava acostumada.

– Convenceu o cozinheiro a preparar isto? – Ela perguntou.

– Na verdade, não. Enviei um dos seguranças à cidade com uma lista de compras, e arrumei tudo com minhas próprias mãos.

– Habilidoso e organizado. Boa combinação. – Indigo elogiou.

Embora em parte questionasse se algum dia ele poderia ser um homem comum que fosse sozinho às compras sem planejar tudo como uma operação militar e mandar alguém no seu lugar com uma lista.

A primeira caixa na cesta continha agrião, tomates, pimentão em tiras e fatias de manga. A segunda trazia frango em pedaços e um pote com temperos.

– Esqueci de perguntar se gosta de comida apimentada, porque trouxe molho de chili e coco.

– Gosto.

Ele desembrulhou pão com fibras que cortou com as mãos, e por fim surgiu com um purê vermelho que Indigo cheirou.

– Parece morango.

– Sim, em purê. – Lorenzo colocou um pouco em cada taça e acrescentou champanhe. – Trouxe só meia garrafa para você não ficar bêbada e poder trabalhar depois.

Ela tomou um gole.

– Fabuloso. O que é? Coquetel de morango?

– Chama-se Rossini.

– E onde descobriu esta receita?

Ele riu.

– Colégio dos príncipes.

– Sim, sim. – Indigo resmungou, erguendo a taça em um brinde. – A você. E obrigada por me mimar tanto.

– O prazer é meu. – Ele se inclinou e a beijou de leve.

Indigo apreciou a comida, a luz do sol e, principalmente, a companhia.

Quando terminaram a salada, Lorenzo ofereceu mais purê de morangos e biscoitinhos.

– São perfeitos. – Indigo suspirou.

Ele sorriu.

– Estou aqui para agradar. – Beijou o canto de sua boca. – Migalha.

Ela entrou na brincadeira e o beijou no mesmo lugar, dizendo:

– Mancha de açúcar.

Ele a beijou até que ficasse tonta.

Depois se deitou com a cabeça no colo dela, pensativo. Indigo afastou o cabelo de sua fronte.

– O que está pensando?

– Gostaria de escolher um momento para guardar por toda a vida.

– Faça isso. Aqui. – Ela colocou a mão sobre seu coração. – E aqui. – Acariciou sua testa.

– Manterei este momento. – Lorenzo murmurou. – Um perfeito dia inglês ensolarado.

Ela entendeu. O sol brilhava sobre o lago, os passarinhos cantavam, o perfume de rosas, morango e champanhe enchia o ar... Só uma coisa faltava. Ela colheu algumas margaridas.

– O que está fazendo? – Ele perguntou.

– Nada. Feche os olhos – pediu ela, começando a tecer uma corrente de margaridas. Quando terminou, prendeu as pontas e fez uma coroa. – Para você. – Lorenzo abriu os olhos no instante em que Indigo colocava a coroa em sua cabeça.

Por um instante pareceu muito triste como se ela o tivesse lembrado de uma coroa muito mais pesada que usaria dentro de semanas.

– Estava pensando em Oberon, o rei das fadas de *Sonho de uma noite de verão* – disse Indigo. – Espero que conheça Shakespeare. Estudou Literatura Inglesa?

– Economia, mas tive amigos que estudaram Inglês.

– E música? Estudou? – Indigo sabia que era o que ele mais gostava.

Lorenzo deu de ombros.

– Economia era mais prático.

– Mas se pudesse escolher?

– Então sim, provavelmente estudaria no conservatório musical – admitiu ele.

– Tive sorte. – Ela murmurou. – Fiz o que queria da minha vida.

– Amo o que irei fazer – retrucou ele, embora soasse um tanto vazio e triste.

Indigo resolveu beijá-lo para que se alegrasse.

Ele a abraçou com força, como se precisasse dela de verdade. Quando o beijo acabou, disse:

– É melhor voltarmos agora.

Indigo o ajudou a arrumar os objetos do piquenique.

– Obrigada, Lorenzo, adorei.

– De nada. – Ele acariciou seu rosto. – Gostei que fosse com você.

Ela também havia gostado.

HOUVE UM dia naquela semana em que Indigo acordou e se viu sozinha.

Lorenzo nada havia dito sobre precisar acordar mais cedo ou voltar para Londres.

Será que tinha mudado de ideia a respeito de sua aventura?

Magoada, ela se levantou e vestiu o roupão, então viu um bilhete perto da cama. Uma despedida?

Bem, havia concordado que seria uma aventura breve. E o fato de estar se apaixonando por Lorenzo... era tolice sua.

Controlando-se, pegou o bilhete e leu.

Encontro você no lago perto da casa de barcos.

Então não era uma despedida, Indigo refletiu. Sem dúvida ele havia deixado o bilhete sobre seu travesseiro, e a folha tinha caído. Indigo lembrou das conversas sobre o sr. Darcy. Será que ele ia mergulhar no lago? Ou planejava algo maluco e espontâneo como remar com ela pelo rio para ver o sol nascer?

Indigo sorriu, se vestiu depressa e rumou para o lago.

Lorenzo, sentado nos degraus da casa de barcos, usava um traje completo da época da Regência, incluindo botas de couro de cano longo até os joelhos. Estava fantástico, e o coração de Indigo acelerou.

Ele acenou ao vê-la, e tirou as botas.

Indigo parou. Será que ia fazer o que ela pensava que faria?

Observou enquanto Lorenzo tirava o paletó preto, a gravata e o colete de seda, deixando tudo sobre os degraus. Então, ele a brindou com um sorriso muito sensual e mergulhou no lago ainda usando a calça cor de creme e a camisa branca larga.

– Oh, meu Deus – murmurou ela. – O próprio sr. Darcy.

Apreciou Lorenzo nadar, os braços musculosos se movendo de maneira ritmada, e então ele saiu do lago com a camisa de algodão grudada na pele.

Era a visão mais sexy que Indigo já havia presenciado.

– Fiz certo? – Ele perguntou enquanto se aproximava.

– Oh, sim, muito certo. – Ela respondeu, constrangida por perceber que gaguejava. – E o seu cabelo fica ondulado quando está molhado. Não tinha notado antes... e tem os lindos olhos escuros como o ator Colin Firth... Obrigada por ter transformado em realidade o episódio do lago de que tanto gosto.

Lorenzo franziu a testa.

– Por favor, não banque a fã ardorosa.

– Pergunte à Lottie... ela dirá o mesmo. Sabe que adoro *Orgulho e preconceito* – protestou Indigo. – E li em algum lugar que Jane Austen baseou o personagem do sr. Darcy no poeta Byron.

– Não sei. Mas, de qualquer modo, não sou louco, mau ou perigoso como diziam sobre Byron.

Ela riu, pensando que, na verdade, Lorenzo era perigoso, pois poderia se apaixonar por ele com tanta facilidade, o que seria a coisa mais estúpida a fazer... porque ela não se enquadrava no mundo dele e Lorenzo não podia abandonar seu mundo para ficar com ela. Então, suspirou e disse com displicência:

– Espero que tenha trazido uma muda de roupa.

– Claro. Ainda bem, porque a água estava mais fria do que pensei. – Tomou Indigo pela mão e a conduziu para a casa de barcos; despiu-se e enxugou-se com uma toalha.

– Creio que o sr. Darcy do livro não tinha roupas secas para trocar quando saiu do lago. – Indigo brincou, temendo que ele ouvisse seu coração bater muito forte.

– Eu me precavi porque não queria me encontrar com você no jardim hoje. Ou molhar os tapetes de Edensfield Hall. Além disso, creio que Darcy deve ter levado junto um criado que esperava perto do lago com uma muda de roupas secas para o amo.

– Não sei – retrucou Indigo. – De qualquer modo, prefiro desenhar você com essa fantasia de sr. Darcy.

– Não me diga que trouxe lápis e um bloco de desenho. – Ele resmungou.

– Não, mas tenho isto. – Ela bateu na testa. – Guardarei sua imagem aqui.

– Está com uma câmera oculta? Faz realmente o gênero Bond girl com um microfone na boca e uma câmera nas lentes de contato?

– Muito engraçado. Sabe o que quis dizer. Minha memória.

E era exatamente isso que estava fazendo, não? Aproveitando ao máximo sua aventura e armazenando recordações no breve tempo juntos; lembranças que durariam muito tempo e que apagariam o sofrimento que Nigel havia causado no passado.

Ele a beijou longamente.

– Venha. Preciso de um banho quente, de preferência com você.

– Se é um comando real – disse ela sorrindo –, desta vez será um comando que obedecerei feliz.

– Ótimo.

Dessa vez, quando ele a despiu, deixou as roupas caírem no chão formando um monte... diferente do modo como havia ajeitado seu vestido de veludo na poltrona.

Ela riu e o beijou, comentando:

– Fico feliz que esteja perdendo a mania da ordem.

– Você me ensinou que ser espontâneo é bom.

E Indigo gostava de vê-lo tentar ser espontâneo. Por ela.

– Planejar é bom, também. – Ela observou.

Sem dúvida, ele precisou planejar para o piquenique e o momento do sr. Darcy, e ela adorou cada segundo das duas ocasiões.

– Indi, você fala demais. – Ele murmurou, voltando a beijá-la.

CAPÍTULO 7

– VAI ESTAR ocupado amanhã de manhã? – Indigo perguntou a Lorenzo na sexta-feira.

Ele fez um gesto displicente com a mão, afastado a ideia.

– Posso remanejar meus planos, se quiser fazer alguma coisa.

– Alguns dos meus vitrais preferidos no país ficam perto daqui. Pensei em levá-lo para conhecê-los.

Ele pareceu pensativo.

– Gostaria muito, e Bruno pode nos levar.

– No seu carro oficial? – Ela não tinha pensado nisso, mas provavelmente Lorenzo não costumava dirigir muito. Não podia sair sem os seguranças, então, tudo devia ser planejado. – Porém, se virem uma limusine preta no estacionamento logo pensarão que há uma celebridade na igreja e correrão para ver quem é. Entretanto, se virem minha velha van com a inscrição "I. Moran, Restauração de Vitrais" escrita na porta concluirão que estamos ali a trabalho e não seremos perturbados.

– Há lugar na sua van para meus seguranças?

Ela balançou a cabeça em negativa.

– Não há assentos na parte de trás... é onde transporto minhas ferramentas e as molduras.

– Sei que suas intenções são boas, mas, por mais que quisesse ir – murmurou ele –, não seria justo com meu avô ou você sair de Edensfield sem meus seguranças. Preciso ser cauteloso.

Sim, ela refletiu, Lorenzo era um futuro rei.

– Tem razão. Não pensei direito.

Lorenzo estava acostumado a planejar tudo nos mínimos detalhes. Indigo pensou que devia ser angustiante não poder fazer nada no impulso do momento e ter sempre pessoas vigiando as suas costas. Quando ele conseguia tempo para apenas *viver*?

Ele se inclinou e a beijou de leve.

– Podemos dar um jeito. Sempre há um jeito.

Verdade? Indigo não tinha certeza.

– Sua van não serve, nem meu carro. Mas talvez possamos pedir emprestado um carro de Gus que seja mais modesto. Bruno poderá guiar, e ele e Sergio nos deixarão à vontade para visitarmos a igreja.

– Acho que está bem assim. – Ela concordou.

– Ótimo. – Ele tornou a beijá-la. – Vou procurar Gus.

– Indi o convenceu a fazer excursões para ver vitrais? – Gus deu risada. – Lottie vai ficar amuada por não ir junto e depois parar em alguma casa de chá com todos aqueles docinhos.

– Prometo trazer guloseimas para ela – retrucou Lorenzo, rindo também.

– É claro que empresto um carro, seu idiota. Indigo tem razão... se for naquele monstro enorme e negro todos saberão que uma celebridade está ali.

– Não sou uma *celebridade*. – Lorenzo disse de mau humor.

– É, sim, segundo os jornais. – Gus fez uma pausa antes de continuar. – Essa amizade entre você e Indigo... Tem certeza que é boa ideia?

Lorenzo sentiu o rosto pegar fogo.

– Sabemos o que estamos fazendo. É temporário.

– Está com a mesma expressão no rosto que eu mostrei com certeza quando conheci Maisie – observou Gus. – E nunca o vi assim antes.

– É temporário – repetiu Lorenzo. – Iremos nos separar quando eu voltar para Melvante. E diremos adeus como amigos.

Gus arqueou as sobrancelhas.

– Indi é muito mais vulnerável do que demonstra, sabia? Se você a magoar, Lottie irá esquartejá-lo. – Pausa. – Na verdade não, pois serei o primeiro da fila para esquartejá-lo.

– Não vou magoar Indigo. – Lorenzo colocou a mão no ombro de Gus. – Embora me alegre por ver que existem pessoas prontas a protegê-la.

– Indigo passou maus bocados com questões de família.

– Sei. Ela me contou.

– Contou? – Gus parecia surpreso. – Então é pior do que eu imaginava. Ela nunca fala sobre a família.

– Não vou fazê-la sofrer – repetiu Lorenzo.

– Isso vai acabar em lágrimas. – Gus alertou, balançando a cabeça.

– Não vai, não. Vou garantir que não – disse Lorenzo.

As palavras de Gus ficaram martelando em sua cabeça a tarde toda. Seu melhor amigo se apaixonou por Maisie e se casou com ela no espaço de seis meses. Dois anos depois, continuavam delirantemente felizes.

Porém, a diferença era que Gus e Maisie vinham do mesmo mundo. Ele e Indigo, não. Bem, ambos tinham pais nobres, mas a semelhança acabava aí. Indigo escapou desse mundo assim que conseguiu, e jamais voltaria. Além disso, ela amava seu trabalho. Não estaria preparada para desistir dele a fim de viver dentro de uma gaiola dourada.

Lorenzo tratou de se acalmar. Não estava apaixonado por Indigo Moran e nem ela por ele. Não planejavam ser felizes juntos para sempre. Estavam se divertindo e apreciando a companhia um do outro... fazendo uma pausa em suas vidas habituais.

Gus estava apenas comparando através dos óculos cor-de-rosa de seu casamento feliz e dos filhos que em breve teria. Tudo daria certo, Lorenzo tratou de se convencer.

No sábado de manhã, Lorenzo e Indigo tomaram café depressa na cozinha, depois foram encontrar os seguranças perto do carro emprestado de Gus. Bruno programou o percurso no GPS e os levou por estradas estreitas no meio do campo até um vilarejo lindo. A igreja de pedra surgia sobre um monte no canto da vila e, como Indigo havia dito, quando Lorenzo torceu a enorme maçaneta de ferro na pesada porta de carvalho, ouviu-se um clique e puderam entrar.

A igreja era maravilhosa com dois patamares de janelas e repleta de luz.

– Venha ver meu centauro. É uma de minhas peças favoritas de vidro no mundo todo. – Indigo o levou até uma das janelas.

Ali havia um círculo de vidro. A parte externa era na cor púrpura; no meio surgia uma figura em preto e branco circundada de amarelo mostrando um centauro tocando violino com um cãozinho correndo entre seus pés.

– E há isto também. – Indigo se virou e apontou para um anjo.

Lorenzo riu.

– Um anjo, sem dúvida. Tinha de haver um anjo.

– Oh, tenho mania de anjos. – Ela concordou com um aceno, sorrindo. – Adoro a calça de Gabriel feita de penas. Sabia que na Idade Média assim se vestiam os anjos?

Seu amor pelo tema era contagioso e encantador. Lorenzo adorava seu entusiasmo e a facilidade com que sabia discutir sobre o assunto.

Naquele instante, uma mulher entrou trazendo uma braçada de flores. Sorriu para eles.

– Oh, não liguem para mim. Só vou separar as flores. Vamos ter um casamento aqui esta tarde – confidenciou.

Lorenzo e Indigo se entreolharam.

Casamentos.

Por um insano momento Lorenzo se imaginou de pé diante do altar com a igreja cheia de rosas e abarrotada de pessoas que desejavam compartilhar aquele momento enquanto aguardava que Indigo caminhasse na sua direção.

Céus. Talvez Gus tivesse razão porque estava começando a ter visões estranhas. Nunca pensava no seu futuro casamento. Seria uma espécie de acordo com propósitos diplomáticos, e os interesses do país vinham antes de seus desejos pessoais.

Porém, agora a ideia havia se enraizado em sua cabeça: Indigo, de vestido de noiva e véu, segurando um buquê simples, caminhando pela nave atapetada em sua direção.

– Este seria o lugar perfeito para casar – murmurou ela.

Será que estava pensando na mesma coisa que ele? Imaginando que caminhava pela nave da igreja... ao seu encontro?

Enquanto se afastavam da mulher que arrumava as flores, ele teve de perguntar:

– É aqui que deseja se casar?

– Creio que jamais me casarei. – Indigo ergueu o queixo. – Casamento é só um pedaço de papel e não impede que as pessoas mintam ou trapaceiem.

A dor era óbvia em sua voz. Pensava na situação de seus pais, ou já teria sido casada e sofrera com a traição de alguém?

O rosto de Indigo se contraiu.

– O casamento é uma instituição, e não gosto muito de instituições.

Lorenzo desejou abraçá-la. Dizer que tudo ficaria bem e que jamais deixaria que alguém a magoasse de novo.

Porém, era uma promessa que não tinha o direito de fazer. O máximo que poderia fazer seria, por assim dizer, guardar Indigo enrolada em mantas de algodão, porque não poderia protegê-la de tudo. E se ela fosse acomodada dentro de mantas de algodão como um objeto precioso e frágil perderia sua liberdade. Sufocaria. Como a mãe dele havia sufocado.

Como reverter essa situação?

– Se um dia mudar de ideia e se casar, aposto que será em uma igreja com vitrais espetaculares – acabou por dizer. – E usará um vestido nada tradicional e sapatos estranhíssimos.

Ela sorriu.

– Pedirei a minha amiga Sally, a estilista, para desenhar o modelo... Sally que teve a ideia do vestido de veludo. Porém, a verdade é que não me casarei. – Respirou fundo. – Mas você se casará com alguém usando um vestido feito por um costureiro famoso. Extremamente elegante e muito tradicional, com muita renda feita à mão. Em uma catedral.

– Acho que sim – murmurou ele.

Deixe para lá, ralhou consigo mesmo. Mas acabou dizendo:

– Vai gostar da catedral em Melvante. É gótica.

– Bons vitrais?

– Só você poderá dizer. – Lorenzo fez uma pausa e propôs. – Venha ver por si mesma.

Ela balançou a cabeça com tristeza.

– Nós dois sabemos que, quando voltar, nunca mais nos veremos. Então, não vamos falar sobre isso. Falávamos de catedrais. – Sorriu. – Adoro a catedral em Norwich. Há um vitral lindíssimo de Burne-Jones lá. Fui fazer compras de Natal com Lottie certa vez, e fomos ouvir os cânticos na catedral. Havia uma enorme árvore de Natal e centenas de velas. – Indigo sorriu relembrando. – Foi mágico com o aroma do pinheiro, o coro e o vitral. Depois fomos a uma confeitaria e começava a nevar. Tudo ficou ainda mais impregnado pelo espírito natalino. Tomamos chocolate quente e comemos o melhor bolo de café que já provei.

– Talvez possamos ir lá agora. – Ele sugeriu.

De novo ela balançou a cabeça.

– Já estamos nos arriscando muito visitando uma igrejinha no campo. Bruno e Sergio não iam gostar nada de uma visita à cidade sem programação.

– Concordo.

Ele a fitou e pensou em quantas coisas que não podia fazer. Indigo tinha tanta sorte por ser livre e não pertencer ao mundo dele.

Colocou dinheiro na caixa de esmolas da igreja; depois os dois se despediram da mulher das flores e saíram para a luz do sol.

– Vamos a uma confeitaria no caminho de volta – disse ele.

– Por quê?

– Porque prometi levar doces para Lottie. E sei que ela adoraria estar aqui conosco.

Indigo olhou para Sergio e perguntou:

– Podemos visitar uma confeitaria? Ou talvez seja melhor eu entrar sozinha enquanto Sua Alteza Real espera no carro com você e Bruno?

Lorenzo pigarreou.

– Minha vida não é *tão* cerceada assim, Indigo.

Oh, era sim, Indigo pensou.

– Podemos todos ir à confeitaria se Vossa Alteza Real desejar – disse Sergio, dirigindo-se a Lorenzo.

Indigo sorriu.

– Então quer dizer que vou tomar um lanche com três belos homens? Maravilha. – Cutucou o braço de Lorenzo e murmurou ao seu ouvido. – E devo concluir que você, um príncipe, não carrega dinheiro consigo como a rainha da Inglaterra e eu pagarei a conta?

– Não vai pagar nada. – Lorenzo parecia ofendido. – Eu pago.

– Estava brincando. Porém, gostaria de lhe oferecer um café – retrucou Indigo. – Principalmente depois do piquenique que me proporcionou.

– Eu pago. – Ele insistiu.

– Não está prestando atenção. Sou independente, Lorenzo, pago minhas contas desde que consegui meu primeiro trabalho, aos 14 anos, e quero lhe pagar um café. Gostaria de lhe fazer uma gentileza. Então, cale a boca, OK?

POR UM momento, Lorenzo refletiu se o ex de Indigo havia tentado tirar sua independência. Seria por isso que ela era tão zelosa a esse respeito?

Apertou a mão dela.

– Obrigado. Vou adorar um café.

A confeitaria estava cheia, e ninguém prestou muito atenção aos quatro recém-chegados que se sentaram todos juntos. Eram simplesmente outros clientes. Lorenzo refletiu há quanto tempo não conseguia sair assim incógnito.

Indigo pediu café e doces para os quatro, e Lorenzo se surpreendeu ao perceber que o café era tão bom quanto em Melvante, e que os doces eram delicados e deliciosos. O tempo todo Indigo conversou displicentemente com Bruno e Sergio. Lorenzo jamais os vira tão falantes, nem quando treinavam boxe. Indigo tinha o dom de deixar as pessoas à vontade. Podia ensiná-lo tantas coisas, mas o que ele poderia lhe oferecer em troca?

INDIGO PEGOU uma caixa de doces para Gus, Lottie, Syb e Maisie. Então viu uma embalagem de petiscos para cães no balcão e a comprou também.

Lorenzo voltou para Edensfield em silêncio, sentado ao lado dela, e Indigo percebeu que estava se apegando muito a ele. Se isso continuasse, acabaria sofrendo; precisava proteger seu coração e lembrar-se de quem Lorenzo era. Podia ser o Homem Certo no Momento porque ela desejava que assim fosse, porém, não era seu Príncipe Encantado Para Todo o Sempre.

CAPÍTULO 8

A ÚLTIMA semana de Lorenzo em Edensfield foi idílica. De dia, se ocupava com assuntos oficiais; as noites eram passadas fazendo amor com Indigo e dormindo com ela enrodilhada em seus braços. Nos intervalos, encontravam tempo para fazer longas caminhadas de mãos dadas, ou ele tocava piano para ela, ou Indigo lia para ele, que repousava a cabeça em seu regaço. Às vezes admiravam o pôr do sol sobre o lago; em outras, deitavam sobre a grama úmida e observavam as estrelas. Todas as coisas românticas e simples que os amantes faziam.

E Lorenzo começou a compor música de novo, algo que não fazia há séculos. Sabia que sua inspiração vinha de Indigo e no modo como era impulsiva e via alegria em tudo.

Cada dia se tornava mais doce-amargo porque os aproximava do momento da separação,

E, então, Lorenzo compreendeu.

Não queria deixar Indigo. Gostava de tê-la em sua vida, e tinha certeza que era recíproco. Muito bem, haviam concordado que seria apenas uma breve aventura e que terminaria quando ele voltasse para Melvante. Entretanto, não havia motivo para não reavaliar o acordo.

– Indi... andei pensando – disse ele quando estavam deitados sobre a manta fitando as estrelas.

– Devo me preocupar com isso? – Ela provocou em tom de brincadeira.

– Partirei dentro de três dias.

– Já sei. – Ela acariciou seu rosto. – Sentirei saudades.

– Eu também. – Lorenzo se virou para fitá-la nos olhos. – Por isso andei pensando. Não precisa ser assim.

– Sim, precisa. Vai partir para se tornar o rei de Melvante e eu ficarei aqui em Edensfield para terminar meu trabalho nos vitrais da biblioteca.

– Fez um acordo profissional e naturalmente deseja cumpri-lo. Porém, quando terminar, nada a impedirá de ir a Melvante e ficar comigo. – Ele a beijou depressa. – Depois você voltará para a Inglaterra, e quase sempre nos falaremos por telefone, porém, são apenas algumas horas de avião separando a Inglaterra de Melvante. Poderemos combinar algum encontro, várias vezes por ano.

– Espere um pouco, está querendo dizer que deseja que isto entre nós...? – Indigo arregalou os olhos.

– Desejo que seja oficial e não mais temporário. Sim – respondeu ele sem titubear.

LORENZO QUERIA ficar com Indigo. Em público e em particular. E ela não seria mais Indigo Moran, restauradora de vitrais, mas o equivalente a uma Namorada Oficial da Realeza, vivendo em um palco aberto ao público, presa por regras e normas.

Sim, ficaria com Lorenzo. Não precisaria desistir dele.

Entretanto, o sofrimento provocado por esse estilo de vida minaria o relacionamento, sugando todo o entusiasmo e nada deixando além do vazio e da dor.

E Indigo não queria isso de jeito nenhum. Desejava manter as lembranças intactas. Perfeitas.

– Indi? – Ele pressionou.

Falar francamente com ele iria ferir seus sentimentos. Porém, concordar com o que ele queria o magoaria ainda mais no final das contas.

– Não, não podemos. – Ela murmurou com suavidade. – Não me enquadraria no seu mundo, Lorenzo.

– Como pode ter certeza?

– Simplesmente sei.

E ele ficou sem argumentos para retrucar. Porém, precisava saber por que ela estava tão determinada a ir contra sua proposta. Então, perguntou à queima-roupa:

– Indi, o que é tão ruim no meu mundo?

– É cheio de regras e regulamentos. Você está preso dentro de uma caixa e esperam que fique dentro. Precisa se vigiar e ser vigiado, fazer o que é esperado que faça o tempo todo, em especial atualmente, quando existem as mídias sociais... o que significa que nunca pode "desligar". É observado a cada segundo do dia. Um escorregão involuntário, e de repente se verá revelando ao mundo inteiro o nosso romance, algo que talvez gostasse de manter em segredo. – Ela sorriu com tristeza. – É como falar em um megafone em cima de um pedestal no meio de Trafalgar Square. E esse "algo" ficará conhecido de todos dentro de segundos... uma fofoca apimentada. – Indigo deu de ombros.

– Mas então alguém proporcionará outra fofoca picante e o que fizermos será esquecido. – Ele replicou.

– Até a próxima vez. Então tudo recomeçará. Cada pequeno erro será catalogado e servirá para depor contra você.

– Mas você estaria em uma posição diferente sendo minha namorada oficial – argumentou ele. – Ninguém tentaria derrubá-la.

INDIGO PODIA ver na expressão do rosto de Lorenzo que ele acreditava nisso de verdade. Para alguém tão inteligente, ela refletiu, às vezes ele não percebia como as coisas aconteciam no mundo das pessoas comuns.

– Talvez não na minha frente, mas pelas minhas costas, sim. Todos esperam que você se case com uma princesa. E a imprensa não teria piedade. Ia querer saber o que você viu em mim. Cavariam toda a lama envolvendo meus pais.

E sobre Nigel também, um episódio que ela não desejava revelar para Lorenzo. Ainda se envergonhava muito por ter sido tão ingênua e idiota, mantendo um relacionamento com um homem que, no final das contas, era casado. E ainda doía pensar no aborto espontâneo que teve; era impossível revelar isso.

– Você não pode ser refém das escolhas que seus pais fizeram – disse ele.

– Não posso me encaixar no seu mundo, Lorenzo. Não me peça isso. Não desejo ser o chicote com que a imprensa irá açoitá-lo. E só temos mais alguns dias para ficarmos juntos. Por favor, não estrague isso.

O QUE ele podia responder diante disso?

Só o que podia fazer era abraçá-la.

E, naquela noite, o ato de amor foi muito mais intenso e ansioso. Se Indigo tivesse dado uma chance para os dois, ele tinha certeza que fariam a coisa funcionar a seu favor.

Porém, a teimosia sem dúvida era a marca registrada de Indigo. E ele não tinha meios de provar para ela que a vida em Melvante não seria tão assustadora quanto Indigo previa.

EM SUA última noite em Edensfield, Lorenzo adormeceu nos braços de Indigo. Mas ela ficou acordada sem conseguir conciliar o sono e desejando, de alguma forma, congelar o tempo.

Ele havia pedido para tornar o relacionamento permanente. Mas como podia concordar com isso? Iria expô-lo ao tipo de escândalo de que Lorenzo não precisava, em especial quando estava para começar a governar Melvante. Indigo não queria que o início de seu reinado ficasse manchado por um escândalo causado por ela.

– Será um rei maravilhoso – murmurou ela, apertando-o de encontro ao peito. – Fique com meu amor para sempre, embora eu desejasse que as coisas fossem diferentes.

Agora Indigo tinha certeza que ficaria sozinha porque, depois de Lorenzo, não iria querer outro homem. Nenhum jamais chegaria aos pés dele e não seria honesto se envolver com outro sabendo que esse outro sempre ficaria à sombra de Lorenzo, mas tudo bem em ficar solteira. Tinha bons amigos e um bom trabalho. Isso lhe daria apoio para prosseguir.

Porém, quando Lorenzo casasse com sua princesa perfeita, sem dúvida Indigo não iria ligar a televisão para assistir ao enlace. Desejaria felicidades, mas não suportaria vê-lo casar com outra.

– Gostaria que tivéssemos nos conhecido em outra vida – murmurou. – Quando as coisas entre nós pudessem dar certo. Mas não era para acontecer, e precisamos ser adultos e encarar a realidade de frente. Iremos nos dar as mãos, dizer adeus, e rumar em direções opostas com nossos corações intactos.

Enquanto falava, Indigo sabia que estava mentindo para si mesma.

Quando Lorenzo acordou na manhã seguinte, Indigo ainda dormia. Sua cabeleira de sereia estava espalhada sobre o travesseiro e os olhos fechados exibiam os longos cílios. Era tão bonita.

– Se pelo menos você não fosse tão teimosa – murmurou ele.

Por que ela não percebia que poderia dar certo? Estavam no século XXI, e grande parte dos velhos tabus sociais haviam caído por terra. Não importava que ela não fosse uma princesa. Não importava que seus pais não tivessem se casado e que ela fosse o fruto de uma aventura; a culpa não era dela. E Lorenzo sabia que Indigo era forte o suficiente para se controlar e se apresentar muito bem em qualquer situação social; ela possuía uma simpatia e um entusiasmo naturais que atraíam as pessoas. Mesmo as que talvez não desejassem aceitá-la de início capitulariam assim que a conhecessem melhor.

Mas o principal obstáculo era a própria Indigo.

Se pelo menos ela acreditasse em si mesma, em seu relacionamento, haveria chance de dar certo.

Mas, como fazê-la acreditar?

Lorenzo a abraçou até que ela despertou, e então fizeram amor pela última vez. E o tempo todo ele sabia que seus olhos estavam tão úmidos quanto os dela.

– Não precisamos dizer adeus – disse, ninando-a contra o peito. – Podemos fazer isto dar certo para nós.

Ela apenas balançou a cabeça como se não confiasse na própria voz.

Lorenzo suspirou e alcançou a carteira.

– Aqui.

Ela fitou a folha de papel que ele estendia.

– O que é?

– Para você. Escrevi uma canção. Bem, não tem letra, mas o nome é "Indigo".

– Escreveu uma canção para mim?

– Sobre como me sinto ao seu lado.

– Jamais alguém escreveu uma canção para mim. – Ela o fitou, maravilhada. – Obrigada.

– Talvez ache horrorosa quando ouvir.

– Não acharei.

Engraçado: Indigo tinha certeza disso e ao mesmo tempo não confiava nos dois *juntos*.

– Também tenho uma coisa para você – disse Indigo.

Ela deslizou para fora da cama e remexeu em uma gaveta, entregando a Lorenzo um tubo de cartolina.

– Não olhe agora. Mais tarde.

Teria desenhado algo para ele?

– Obrigado – agradeceu ele em voz baixa.

Indigo engoliu em seco.

– Creio que estamos nos dizendo adeus. Melhor assim. Eu não... gostaria que fosse na frente dos outros.

Lorenzo refletiu que ela estaria trabalhando quando ele fosse embora, e poderia se esconder atrás de seu vitral.

– Sei. – Lorenzo murmurou. – Não vou dizer mais nada.

– Seja feliz. – Ela desejou. – E tenho certeza que será um rei esplêndido.

Lorenzo sentiu um nó na garganta e foi difícil pronunciar as palavras seguintes:

– Seja feliz também. E espero que encontre alguém que possa lhe dar o que eu não posso.

Liberdade. Mas ele tinha certeza que Indigo não encontraria outro que a amasse do modo como havia aprendido a amá-la.

Mais tarde, no avião de volta a Melvante, ele desenrolou o tubo de cartolina e tirou uma folha de papel manilha. Indigo havia desenhado um anjo dentro de um caramanchão de rosas. O anjo tinha o rosto dele.

Indigo e seus anjos, ele sorriu com satisfação lembrando da igreja que haviam visitado juntos e da alegria no rosto dela ao lhe mostrar o vitral.

Então Lorenzo olhou mais de perto o desenho que tinha nas mãos. Seria imaginação sua ou o anjo não estava exatamente dentro de um caramanchão, e as rosas cobriam as barras de uma gaiola?

Então era assim que Indigo via sua vida. Ele estava preso em uma gaiola.

Porém, não precisava ser necessariamente assim. Podiam ser apenas rosas.

E ele precisava convencê-la de alguma forma. E não só Indigo, mas também seu avô, de que havia encontrado a mulher certa para ser sua esposa e rainha de Melvante, porque era isso que queria.

Quem sabe um breve espaço de tempo, quando ela tivesse oportunidade de refletir e sentisse sua falta, ajudasse Lorenzo a fazer isso.

CAPÍTULO 9

A CAMA parecia grande demais, os dias longos demais, e tudo era sem graça.

E ela que pensou sairia inteira no final de seu romance, refletiu. Estava se iludindo.

E continuava se iludindo. Lorenzo havia voltado para Melvante, onde pertencia, e isso era tudo. Ela, felizmente, tinha o trabalho que amava e alguns bons amigos que substituíam perfeitamente sua família. Então, ficaria muito bem, disse a si mesma com severidade. Chorar à noite até dormir era inútil e ridículo.

Entretanto, era difícil encarar o café da manhã todos os dias.

E acordava durante a noite toda. O que era também ridículo. Mulheres adultas e jovens não deviam acordar de madrugada para ir ao banheiro.

Talvez fosse hora de prestar mais atenção em sua alimentação, porque seus sutiãs começavam a ficar apertados.

Então, um pensamento tenebroso e persistente começou a tomar forma em seu cérebro. Apetite enorme, sutiãs apertados, a vontade de ir ao banheiro no meio da noite... Já havia passado por isso antes alguns anos atrás, quando sua vida tinha virado de cabeça para baixo.

Não. Claro que não. Estava ficando paranoica. Ela e Lorenzo sempre haviam tomado cuidado para que ela não engravidasse. Tudo de que um futuro rei não precisava era de um bebê por acidente, em particular quando jamais poderia se casar com a mãe desse bebê. E Indigo tinha lembranças muito tristes de seu aborto, dois anos atrás.

Porém, pensando agora, de fato sua menstruação *estava* atrasada alguns dias. E ela costumava ser regular como um relógio suíço.

Talvez a menstruação atrasasse porque estava estressada e aborrecida com a partida de Lorenzo. Esperava que fosse esta a razão. Porque a alternativa – de que seus métodos de controle de natalidade haviam falhado – deixaria sua vida extremamente complicada.

Toto passou a acompanhar Indigo para todos os cantos desde que Lorenzo havia partido e ficava ao seu lado no ateliê. O labrador sacudia o rabo que batia no chão fazendo barulho, e fungava nos joelhos dela como a dizer que sabia que ela estava triste e estava ali para consolá-la.

– Garoto lindo. – Indigo se inclinou para lhe fazer um agrado. – Estou sendo idiota. É claro que não estou grávida. Não posso estar.

Embora a gravidez pudesse explicar o motivo para chorar o tempo todo. As lágrimas podiam ser por causa dos hormônios enlouquecidos e não apenas porque sentia saudades do homem que amava, mas que não poderia ter.

– Não posso estar grávida – disse em voz alta de novo.

Porém, no íntimo, sabia que não sossegaria até saber a verdade.

Depois que os visitantes deixaram Edensfield e seu ateliê voltou a ficar silencioso, Indigo dirigiu até a cidade grande mais próxima, onde sabia que não seria reconhecida, e comprou um teste de gravidez no supermercado.

– Indigo Moran, está sendo muito ridícula. Claro que não está grávida, e este teste provará de uma vez por todas – disse a si mesma com firmeza.

De volta ao seu banheiro em Edensfield Hall, fez o teste e observou o aparelhinho para ver se estava tudo certo; observaria as cores para saber se sua vida virava de cabeça para baixo ou não.

Da última vez em que havia feito um teste de gravidez, chorou de alegria, pensando que, apesar de o bebê não ter sido planejado, daria a Nigel a desculpa perfeita de que ele precisava para se comprometer com ela de uma vez por todas. Então ela geraria o bebê do casal, e de novo teria alguém do seu próprio sangue em sua vida, que poderia amar e que a amaria, também.

A reação de Nigel à novidade a chocou imensamente. Mas decidiu ter o bebê; afinal, não era culpa da criança se o pai se revelava um cafajeste mentiroso.

Contudo, seis semanas mais tarde, ela sentiu a dor no ventre e abortou de repente e sem querer.

Indigo respirou fundo. Agora não seria como da outra vez. De jeito nenhum. Porque não estava esperando um filho. Não estava. Não podia estar.

Tratando de se controlar e parar de tremer, examinou o palito do teste de novo.

E então viu o resultado.

Positivo.

MELVANTE PODIA ser seu lar, porém, não era o lugar onde estava seu coração, pensou Lorenzo.

Estar longe de Indigo nos últimos dias havia cristalizado seu desejo de ter uma parceira para toda a vida, alguém inteligente e vibrante a seu modo, que o apoiaria e o ajudaria a pensar com clareza fazendo muitas perguntas, e que, por seu lado, manteria seus próprios interesses, também. Lorenzo adorava o espírito livre de Indigo.

Porém, sabia que ela não suportava gaiolas douradas. Odiaria o estilo de vida que ele teria quando se tornasse rei.

Entretanto, devia haver uma alternativa. Precisava haver espaço para um relacionamento. E, com sorte, se ela sentisse tantas saudades dele quando ele sentia dela, conseguiria descobrir um comprometimento que fosse bom para os dois.

Lorenzo esperou mais dois dias até que confrontou o avô na mesa do café da manhã.

– *Nonno*, você me disse que deveria pensar em casar, lembra?

– Sim. – O avô serviu mais café para os dois. – Então está pronto para conversar sobre isso? Bom. Fiz uma lista de possíveis noivas para você. – Sorriu para Lorenzo. – Como meu pai fez para mim.

– Aí está a questão, *nonno*, já encontrei a mulher com quem desejo me casar – replicou Lorenzo. – Seu nome é Indigo Moran, é uma especialista em restauração de vitrais, e... Bem, ela me torna um homem melhor, e sei que serei um rei melhor se me casar por amor e não por dever.

– Já tive esta mesma conversa antes. – O avô fez uma careta. – Com seu pai. Ele se casou por amor, e veja o que aconteceu.

Acabou atirando o carro em um muro de tijolos com a mãe de Lorenzo ao seu lado, e matou ambos. O resto do mundo pensou ter sido um trágico acidente, porém, Lorenzo e o avô conheciam a verdade: foi um gesto deliberado porque o pai de Lorenzo não suportava a ideia de que a mulher o abandonasse.

Lorenzo encarou o avô de frente.

– *Nonno*, passei grande parte de minha vida tentando demonstrar para você que não sou igual a meu pai, e Indigo não se parece nada com minha mãe.

– Seu pai se casou apaixonado e deu errado – insistiu o avô. – Eu me casei por dever e sua avó e eu fomos felizes juntos. Ambos sabíamos o que era esperado de nós.

– Quero me casar com alguém que compreenda meu trabalho e me apoie – disse Lorenzo.

– Sua avó fez isso por mim.

– E você amava a *nonna*? – perguntou Lorenzo.

– Eu a respeitava e admirava – respondeu o avô. – Portanto, sim, eu a amava.

– Sempre que a via, seu coração batia mais forte e o mundo parecia ficar mais bonito?

O avô sorriu secamente.

– Lorenzo, está confundindo paixão com amor. O amor nasce do respeito e compreensão mútuos. É um sentimento sólido. A paixão... nunca dura. É como uma fogueira: queima e reluz, é espetacular, e se apaga quase que imediatamente. Siga meu conselho e se case movido pelo bom senso, não guiado pela paixão. Seu pai se casou por paixão e depois se arrependeu.

– Não sou como meu pai. – Lorenzo repetiu. – Estava pensando... você queria fazer algo especial para a coroação. Poderíamos encomendar um vitral com rosas para o castelo.

– E por acaso você conhece uma especialista. – O avô arrematou friamente.

Lorenzo sorriu.

– Muito bem, foi pouco sutil de minha parte. Mas será uma boa desculpa para que conheça Indi sem causar nenhuma expectativa de ambas as partes.

– E o que ela sente a seu respeito? – perguntou o avô.

– Isso é confuso – respondeu Lorenzo. – Ela tem dúvidas a respeito do mundo em que vivemos. Acha que é como um aquário de peixes dourados.

– E é mesmo, e ela está certa por ter dúvidas. Nosso mundo não é fácil. – O avô suspirou. – Você precisa entender que tem responsabilidades que outras pessoas não têm. Precisamos colocar os interesses e necessidades de nosso país na frente dos nossos particulares. E é por isso que você precisa se casar com uma mulher que se encaixe no nosso mundo. Alguém que tenha sido criada assim e que não tenha dúvidas.

– Peço apenas que a conheça – insistiu Lorenzo. – Dê uma chance à Indi. E talvez ela possa dar uma chance ao nosso mundo.

– E aí?

– Não sei. Será um passo de cada vez. – Lorenzo respondeu com decisão.

– Você mudou – observou o avô. – O Lorenzo que conheço planeja tudo com muita antecedência.

Sim, havia sido educado desse modo. De maneira formal, rígida, e afastado das outras pessoas.

– Continuo planejando – replicou Lorenzo – , mas aprendi muito com Indi. Às vezes, para que se possa realmente forjar um elo com as pessoas e causar uma diferença, é preciso ser um pouco mais flexível.

– Ela lhe ensinou isso? – O avô pareceu pensativo. – Parece ser uma jovem peculiar.

– Ela é. – Lorenzo sorriu. – Vou chamá-la e arranjar tudo.

UMA BATIDA suave mas insistente soou à porta.

– Indi? Indi, você está bem? Posso entrar?

Lottie.

Deveria mentir e fingir que estava com uma dor de cabeça terrível?

Mas Lottie era esperta. Mesmo que Indigo conseguisse despistá-la pelo momento, a amiga acabaria notando que havia algo errado. E eram íntimas o suficiente para que Lottie perguntasse o que estava errado.

Então Indigo disse com voz rouca:

– Entre.

– Indi, andou chorando – exclamou Lottie entrando e fechando a porta do quarto.

Indigo sentiu que as lágrimas retornavam e as sufocou.

– Querida, o que houve? – Lottie perguntou. – Tem algo a ver com Lorenzo?

– Mais ou menos. – Ela disfarçou.

Lottie a abraçou.

– Sei que está com saudades dele. Olhe, quer que Gus converse com Lorenzo?

– Não, ficarei bem. – Indigo balançou a cabeça. – Vou me controlar.

– Por que não vai a Melvante para vê-lo?

Indigo suspirou.

– Não posso fazer isso, está ocupado se preparando para assumir o trono.

– Mas você está com saudades, e aposto que ele também.

– Combinamos que seria apenas uma aventura e que nos separaríamos ao final.

Lottie arqueou as sobrancelhas.

– Creio que foi mais do que uma simples aventura. Você se apaixonou, não?

Indigo mordeu o lábio.

– É tão obvio assim?

– Meu bem, vocês dois podem ter pensado que eram muito discretos, mas ficou claro para todo mundo – disse Lottie, apertando a mão da amiga. – Os dois sempre desapareciam ao mesmo tempo, então sabíamos que estavam juntos... e o modo como se olhavam, mesmo cada um em um canto da sala, bem... – Lottie se abanou. – Era escaldante.

– Oh. – Indigo percebeu que empalidecia. – Desculpe. Não pretendíamos... – Então, para seu horror, começou a soluçar.

Lottie a abraçou com força e deixou que chorasse à vontade.

– Perdão. Pareço uma esponja embebida em água – brincou Indigo à guisa de desculpa.

– Nada disso. Ficou sozinha por muito tempo e acabou se apaixonando por Lorenzo.

– A última pessoa por quem deveria me apaixonar. – Indigo enfatizou.

– Acho que podia ser pior – disse Lottie, sombriamente. – Além disso, Lorenzo é um bom sujeito. Na verdade, Gus já teve uma conversa de irmão mais velho com ele a seu respeito.

Indigo enxugou as lágrimas com as mãos.

– Que gentil da parte de Gus.

– Ele a considera sua outra irmãzinha, e você teria sido a irmã que eu escolheria se pudesse.

Indigo fungou.

– Não faça isso, Lottie. Vou chorar de novo.

– O que está acontecendo, Indi?

Ela tomou fôlego.

– Não sei por onde começar.

– Tente do início, ou do meio se for mais fácil, ou então vá direto para a parte difícil e desembuche de uma vez – sugeriu Lottie.

– A parte difícil – murmurou Indigo, deslizando a mão pelo cabelo. Bem, já havia passado por isso antes, e Lottie a ouviu naquela ocasião. Podia contar qualquer coisa para a amiga. Então disse:

– Estou grávida.

Lottie colocou a mão em seu ombro e depois a abraçou.

– Indi, tem certeza? Seu período não atrasou apenas porque está estressada com a partida de Lorenzo para Melvante?

– Tenho certeza. – Indigo respirou com dificuldade. – Fiz um teste caseiro. Há três dias.

– Sabe disso há *três dias* e não me contou? – Lottie parecia magoada.

– Não queria despejar isso em cima de você como fiz da outra vez, e eu... eu... Oh, meu Deus, lamento tanto. – Sentiu que seu rosto endurecia de sofrimento,

– Pare de pedir desculpas. Não está jogando nada em cima de mim. É para isso que servem os amigos, e tenho certeza que estaria à minha disposição se as circunstâncias fossem ao contrário. – Lottie tornou a abraçá-la. – Então o que pretende fazer?

– Ainda não sei. – Três noites sem dormir não a haviam ajudado a decidir nada. – Quero dizer, preciso contar a Lorenzo... é claro que preciso. Não seria justo manter essa novidade em segredo... mas nada espero dele.

– Lorenzo não é Nigel, o Salafrário – retrucou Lottie. – É um homem honrado.

– É esse o problema, Lottie. Está para se tornar rei de Melvante. Ter um filho ilegítimo não será bom para ele.

Lottie espalmou as mãos em um gesto de decisão.

– Então transforme essa criança em legítima casando com ele. Você e Lorenzo são loucos um pelo outro.

– Mas não me encaixaria no mundo dele. – Indigo suspirou. – Será como viver em um aquário ou uma gaiola dourada com todos observando cada gesto meu o tempo todo. Não poderia nunca mais ir à praia ou ao parque em um dia de sol só porque acordei animada. – Suspirou. – As programações de Lorenzo são agendadas com meses de antecedência, e há guarda-costas por todos os cantos. Não quero esse tipo de vida para mim ou para meu filho.

– E que tal saber o que Lorenzo quer? – Lottie perguntou.

– Ele já tem muita coisa com que se preocupar para ficar preso a um bebê.

– Indi... Não está pensando...? – Lottie ficou horrorizada.

Indigo balançou a cabeça.

– Não dormi quase nada nas últimas três noites. Tive muito tempo para pensar. Vou tomar a mesma decisão que tomei da outra vez. – Respirou fundo. – *Última vez.* E ambas sabemos o que aconteceu. Vou continuar com a gravidez apesar de temer outro aborto.

– Perdeu o bebê daquela vez, porém, não quer dizer que o perderá agora. No momento, o que você precisa – disse Lottie – é ver um médico e fazer exames de sangue e tudo o mais. E eu a acompanharei para segurar sua mão.

– Não posso pedir que faça isso.

– Não está pedindo: eu estou dizendo o que vou fazer – replicou Lottie, decidida. – E, por uma vez na vida, sua mania de independência terá de ser abafada e terá de ouvir os outros. Certo?

Indigo sorriu entre lágrimas.

– Certo.

QUANDO INDIGO saiu do consultório médico, com a gravidez confirmada e exames marcados no hospital, consultou seu celular.

Havia duas chamadas perdidas, ambas de Lorenzo. E uma mensagem de voz também dele pedindo que ela telefonasse.

Indigo engoliu em seco. Como era estúpido ficar a ponto de chorar só porque ouviu a voz dele. Deviam ser os hormônios se debatendo como loucos em seu sistema. Afinal, em condições normais, não era tão patética e carente.

E por que Lorenzo queria que telefonasse? Certamente ele não...?

Indigo tratou de se controlar. Não. Era óbvio que ele não fazia ideia da situação atual dela.

Não podia ler sua mente, e Indigo tinha certeza que Lottie não havia traído sua confiança.

Retornar a ligação pelo menos lhe daria a chance de conversar com ele. Talvez conseguisse uma abertura para abordar o assunto do bebê. Não que contar pelo telefone fosse o ideal, porém, o fato de falar com Lorenzo já seria um começo. Perceberia, pelo seu tom de voz, como lidar com o problema.

Quando voltou à privacidade de seu carro, telefonou para Lorenzo. Embora contasse com a possibilidade de ser obrigada a deixar uma mensagem de voz, ele atendeu prontamente.

– Indi. Obrigado por ligar.

Ela tentou ser o mais natural possível.

– Em que posso ajudá-lo?

– Tenho um trabalho para você. Em Melvante. Estava pensando em um vitral de rosas.

O trabalho dos seus sonhos. Indi havia conversado com ele sobre o que adoraria criar se tivesse a oportunidade, e ele lhe estava oferecendo... apesar de ser em seu país e não no dela.

– Seria no palácio? – Ela perguntou desconfiada.

– Sim. É para a coroação. Sei que estou avisando muito em cima da hora, mas acha que poderia fazer?

Então Lorenzo queria que trabalhasse para ele?

Como foi ingênua pensando que talvez ele desejasse apenas ouvir o som de sua voz. Bem, afinal, havia pedido para tornar sua relação permanente e ela o rejeitou. Ele não tinha por que pensar que Indigo havia mudado de ideia ou se arrependido da decisão tomada. Seu caso estava terminado e a vida continuava; Lorenzo brevemente seria rei, e até sua voz estava diferente... um pouco mais formal e um tanto distante. O que tornava o que ela precisava lhe contar ainda mais difícil. Como trazer à baila algo tão pessoal quando tudo que ele queria discutir era a encomenda de um vitral?

– Poderia dar uma olhada no lugar onde deseja o vitral e fazer alguns desenhos, sim. – Ela disse com cautela.

Idndigo já tinha alguns projetos programados para quando terminasse o trabalho em Edensfield Hall, mas tinha certeza de que os clientes seriam flexíveis se ela explicasse a situação.

– Quando estava pensando em me receber em Melvante?

– Amanhã? – Ele sugeriu com naturalidade.

– Desculpe, mas não posso. Amanhã vou recolocar o vitral da sereia no lugar em Edensfield Hall.

– E depois de amanhã?

– Tudo bem para depois de amanhã – respondeu, embora ele tivesse esquecido um detalhe crucial. – Contanto que possa fazer uma reserva no voo desse dia. Se não puder, teremos de adiar.

– Não precisa reservar um voo.

– Como mera mortal – replicou Indigo, secamente – , não tenho asas para chegar a Melvante.

– Não me referia a asas. Mas vou providenciar o avião para você. – Lorenzo riu. – Oh, Indi. Sinto falta de sua franqueza.

Talvez. Porém, sem dúvida, não sentia falta *dela*.

Como se lesse seus pensamentos, Lorenzo acrescentou com suavidade:

– Mas não tanto quanto sinto falta de você.

Ela precisou engolir em seco com força. Porque também estava morrendo de saudades. Conversar com Lorenzo, sabendo que estava a muitos quilômetros de distância, era uma verdadeira tortura.

– Venha para Melvante. – Ele incentivou, a voz quente e tentadora como calda de chocolate.

– Por quê? Porque enfiou na cabeça que devo lhe fazer um vitral?

Arrependeu-se dessas palavras assim que as proferiu, consciente do quanto a faziam parecer carente. E não queria que Lorenzo a julgasse patética.

– É uma encomenda real. – Ele disse. – E pagarei o preço de mercado... não espero que me dê nenhum enorme desconto ridículo. Entretanto, também é uma desculpa para revê-la.

E Indigo precisava tanto revê-lo. Oh, Deus. A visão de Lorenzo passando os braços à sua volta e a apertando com carinho dizendo para que não se preocupasse, pois tudo daria certo...

Mas como ele poderia fazer uma coisa dessas? Estava prestes a se tornar rei de Melvante. Indigo sabia que Lorenzo se sentia atraído por ela e que gostava dela. Talvez os dois juntos formassem um casal apaixonado, porém, ela havia aprendido a não confiar no amor.

Segundo sua experiência, sempre acabava em sofrimento, Nigel a largou assim que soube que ela estava grávida, e então ela descobriu o quanto havia sido traída. Muito bem, Lorenzo não era um trapaceiro e um mentiroso... mas, mesmo assim, como iria ampará-la com o bebê com tudo que precisava enfrentar naquele momento na sua vida?

Além disso, a imprensa iria se refestelar caso descobrisse que o novo rei de Melvante teria um filho fruto de uma aventura com a filha ilegítima de um conde...

Indigo não via saída para essa situação. Lorenzo precisava cumprir seu dever, e isso significava largá-la porque ela não se enquadrava de jeito nenhum no papel de rainha. Mesmo que sua vida não tivesse sido tão enlameada no passado, existia ainda o fato de que Lorenzo passaria o resto de sua existência sob o olhar do público, o que ela não queria nem para si, nem para o bebê.

– Indi? Ainda está aí? – perguntou ele, fazendo Indigo retornar ao momento presente.

– A ligação está ruim. – Ela mentiu.

– OK. Salvatore irá ligar para você com os detalhes do voo e a agenda.

– Quem é Salvatore?

– Meu assistente. Vejo você depois de amanhã. *Ciao*.

Ele desligou, e Indigo ficou olhando para o celular apagado. Aquilo não parecia ser real. Ela acabava de concordar em viajar para Melvante e vê-lo. E ele preferiu se despedir em italiano com tanta naturalidade ao final da conversa... Bem, não era surpreendente. Lorenzo estava exatamente aonde pertencia, em seu reino europeu, enquanto ela pertencia à Inglaterra, e tinha um mau pressentimento que a distância entre os dois não seria, de agora em diante, apenas geográfica.

CAPÍTULO 10

MAIS TARDE naquele mesmo dia, o celular de Indigo tocou. Ela não reconheceu o número na tela e quase não atendeu, pensando que fosse engano, porém, Lorenzo havia dito que seu assistente entraria em contato para falar sobre o voo. Talvez fosse ele.

Ela atendeu com cautela.

– Alô?

– *Signorina* Moran? – O estranho tinha um leve sotaque como se fosse do Sul do Mediterrâneo.

– Sim – respondeu ela. – Quem fala?

– Meu nome é Salvatore Pozzi, sou assistente pessoal de Sua Alteza Real Príncipe Lorenzo de Melvante. Ele me pediu que entrasse em contato para os detalhes sobre seu voo.

– Obrigada. – Oh, como o sujeito era formal! Não espantava que Lorenzo fosse tão empertigado, se esse era o costume em Melvante. Cada vez mais ficava evidente que ela não se encaixaria em seu mundo particular, refletiu, com o coração pesado.

– Tem um e-mail para que eu possa enviar as informações e a agenda para a reunião com Sua Alteza Real? – perguntou Salvatore.

Agenda? Reunião?

Tudo soava muito frio, muito brusco... totalmente o oposto do que ela havia compartilhado com Lorenzo ali na Inglaterra.

Bem, a culpa era dela por ter embaralhado as linhas divisórias entre negócios e vida pessoal. Ali na Inglaterra, em Edensfield Hall, os dois haviam vivido dentro de uma bolha, protegidos do resto do mundo. Em Melvante, Lorenzo estava constantemente sob o olhar do público. Uma reunião de negócios com ele seria o máximo que Indigo poderia esperar. E o que ele disse sobre sentir saudades... talvez sentisse, porém, as coisas agora eram diferentes, e Indigo sabia que Lorenzo não podia se dar ao luxo de demonstrar suas emoções.

– Sim, tenho e-mail. – Ela o passou para Salvatore de modo frio e profissional. Porque, afinal, tratava-se de um trabalho. Ela planejava se encontrar com seu cliente, não seu amante. E era melhor manter isso em mente se pretendia conservar o que restava de intacto de seu coração.

– *Bene.* Bom. Enviarei um e-mail já. Se houver algum problema ou se tiver alguma pergunta depois que se inteirar dos detalhes, por favor, me contate.

– Certo, e obrigada por sua assistência. – Ela disse.

– Foi uma satisfação, *signorina* Moran – respondeu Salvatore, embora não houvesse nenhum traço de calor em sua voz; tratava-se apenas de polidez.

Assim que Indigo ligou seu laptop, viu a mensagem de Salvatore pronta para ser aberta. Seu voo seria dali a dois dias, às 10h, saindo do aeroporto mais próximo. Indigo refletiu que provavelmente haveria uma conexão em algum ponto da Europa.

Havia também uma agenda com os horários em que o príncipe a encontraria nos próximos dias. Uma reunião sobre a exposição do trabalho. Uma visita ao castelo. Uma visita à catedral. Uma atualização sobre o andamento do trabalho. Reunião com Sua Majestade Rei Lorenzo II e Sua Alteza Real Príncipe Lorenzo para discutir os detalhes finais... *Oh, socorro*, então não seria apenas com Lorenzo, mas com seu avô, também. E seu avô sem dúvida não a aprovaria.

Tudo seguiria uma agenda apertada, Indigo notou, e cronometrada minuto a minuto. Bem, obviamente Lorenzo tinha centenas de compromissos no momento. Indigo tinha sorte se o príncipe podia dispor de algumas horas para ela.

Entretanto, quando teria oportunidade de lhe falar sobre o bebê?

Deixou escapar um suspiro. Precisaria esperar a melhor ocasião possível e agarrá-la. Pelo menos teria bastante tempo entre as reuniões para trabalhar em seus esboços e surgir com algo à altura de Lorenzo.

Indigo acabou de ler a programação. Baile de caridade? Quê? Por que diabos Lorenzo queria que ela comparecesse a tal evento?

Oh, pelo amor de Deus. Lorenzo devia saber que ela não era o tipo de pessoa que frequentava festas sofisticadas como bailes de caridade. Era uma excêntrica obcecada por vitrais e preferia ir a uma exposição sobre o assunto, ou a uma galeria de arte, ou a uma igreja medieval.

Lorenzo havia deixado bem claro que estava ocupado. Do contrário, Indigo tinha certeza que teria ele mesmo conversado com ela sobre os detalhes da viagem sem pedir que seu assistente lhe enviasse uma agenda... e Indigo temia que sua voz falhasse quando conversasse com o príncipe.

Salvatore disse para lhe telefonar caso houvesse algum problema, mas o problema dela era muito particular.

Então, Indigo enviou um e-mail curto e educado para o assistente agradecendo pelas informações, e outro para Lorenzo, perguntando por que havia um baile de caridade na programação.

Ele levou algum tempo para responder. Indigo refletiu que era provavelmente por estar em uma reunião e porque devia haver uma tonelada de mensagens no seu celular, presumindo que não passasse tudo para seu assistente resolver.

Nesse caso, refletiu, ela poderia ter cometido uma gafe por ter enviado uma mensagem diretamente para o príncipe em vez de contatar seu assistente.

Era tarde demais. Não podia cancelar a mensagem.

Estava revendo um detalhe no vitral da sereia quando seu celular tocou anunciando uma mensagem. Indigo se forçou a esperar para não se precipitar.

O baile é para que conheça algumas pessoas de meu país, tenha uma noção melhor de como somos. Está preocupada com isso?

Indigo mentiu para si mesma dizendo que não estava preocupada.

Mas é claro que estava. Comparecer a um baile de caridade em Melvante! Mesmo que estivesse lá a trabalho, ainda assim havia a possibilidade de adivinharem que seu relacionamento com Lorenzo não foi realmente profissional na Inglaterra.

Respondeu então que estava preocupada com a roupa que deveria usar, embora já imaginasse o tipo de recepção que seria.

Lorenzo respondeu que o traje seria de gala.

Isso significava um vestido de baile, algo que Indigo não tinha em seu guarda-roupa. Por sorte, conhecia duas pessoas que tinham e poderiam lhe emprestar: Lottie ou Maisie. E ambas estavam naquela casa, o que pouparia muito trabalho.

Ela agradeceu a informação, e Lorenzo não respondeu mais nada. Indigo imaginou que devia estar muito atarefado. Pelo menos ela iria vê-lo... e teria tempo suficiente em Melvante para pensar e planejar como lhe contar sobre o bebê.

ENGRAÇADO COMO o simples fato de falar com Indigo o deixou ansioso, Lorenzo refletiu. Fez com que pensasse na falta que sentia dela. E no quanto desejava revê-la.

Porém, ela havia soado muito fria, calma e profissional ao telefone. Será que trataria seu pedido apenas como outro mero trabalho? Ou estaria tirando partido disso como uma desculpa para revê-lo... do mesmo modo que ele estava fazendo?

Não sabia.

Então, só lhe restava guardar seus sentimentos de maneira ajuizada. Talvez pudesse descobrir mais quando visse Indigo.

O TRABALHO manteve Indigo ocupada pelo resto do dia; passou a noite pesquisando tudo que podia sobre Melvante e tomando anotações. O dia seguinte foi dedicado a colocar o vitral da sereia no seu lugar, e então chegou a hora de fazer a mala. Ainda bem que havia levado seu passaporte, ela refletiu; ela e Lottie haviam passado um fim de semana de compras em Paris um pouco antes de começar a trabalhar no vitral, e de Paris ela foi diretamente para Edensfield em vez de voltar para seu apartamento em Londres.

– Vou levá-la ao aeroporto. De qualquer modo, tenho coisas a fazer na cidade, então não me desviarei do meu caminho, e pode deixar todas as suas coisas aqui em Edensfield Hall enquanto ficar em Melvante. Precisa voltar para a inauguração oficial do vitral da sereia – disse Lottie.

– Obrigada – replicou Indigo, fazendo uma pausa. – Lottie, quis lhe perguntar ontem à noite... pode me emprestar um de seus vestidos de baile?

– Vestido de baile? – Lottie pareceu surpresa.

– Lorenzo quer que compareça a um baile de caridade. Disse que será instrutivo para o meu desenho do vitral.

Lottie arqueou as sobrancelhas.

– O que bailes de caridade têm a ver com vitrais? Ele deve viver em um outro planeta.

Um planeta onde, Indigo sabia, não havia lugar para ela.

– Acho que sim – respondeu.

– Claro que empresto o vestido. Venha e passe meu guarda-roupa em revista.

Uma atividade divertida entre amigas ajudou Indigo a se distrair por certo tempo, mas, assim que optou por um vestido preto simples, que pretendia usar com seus sapatos vermelhos de tiras, e pôs na mala alguns conjuntos sóbrios, sua mente retornou para Lorenzo. Como ele reagiria a ela? E sobre a notícia da gravidez?

A preocupação a deixou acordada grande parte da noite, enquanto mantinha intermináveis conversas mentais com Lorenzo. E na manhã seguinte nem conseguiu tomar café para se manter acordada. Apenas o cheiro já a deixava enjoada. Talvez conseguisse tirar uma soneca no avião.

Não falou muito a caminho do aeroporto; parecia que seu estômago estava amarrado e o pânico gelava seu sangue, porém, se esforçou para sorrir quando Lottie a deixou lá.

– Obrigada, Lottie. – Abraçou a amiga. – Mando uma mensagem assim que chegar.

– Ótimo. E, lembre-se, Indi, Lorenzo não é Nigel. Não irá abandoná-la quando souber do bebê.

– Sei disso. – Mas Indigo refletiu que talvez ele não tivesse escolha e *precisasse* abandoná-la.

Por que não se apaixonou por um homem menos complicado?

No balcão de informações, ela perguntou ao funcionário:

– Creio que há uma passagem em meu nome? – Identificou-se e aguardou.

– Claro, senhora, por aqui – respondeu o funcionário prontamente.

Para surpresa de Indigo, ela passou pela alfândega sem ser barrada. Não houve nenhuma das demoras habituais com que estava acostumada. Não precisou mostrar o passaporte nem passar pelo raio X. O que estava acontecendo?

Logo deparou com um pequeno jato particular.

Quê?

– Será que... bem... não estão enganados? – perguntou. – Esperava uma passagem turística para Melvante com conexão.

– Não haverá necessidade de conexão, senhora – disse o funcionário. – Esse é o avião real de Melvante.

Lorenzo havia enviado seu avião particular para ela? Mas...

– Eu... obrigada – murmurou, muito corada. Agora entendia por que ele disse que não teria de providenciar a passagem. Seria um avião só para ela. O que era loucura, nunca havia viajado de primeira classe, quanto mais sozinha em um avião de luxo. Não estava acostumada com essas mordomias.

Segurando a mala com força, subiu os degraus para a porta do avião onde uma comissária em um elegante uniforme azul-marinho a saudou.

– Bom dia, *signorina*, meu nome é Maria e serei sua comissária de bordo. Deixe-me pegar sua bagagem.

Indigo piscou diversas vezes ao entrar na aeronave. Nada se parecia com os aviões onde já havia viajado, com os assentos ligeiramente gastos e corredores estreitos. Mais parecia a suíte de um hotel de luxo. Havia sofás de couro cor de creme a um canto, e uma mesa do outro lado que parecia adequada a uma sala de conferências com suas cadeiras estofadas. Um arranjo de flores surgia sobre uma mesinha de café.

– Sua Alteza Real nos recomendou que deixássemos sua viagem o mais confortável possível, *signorina* – disse Maria, levando Indigo até um dos sofás. – Deseja comer ou beber alguma coisa?

– Uma água seria ótimo, Maria – respondeu Indigo se forçando a sorrir, porém, sentia-se completamente fora de seu ambiente. Lorenzo não havia lhe enviado uma passagem de avião, mas sim *o próprio avião*. Poderia ser mais absurdo?

– Deseja uma revista?

Indigo balançou a cabeça.

– Muito gentil, mas pretendia trabalhar um pouco.

– É claro. Pode usar a mesa, se preferir ao sofá. Há tomadas para carregar um laptop.

– Obrigada, Maria. – Indigo se instalou à mesa.

Quando a comissária retornou com a água, Indigo viu que o copo tinha gelo e uma rodela de limão. E era de cristal, não de plástico, como estava acostumada em suas viagens.

– Caso deseje alguma coisa, por favor, toque a campainha e virei logo – avisou Maria.

– Obrigada. – Indigo tentou dizer algo em italiano depois de ter pesquisado nos últimos dias. – *Mille grazie*.

O sorriso de Maria demonstrou o quanto seu gesto foi apreciado.

Então era assim a vida da realeza. O máximo de conforto e mordomia, entretanto, nada na verdade era extravagante ou ostensivo; o avião tinha um ar severo e comercial.

E era bom ela se lembrar sempre que estaria em Melvante a trabalho e nada mais.

Indigo releu o arquivo que havia montado sobre Melvante no dia anterior, e tomou mais algumas anotações para possíveis desenhos. O voo foi incrivelmente rápido; já no aeroporto em Melvante voltou a passar pela alfândega sem se deter e não mostrou seu passaporte. Bem, refletiu, quando se viajava no avião particular de um rei, era de se esperar esse tipo de regalias e boas-vindas.

Havia um carro à sua espera; Indigo reconheceu o motorista que aguardava à porta.

– Bruno! – exclamou aliviada. – Que bom revê-lo.

– Digo o mesmo, *signorina* Moran – respondeu ele com um cumprimento formal.

– Pode me chamar de Indi, como já sabe. – Ela retrucou, sorrindo, e percebeu que Bruno corava.

Quando ele abriu a porta de trás para ela, Indigo perguntou:

– Posso passar por cima das formalidades e me sentar na frente com você, Bruno? Tudo isto... – fez um gesto displicente com a mão e torceu o nariz. – ... é um pouco demais.

– Claro, *signo...* – Bruno se interrompeu, sorriu e corrigiu. – Indi. – Abriu a porta para ela e esperou que se acomodasse no banco da frente antes de dar a volta no carro.

Indigo conheceu um modelo de carro parecido em Edensfield, do tipo usado por diplomatas e com janelas escurecidas, porém, lá, Bruno não usava uniforme.

No momento, porém, trajava um uniforme elegante com acabamentos dourados e um boné; um autêntico motorista da realeza. A cada segundo que passava, Indigo se sentia mergulhar em um mundo surreal.

Em outras circunstâncias, Lorenzo talvez viesse recebê-la no aeroporto pessoalmente. Poderia correr em sua direção, erguê-la do chão fazendo-a rodopiar, antes de beijá-la até ambos perderem o fôlego.

Porém, o Lorenzo da Inglaterra não era o mesmo em Melvante. Ali estava para se tornar rei. E, sem dúvida, não era compatível com um rei encontrar no aeroporto uma pessoa contratada para um serviço, muito menos cumprimentá-la com efusão.

Como iria cumprimentá-la ao se encontrarem? Seria frio, calmo, controlado e distante? Ou continuaria sendo o homem que foi na Inglaterra, simpático e natural quando deixava suas defesas caírem por terra?

Ela tratou de controlar o pânico e disse:

– Presumo que Sua Alteza Real esteja em conferência?

– Está sempre em conferências. – Bruno respondeu. – Trabalha mais do que qualquer pessoa que conheço.

Indigo não ficou surpresa. Sabia que Lorenzo tinha um profundo senso de dever e o respeitava por isso.

Então apenas resmungou, concordando.

Embora pudesse conversar com qualquer um de modo natural e tivesse feito isso com Bruno em Edensfield, no momento se sentia um pouco intimidada. Enquanto percorria a cidade em direção ao castelo, Indigo podia ver que era tudo exatamente como Lorenzo descreveu: um cartão-postal com o castelo de pedras brancas com torres e telhados pontudos. Se visitasse esse lugar em férias, acharia lindo, mas, naquele momento, era como se o castelo pairasse sobre ela com desaprovação,

Bruno estacionou do lado de fora da residência real, abriu a porta para Indigo, e pegou sua mala, entrando com ela por uma porta lateral.

Conduziu-a até um escritório, no qual os pés de Indigo afundaram no carpete macio quando ela entrou. Por todos os cantos havia madeira polida e dourada... como no escritório de um grande executivo em uma grande empresa. Mas, afinal, essa era a posição de Lorenzo, Indigo refletiu. Com a diferença de que sua "empresa" era um país.

Assim que a porta se abriu um homem de meia-idade com um terno de três peças a fitou por trás da escrivaninha de mogno, e se levantou. Disse algo depressa em italiano para Bruno... depressa demais para Indigo compreender com seu pobre vocabulário de turista... e inclinou a cabeça em um cumprimento.

– Boa tarde, *signorina* Moran. Sou Salvatore Pozzi.

– Boa tarde, *signor* Pozzi. – Ela deu um passo à frente e estendeu a mão, garantindo um aperto firme e profissional. – Obrigada por coordenar minha viagem e o carro até aqui.

– Sem problemas. – Salvatore respondeu, mas sem sorrir.

– Adeusinho, Bruno. – Indigo disse ao ver o motorista se afastar com um cumprimento. Mas parecia que seu único amigo nesse lugar tinha ido embora. Salvatore era muito polido, porém, a expressão de seu rosto era um mistério. Indigo não fazia ideia do que Lorenzo havia dito a seu respeito, ou se Salvatore sabia de sua aventura na Inglaterra.

Só conseguiu falar em negócios.

– A agenda que recebi diz que devo me encontrar com... – Humm, como se referir ao príncipe na frente de seu assistente? Não podia chamá-lo pelo primeiro nome... não em um ambiente tão formal. – ... Sua Alteza Real – concluiu do modo mais cerimonioso.

– Infelizmente, a reunião de Sua Alteza Real está se prolongando demais. Mas, se puder esperar na sala de visitas, *signorina*, pedirei que lhe tragam chá.

– Obrigada, não há necessidade de chá.

– Como quiser, *signorina*. – Salvatore a conduziu para outro cômodo com o mesmo carpete felpudo, mobiliário fino e cortinas de seda nas janelas. Foi então que Indigo caiu na realidade e se conscientizou de que estava em um palácio, não em um escritório comum ou um lar normal.

– Por favor, sente-se. – Salvatore apontou para um sofá.

Então um cachorro surgiu pela porta, se encaminhou para eles com o rabo abanando, e cheirou Indigo.

– Caesar! – ralhou Salvatore. – Cão levado... Não devia estar aqui.

– O spaniel favorito de Lorenzo. O que sobe nos sofás – murmurou Indigo sorrindo, e lembrando do que ele havia contado sobre os cães do palácio.

Salvatore pareceu surpreso, e Indigo percebeu o que tinha acabado de falar.

– Quero dizer, o spaniel de Sua Alteza Real – tratou de corrigir depressa.

Salvatore pareceu desaprová-la menos ao ver que ela se lembrava de seu lugar, e respondeu com certa indulgência:

– Sim. Esse é Caesar.

– Gosto de cães. – Indigo prosseguiu. Pelo menos ter um cachorro divertido por perto lhe daria algo para pensar em vez de se preocupar com o modo como Lorenzo iria tratá-la quando a revisse após a conferência. – Não me importo que ele fique aqui.

De novo a expressão fria e misteriosa surgiu no rosto de Salvatore.

– Se é isso que deseja, *signorina*.

– Sim, é isso. – Indigo se sentou. – Venha se sentar comigo, Caesar.

O cachorro emitiu um som feliz ao ouvir seu nome, e pulou sobre o sofá.

Salvatore aquiesceu com um gesto de cabeça breve.

– Virei buscá-la assim que Sua Alteza Real Príncipe Lorenzo puder vê-la.

– *Mille grazie* – disse Indigo, porém, Salvatore não pareceu tão contente nem impressionado quanto Maria pelo esforço que ela fazia para falar em italiano. Apenas acenou de novo do mesmo modo rápido, e saiu.

– Então ficamos só nós dois, Caesar – disse Indigo.

O cão abanou o rabo e colocou as patas sobre os joelhos dela.

– Fico feliz que esteja aqui – continuou Indigo –, porque não sei como seu dono irá proceder comigo. Gostaria de saber se falou com sinceridade sobre sentir saudades de mim ou se quer apenas que eu desenhe um vitral para ele. Não faço a menor ideia.

Lottie disse que Lorenzo não era como Nigel, e Indigo sabia que era verdade. Pelo menos, tinha certeza de que suas primeiras palavras quando soubesse sobre o bebê não seriam um pedido de aborto.

Entretanto, saber o que ele sentiria exatamente...

Indigo engoliu em seco.

– E como ele irá reagir à minha novidade...? Isso me apavora mais ainda. Não me encaixo neste palácio, Caesar – disse, afagando o cão. – Posso ser a filha de um conde, porém, não cresci no mesmo mundo dele e não sou Cinderela. Ficaria mais feliz na cozinha, conversando com os cozinheiros e trocando receitas de bolos.

Caesar lambeu sua mão.

– Creio que só me resta esperar para ver. – Indigo murmurou se recostando no sofá.

VINTE MINUTOS mais tarde, Lorenzo entrou na sala de visitas e viu Indigo profundamente adormecida no sofá com Caesar enrodilhado perto de seus joelhos. Ela parecia exausta com olheiras profundas sob os olhos. Sem dúvida, andava trabalhando demais, assim como ele.

Por um lado, desejou despertá-la com um beijo para ver seus lindos olhos azuis e seu sorriso. Porém, refletiu que seria mais humano deixá-la dormir. Encontrou uma manta e a cobriu.

– Tome conta dela, Caesar – murmurou com suavidade; o cão abanou o rabo mais devagar como se também não desejasse acordá-la.

– Vossa Alteza Real, gostaria que eu...? – disse Salvatore entrando de repente e fazendo um gesto em direção a Indigo.

– Não, deixe-a dormir mais um pouco – replicou Lorenzo em voz baixa. – Ficarei trabalhando no laptop aqui mesmo.

CAPÍTULO 11

INDIGO ACORDOU sobressaltada e percebeu não só que tinha uma manta sobre o corpo, mas também que o cão de Lorenzo estava enroscado em seus joelhos; Caesar se espreguiçou e bocejou enquanto ela se sentava tentando raciocinar direito. Sem dúvida, antes de adormecer, não houve qualquer manta ali perto. Quem a cobriu? Não imaginava que pudesse ter sido Salvatore, que se mostrou frio com ela a ponto de demonstrar desaprovação. E possivelmente ela já estava atrasada para a reunião com Lorenzo.

Oh, maravilhoso! Seu primeiro dia no palácio e já era um completo desastre.

Consultou o relógio. Não estava apenas atrasada: havia perdido a reunião inteira.

– Oh, *idiota* – resmungou.

– Por que sou idiota?

Ela ergueu os olhos ao ouvir a voz, e olhou por cima do espaldar do sofá.

Lorenzo se sentava em uma poltrona ali perto, trabalhando no seu laptop.

Por um segundo, o mundo girou. Seria aquele seu amante da Inglaterra ou o futuro rei? Ela tratou de soar cautelosa.

– Vossa Alteza Real. Lamento. Não me referia ao senhor.

Ele sorriu.

– Não lamente. Obviamente precisava dessa soneca. Temos trabalhado demais, não?

– Bem, você está com olheiras... – Indigo se deteve de maneira abrupta. Não estava em Edensfield onde ambos eram amigos da família e do mesmo nível... onde ele foi seu amante e ela pôde provocá-lo à vontade. Agora estava em Melvante, onde Lorenzo era seu cliente e futuro chefe do país. Portanto, precisava se dirigir a ele de modo completamente diferente. – Desculpe, Vossa Alteza Real – murmurou.

– Você fica mesmo diferente fora da Inglaterra. – Ele estreitou os olhos. – Acha que vou atirá-la no calabouço do palácio por insubordinação ou algo assim?

– Existem calabouços aqui no palácio?

Ele riu.

– Sim, mas não usamos. Nosso sistema judicial é progressista. Relaxe, Indi. Estava brincando com você. – Sorriu. – Além disso, foi engraçadinho ouvir você roncar em dueto com Caesar.

Continuava a provocá-la. O que devia ser um bom sinal. Porém, Indigo ainda estava tonta após a soneca, e o segredo que tinha para contar a Lorenzo a sufocava. Ela precisava dar a notícia... mas só quando tivesse escolhido as palavras e a hora certas.

– Desculpe – repetiu. – Foi muito pouco profissional de minha parte adormecer daquele jeito.

– Viajou muito, e aposto que andou trabalhando sem parar nos últimos dias.

– Sim. – Ela admitiu. E sentia tanta falta dele. Indigo desejava ir até Lorenzo, passar os braços à sua volta, beijá-lo e dizer o quanto estava feliz por vê-lo. Entretanto, apesar de estarem na mesma sala, havia uma distância enorme separando os dois. Ela não podia nem mesmo chamá-lo de Lorenzo porque se sentia muito consciente da posição dele: futuro rei de Melvante.

Que confusão.

– Eu o atrasei para sua próxima reunião? – perguntou.

– Não. Salvatore rearranjou minha agenda um pouco.

O que a fez se sentir ainda pior. Mais um motivo para o assistente dele desaprová-la.

– Por que não me acordou?

– Porque você parecia precisar do sono.

– Foi Vossa Alteza Real quem me cobriu?

Ele aquiesceu com um gesto de cabeça.

– E Caesar adorou lhe fazer companhia.

– É um cão muito bonzinho. – Ela sorriu.

– Terrivelmente mimado. – Lorenzo retrucou, mas seu tom era indulgente.

Se ao menos ele se aproximasse dela e a abraçasse. Como podiam ficar na mesma sala e ter um abismo tão grande a separá-los, ainda maior que a distância geográfica quando estavam em países diferentes?

– Eu... me esqueci de perguntar a Salvatore em que hotel me registrou – disse Indigo. Embora os cofres de Melvante devessem arcar com sua estada, esperava ficar em um hotel mais simples com uma diária razoável, e não em um de luxo com preços exorbitantes. Assim se sentiria mais à vontade.

– Não vai para um hotel, ficará aqui no palácio.

Ficar com ele?

Por um instante de loucura, pensou que ele estava dizendo que seria como em Edensfield e que passariam as noites agarradinhos e acordariam nos braços um do outro, mas então o senso comum a fez retornar à realidade enquanto Lorenzo falava.

– Temos vários apartamentos para hóspedes.

– Não sou de fato uma hóspede. – Ela observou. – Vim aqui a trabalho.

– Talvez as duas coisas. – Ele disse. – Venha, vou levá-la para sua suíte.

Quem sabe lá, em particular, ele se mostrasse diferente. Porém, Indigo tratou de sufocar as esperanças antes que se deixasse levar por elas. Naturalmente, ele não mudaria de atitude. Ali seria rei em breve. Não tinha tempo para reencontros amorosos.

– Onde está sua mala?

Indigo estava espantada; um príncipe não deveria cuidar dela.

– É leve. Eu mesma carrego. – Ela lhe lançou um olhar para garantir que falava sério; estava acostumada a depender de si mesma, e assim continuaria.

– Como quiser. – Lorenzo retrucou com frieza, e ela desejou não ter sido tão rápida em rejeitar sua oferta, Lorenzo vinha de um mundo tão formal e rígido. Como podia entender o mundo dela?

Ainda estava um pouco zonza, mas o seguiu pelos corredores com o cãozinho trotando feliz ao seu lado. Ele parou diante de uma porta e a abriu.

– Sua suíte. Vou deixá-la se instalar.

Então ele não pretendia ficar com ela ali a sós. Indigo corria perigo de interpretar de maneira errada tudo que acontecia. Era melhor ficar fria, calma e muito profissional.

– Muito obrigada. Talvez possamos remarcar nossa reunião para que me inteire sobre o trabalho.

– Claro. Ainda tem meu número de celular? – Quando ela aquiesceu com um gesto de cabeça, prosseguiu. – Telefone quando estiver pronta e virei buscá-la. Não que seja uma prisioneira, mas porque o palácio é uma espécie de labirinto, e até que conheça bem os caminhos, pode ser um pouco confuso.

– Obrigada – murmurou ela, refletindo que jamais andaria à vontade naquele palácio.

Ele sorriu.

– Venha, Caesar. Precisamos deixar Indi arrumar suas coisas – disse para o cão, que lançou um olhar triste para Indigo, mas seguiu o dono pelo corredor.

Quando se viu sozinha, Indigo examinou a suíte. A sala de visitas era enorme, com um sofá, uma mesinha de centro e algumas poltronas. Havia uma estante de livros em várias línguas, um aparelho de televisão e um moderno sistema de som. O banheiro era uma imensidão de mármore com o maior boxe com chuveiro que ela já havia visto, uma banheira funda e toalhas macias e felpudas. No quarto, havia uma cama também enorme, com colunas e um guarda-roupa que ocupava as quatro paredes; um espelho de corpo inteiro e uma cômoda completavam a decoração.

Ela abriu as portas do guarda-roupa e pendurou seus pertences de modo ordenado. Havia levado dois conjuntos sóbrios, alguns jeans e o vestido de baile de Lottie. Como suas roupas pareciam insignificantes dentro de tanto espaço. Mesmo que tivesse trazido tudo que tinha, seus trajes não causariam impacto ali.

Os travesseiros eram macios e convidativos; Indigo lhes enviou um olhar comprido, porém, tratou de despertar de uma vez por todas. Já havia feito papel de boba adormecendo no sofá de Lorenzo enquanto aguardava que a reunião dele terminasse. Caso se deixasse levar pela sonolência da gravidez e dormisse de novo... Lorenzo era observador, reparava nos menores detalhes, e Indigo não se sentia preparada para que ele juntasse as peças do quebra-cabeça e descobrisse a verdade por conta própria. Queria ela mesma lhe contar.

Mas não ainda.

Tomou banho, se vestiu, e então telefonou para Lorenzo.

A ligação foi diretamente para a caixa postal, o que não era de surpreender.

– É Indi. São 16h30. Estou pronta, caso deseje me encontrar – disse, e depois desligou. Não fazia ideia do quanto precisaria esperar. Porém, já que dormiu no horário de sua reunião, não podia fazer exigências.

* * *

INDIGO TRABALHOU um pouco no computador, até que ouviu uma batida à porta.

– Entre – pediu.

Lorenzo entrou, com Caesar nos seus calcanhares.

– Desculpe por tê-la feito esperar.

– Não tem importância. Sei que está ocupado.

Ele concordou com um aceno.

– Queria lhe perguntar se deseja algo especial para o jantar. O *chef* providenciará.

– Qualquer coisa, de verdade. – Ela respondeu, não querendo ser difícil. Contanto que não fosse nada muito temperado, mas não podia explicar para ele o motivo de tal preferência sem abordar o assunto que desejava evitar naquele momento. – Não esperava que se preocupasse com minha alimentação.

Ele sorriu.

– Não faremos você passar fome, Indi. Gostaria de jantar em sua companhia esta noite, mas houve um imprevisto.

– Tudo bem – respondeu ela. É claro que ele não jantava com as pessoas que contratava. A não ser que fosse um compromisso previsto na agenda e aprovado por Salvatore.

– Gostaria que viesse comigo esta noite, mas são assuntos de estado e será muito maçante.

Pelo menos houve a chance de ficar com ele, mas não tinha importância. Indigo sufocou a decepção.

– Sei o quanto deve estar atarefado – repetiu. – Tudo bem.

Por um segundo, a formalidade abandonou a expressão de Lorenzo e ele pareceu solitário e perdido como se Indigo fosse a primeira pessoa que tivesse notado a força que fazia para lidar com tudo aquilo. E, afinal, era uma carga gigantesca que estava para assumir sobre os ombros ao se tornar o líder supremo de seu país.

Mas então o momento passou e Lorenzo voltou a ser Sua Alteza Real, sempre um tanto remoto e distante.

– Deseja alguma coisa? – perguntou.

Indigo queria dizer que apenas desejava que a tomasse nos braços e dissesse que tudo ficaria bem. Porém, sabia que seria ridículo. Era melhor se ater aos negócios.

– Seria bom ver o cômodo em que o vitral ficará.

– Claro – concordou ele. – Posso levá-la agora.

– Excelente, levarei meu equipamento para tomar as medidas e tirar fotos. – Indigo fez uma careta, lembrando-se de como ele confessou se ressentir com os fotógrafos em Edensfield. – Fotos são permitidas, não?

– Não a farei entregar sua câmera ou deletar seus arquivos – disse ele com um sorriso, claramente se lembrando também do primeiro encontro.

– E pode ter certeza que tudo ficará no meu computador. Não farei downloads – garantiu ela.

– Sei disso, mas obrigado por me tranquilizar.

Assim que ela pegou a câmera, bloco de anotações e laptop, Lorenzo a fez descer o corredor.

Por todos os lados surgiam tapetes macios e revestimentos de madeira. E todas as superfícies brilhavam tanto que ficava evidente a existência de um batalhão de serviçais para tirar a poeira e polir tudo com perfeição.

– Sala de jantar oficial. – Ele anunciou, abrindo uma porta e deixando que Indigo desse uma olhada no interior.

Talheres de ouro puro, foi o primeiro pensamento de Indigo, seguido por *candelabros de ouro puro.*

Estava acostumada com a opulência de Edensfield, porém, aquele era um outro mundo inteiramente diferente. Ela podia apostar que os copos de cristal eram uma antiguidade e que a comida seria servida em porcelana antiga, também.

– Uma das salas de visitas – disse Lorenzo, mostrando o próximo cômodo.

Ela examinou as poltronas confortáveis de espaldar alto, mesinhas de antiquário, e os arranjos de flores frescas... parando de repente.

– É um Burne-Jones ali na parede?

Ele aquiesceu com um gesto de cabeça.

– O retrato de minha tataravô do qual lhe falei.

– Posso?

– Claro.

Ela se dirigiu até a parede e analisou o quadro com reverência.

– É lindo... Tem muita sorte.

– Salvatore entende muito de nossa coleção de arte, converse com ele amanhã. Ele poderá levá-la em uma excursão pelo palácio quando tiver tempo.

Indigo duvidava que Salvatore simpatizasse com ela para fazer isso, mas sorriu com polidez.

– Obrigada.

Por fim, Lorenzo a conduziu para um cômodo no final do corredor.

– Aqui pensamos em colocar o vitral... A biblioteca.

Como a sereia de Edensfield Hall, Indigo refletiu, se sentindo melancólica. Adoraria ter de volta o Lorenzo de Edensfield em vez do formal, educadíssimo e reservado estranho que no momento estava ao seu lado.

– Este é um dos meus cômodos favoritos no castelo – revelou ele, enquanto a fazia entrar em um aposento comprido.

As duas paredes mais longas ostentavam livros em estantes de madeira escura protegidas por vidro e com uma escada de madeira circulante para que qualquer pessoa pudesse alcançar a parte mais alta com facilidade. Havia também algumas poltronas de couro e espaldar alto, e uma mesinha de centro com um tabuleiro de xadrez. Uma escrivaninha havia sido colocada em frente a uma ampla janela e ostentava várias molduras douradas.

Indigo apostou que eram de ouro puro, também. Havia ainda um piano que ficava no centro da biblioteca.

Por isso, refletiu, esse era o cômodo favorito de Lorenzo. Sem dúvida passava o maior tempo possível ao piano. Mas agora seria cada vez mais difícil fazer isso.

Caesar se dirigiu até a lareira e se estendeu no tapete em um gesto que devia ser habitual.

Havia alguns vitrais no final da biblioteca.

– É ali que deseja a nova peça? – Indigo perguntou.

– Sim.

Ao passarem pela escrivaninha, ela olhou para fora da janela e viu o roseiral.

– Oh, que maravilha – exclamou, reparando nos tons de rosas que se confundiam entre si. – Parece um arco-íris.

Ele olhou na mesma direção.

– Nunca tinha reparado nisso antes, mas você tem razão. – Sorriu para Indigo. – Engraçado, pensei conhecer tudo a respeito do palácio, mas você me faz vê-lo com outros olhos.

Indigo não soube o que responder. Distraiu-se tirando algumas fotos e fazendo alguns esboços. Enquanto isso, naturalmente, Lorenzo teve de responder a mensagens no celular.

Quando ele terminou, Indigo tomava medidas.

– Quer que a ajude segurando a fita métrica? – Ele se ofereceu.

– Se não se importa. Ajudaria muito.

Mas, quando ela estava para terminar, suas mãos se tocaram rapidamente, e Indigo sentiu uma descarga elétrica percorrer seu corpo.

– Indi. – Lorenzo murmurou.

Ela ergueu o rosto e ele encostou os lábios aos seus. Indigo fechou os olhos enquanto o beijo se aprofundava.

Deus, como sentiu falta daquilo. Sentiu tanta saudade *dele* que lágrimas embaçaram seus olhos.

E então deixou cair a fita métrica.

No pé de Lorenzo.

Ele interrompeu o beijo e pegou a fita do chão.

– Desculpe. Não deveria ter feito isso.

Ela sabia o que Lorenzo queria dizer. A atração continuava. A mesma emoção que os envolveu em Edensfield. Mas ali era um mundo diferente e ele não era livre para sentir tal emoção.

O que dificultava ainda mais a revelação sobre o bebê; ela sabia que o senso de dever de Lorenzo era muito forte e que ele desejaria desposá-la pelo bem da criança. Mas ela, sem dúvida, não era a noiva ideal para um rei, portanto, casamento estava fora de questão.

Hora de recuar... e de mudar de assunto antes que dissesse algo estúpido.

Seja profissional, disse a si mesma. *Está aqui a trabalho*.

– Você se importaria de posar para alguns retratos? – perguntou. – Fotografias, quero dizer. Não vou fazê-lo posar por horas enquanto o desenho.

Ele arqueou as sobrancelhas e se lembrou de suas conversas sobre os finais diferentes dos contos de fadas.

– Precisa fazer isso?

– Caso seja retratado em um vitral, o desenho precisa se parecer com você. – Ela observou.

– Acho que sim.

– E seria bom ver seus trajes oficiais, ou seja lá o que os reis usam.

Não só para utilizar no vitral, mas também porque isso a faria se lembrar de quem ele era. Alguém fora de seu alcance.

– Trajes cerimoniais. – Ele corrigiu.

– E uma coroa – acrescentou Indigo.

– Sim – murmurou Lorenzo, pensativo.

– E qual será o pano de fundo? A catedral?

Indigo se forçou a não pensar que a catedral seria também o lugar onde eventualmente ele se casaria com uma princesa adequada.

– Sim... e temos uma poltrona especial para a coroação. Tenho uma visita agendada com você amanhã. – Encarou Indigo. – Ou Salvatore poderá acompanhá-la, se preferir.

PROVAVELMENTE SERIA mais fácil se Salvatore a acompanhasse na visita, Indigo refletiu. Assim não diria nada inconveniente porque ficaria o tempo todo se lembrando com quem estava conversando e o que fazia em Melvante. Precisava manter em mente que sua visita era puramente profissional e nada tinha a ver com o interesse de Lorenzo nela.

Entretanto, para fazer seu trabalho bem-feito, precisava entender o que se passava na cabeça dele. Como se sentia por se tornar rei? E ela dormiu na hora da reunião que deveria ser para explicar seu trabalho, portanto, continuava cheia de dúvidas. Precisava saber se o objetivo era mostrar um Lorenzo sereno, régio, ou o quê.

– Prefiro que você fique comigo amanhã, se não se importa... assim poderemos ter aquela reunião explicativa que perdi. Caso possa dispor de tempo, é claro. – Indigo acrescentou depressa.

– Darei um jeito. – O celular tocou; Lorenzo examinou o aparelho e suspirou. – Lamento, preciso atender.

– Não se preocupe. Encontrarei sozinha o caminho de volta até minha suíte.

– Tem certeza?

Ela sorriu com coragem.

– Caso me perca, poderei pedir informações a alguém que passar.

– Certo. Conversaremos mais tarde. – Ele disse.

Era estranho perambular sozinha pelo palácio, Indigo pensou ao deixar a biblioteca. Sentia-se uma intrusa; não pertencia àquele lugar. Lorenzo havia dito que ali era seu lar e que tinha boas lembranças do local, porém, ela teve a impressão de que estava cansado e um pouco estressado.

Lorenzo se escondia atrás da formalidade, com exceção do breve beijo... e logo se desculpou por isso, dizendo sem titubear que havia sido um erro.

Naquele momento, Indigo não via nada em comum entre os dois. Parabenizou-se por ter dito não quando ele sugeriu que continuassem com seu caso. Sim, ela podia se apaixonar por Lorenzo... o homem... Aliás, já havia se apaixonado. Porém, Sua Alteza Real Lorenzo tinha tantos muros em volta de si que jamais daria certo.

E ela ainda precisava contar sobre o bebê. Não seria justo para ele nem para a criança que ela mantivesse segredo. Porém, de jeito nenhum deixaria que seu filho crescesse dentro das muralhas de um palácio silencioso, formal e severo.

Indigo desejava um lar onde uma criança pudesse rir e gritar de alegria. Não um lugar antiquado onde meninos e meninas ficavam fechados em seus aposentos aparecendo apenas quando eram chamados e nunca ouvidos.

CAPÍTULO 12

As coisas não estavam se encaminhando do jeito que Lorenzo esperava. Indigo estava completamente diferente em Melvante; parecia nervosa e mais quieta, nada a ver com a mulher independente e radiante por quem havia se apaixonado na Inglaterra.

Desejava abraçá-la e dizer o quanto sentiu falta dela. Queria beijá-la de novo e sentir o calor penetrando em seu corpo. Porém, ao mesmo tempo, sabia como sua mãe se sentia presa no palácio, e não desejava o mesmo para Indigo. De jeito nenhum a faria aceitar uma situação que a deixaria infeliz.

E essa era a prova decisiva de que não se parecia com o pai. Porque, se fosse preciso, deixaria Indi partir.

Porém, antes, faria de tudo para persuadi-la a compartilhar a vida que ele levava ali, e que não era tão ruim.

Passeou pelos jardins do palácio antes da reunião; depois, comeu um sanduíche e foi encontrar Indigo.

– Desculpe – disse, entregando flores para ela. – Até agora fui um anfitrião lamentável.

Ela ficou surpresa.

– Não precisava trazer flores, mas são lindas. Obrigada. – Aspirou seu perfume. – E sei que está ocupado, logo será a coroação e tem mil coisas para fazer.

– Sim, e meu avô estará ausente por alguns dias... por isso não a apresentei a ele ainda.

– Estou com medo de conhecer seu avô. – Ela confessou.

– Não precisa ter medo. – Ele ergueu as mãos. – *Nonno* é um gatinho.

– Ele é um rei. – Ela corrigiu.

– Mas, antes de tudo, um homem – disse Lorenzo com suavidade. E ele era um homem como o avô. Mas será que Indigo veria as coisas assim?

INDIGO NÃO queria brigar com Lorenzo, então nada replicou, porém, discordava dele totalmente. Alguém na posição dele e do avô sempre seria visto como um símbolo e não como era de verdade, por mais que desejasse ser reconhecido apenas como uma pessoa.

– É melhor colocar as flores na água.

Ele a seguiu até a cozinha e a ajudou a encontrar os recipientes.

– Desculpe, não pensei direito. Deveria ter lhe trazido um vaso também.

– Não, apreciei sua espontaneidade. Foi meigo – disse ela.

– Saiba que quis ir recebê-la no aeroporto. – Lorenzo murmurou.

– Tudo bem. Bruno estava lá. – Mas Indigo ficou feliz por saber que Lorenzo *desejou* estar lá. – Além disso, estou aqui a trabalho, então, achariam esquisito se fosse me receber no aeroporto.

Ele deu de ombros.

– Pode ser.

– Venha se sentar... quer alguma coisa?

Indigo verificou que havia chá e café, além de leite fresco na pequena geladeira da suíte.

Lorenzo sorriu.

– Como pode ter se tornado uma boa anfitriã se só está aqui há poucas horas?

Foi ela quem deu de ombros dessa vez.

– Fui educada assim. Sempre se oferece uma bebida ou um café quando alguém entra na nossa casa. Bem, literalmente falando, esta casa é sua, não minha – consertou. – Porém, entendeu o que quis dizer.

– Sabe o que desejo mais do que café neste minuto? – Ele perguntou.

– Não sei ler mentes.

Ele riu.

– OK. Vou dizer. Quero abraçar você.

– Não é boa ideia. Estou aqui como profissional.

– Está aqui porque eu quis vê-la, e no momento não posso ir a Inglaterra, então, trazê-la para Melvante pareceu a melhor solução.

– Você me enviou um avião particular, Lorenzo. – Ela retrucou esquecendo toda a cerimônia. – Não acha que foi um tanto exagerado?

– Talvez. – Ele admitiu. – Mas, já que você não passa de uma mera mortal e não possui asas...

Quando ele se comportava assim seria tão fácil ceder. Lorenzo era adorável, doce e engraçado... Isto é, o homem, e não Lorenzo, o Príncipe Coroado.

– Alô, Indi. – Ele sussurrou e a beijou.

Com dificuldade, ela conseguiu se segurar.

– Não podemos fazer isso, Lorenzo. Já não estamos na Inglaterra. Vai se tornar rei.

– E você está pondo obstáculos no caminho. Por que está tão assustada?

– Porque você não terá permissão de ficar comigo, seja lá o que quisermos. Terá de pensar primeiro como rei, e depois como homem. Não pode simplesmente fazer o que quer.

– Você – disse ele, com um suspiro – parece o meu avô falando.

– E ele não me julgará nem um pouco adequada para você. Então, é melhor não começarmos algo que não poderemos ter.

– E se todas as barreiras caíssem? – Ele perguntou.

Seria tão bom, ela pensou.

– E como fará isso? – retrucou em voz alta. – Não há ninguém para substituí-lo no trono, há?

– Não. – Ele admitiu. – Mas creio que você poderia ser adequada, Indi, se desse uma chance a si própria.

– Quer dizer, se eu me modificar?

Lorenzo balançou a cabeça.

– Jamais se modifique. É calorosa, honesta, espalha alegria. Faz tudo brilhar.

Indigo acariciou seu rosto.

– Lorenzo, não deixe isso mais difícil do que já é.

Ele moveu a cabeça e depositou um beijo em sua mão.

– Você é tão teimosa.

– Se a imprensa rastrear meu passado...

– Então você será o assunto por dois dias, e depois encontrarão outra pessoa para bisbilhotar, e ninguém irá julgá-la por causa do erro de seus pais.

– Não é só sobre meus pais. – Ela murmurou. – Eu mesma cometi um grave erro.

Talvez, se contasse para ele, Lorenzo entenderia por que o caso entre ambos jamais daria certo, e concordaria com sua decisão de se afastar quando ela revelasse sobre o bebê.

– Meu avô faleceu há três anos. – Indigo começou.

– E ficou sozinha no mundo. – Lorenzo murmurou. – Bem, com exceção de seu pai, que não conta.

Ela sorriu de má vontade.

– Sim, tem razão. Logo depois fui arrastada para uma festa contra minha vontade – suspirou – e conheci Nigel. Ele me convidou para sair, eu recusei, mas ele era persistente, e... fui fraca, mas... – Deteve-se, incapaz de encontrar as palavras certas.

– Ainda estava de luto por alguém querido – disse Lorenzo, com simpatia. – Era natural querer preencher o vazio deixado pela morte de seu avô.

– Sim, pode ser. – Ela fitou o cão com tristeza. – Então comecei a sair com Nigel. Estava ocupada pondo em ordem os bens de meu avô e procurando um novo ateliê e outro lugar para morar, então isso tudo me distraiu e não percebi detalhes que deveria ter notado.

– Por que precisou se mudar?

– Porque meu acordo com o conde estabelecia que o chalé seria de meus avós até morrerem. Depois que isso aconteceu, voltou a pertencer ao meu pai.

– E ele não se ofereceu para deixá-la morar ali até que pudesse se estabelecer melhor? – Lorenzo estava chocado. – Como um pai pode ser tão mau?

– Talvez eu esteja sendo um pouco injusta. Na verdade, não lhe dei chance de me oferecer nada – admitiu Indigo. – Mudei-me imediatamente.

– Teimosa.

– Sim, e isso às vezes me prejudica. – Ela sorriu, constrangida. – Então creio que tinha muita coisa na cabeça e não percebi que Nigel às vezes era um tanto reservado quando atendia o celular. Ou que só me visitava... nunca me convidava para ir a sua casa. Quando saíamos, era sempre para lugares escondidos... o que me agradava, porque prefiro boa comida a restaurantes da moda. Pensei que por isso ele escolhia esses locais deliberadamente para me agradar. – Balançou a cabeça, frustrada. – Hoje sei que fazia isso porque não desejava encontrar ninguém conhecido. Jamais fui apresentada aos seus amigos, e ele não parecia interessado em conhecer os meus. Nunca me *ocorreu* que ele fosse casado. Quando penso nisso agora percebo que todos os sinais estavam lá e era tudo óbvio, porém, fui idiota e ingênua.

– É fácil perceber tudo em retrospectiva. Não. Você estava ocupada e sofrendo pelo seu avô, e acreditou na pessoa errada – declarou Lorenzo.

– Sim. – Indigo não conseguia lhe contar sobre o aborto. – Mas por fim descobri que era casado. E que tinha um filho, um bebê. Ele enganava a esposa grávida, Lorenzo. E a enganava *comigo*. Não me perdoo por isso.

Lorenzo franziu a testa.

– Se tivesse sabido que ele era casado, não teria nem começado o romance.

Ela o fitou.

– Claro. Vi o mal que minha mãe causou à própria vida. Não queria seguir seus passos.

– Nem precisa me dizer isso, Indi. – Ele murmurou com meiguice. – Já sei que não se parece com sua mãe.

– Mas não percebe? Se a imprensa descobrir que me envolvi com um homem casado... – Indigo mordeu o lábio.

– Conheceu Nigel quando estava vulnerável, e ele se aproveitou disso. Não foi sua culpa.

– Poderia ter dito não.

– Estava triste e sozinha. Qualquer outra teria feito o mesmo na sua situação.

Ela abanou a cabeça, aborrecida por não encontrar as palavras certas para contar sobre o aborto.

– Se a mídia desenterrar essa história – disse Lorenzo – , farei com que minha assessoria de imprensa conte a sua versão dos fatos para equilibrar. Afinal, você é humana, Indi.

– E você precisa de uma mulher perfeita.

– Não. No momento – sussurrou ele – , só preciso de você.

E ela via em seus olhos que estava sendo sincero.

Mesmo que o senso comum lhe dissesse que era um grande erro, como poderia resistir?

Indigo abriu os braços; ele a segurou com força, e a carregou para o sofá na sala de estar. Sentou-se com ela quase deitada no seu colo.

– No momento – repetiu – , só quero estar com você. Sem falar... só *estar* com você.

Era o que ela queria também. De volta à bolha onde podiam ficar juntos. Quentinhos, confortáveis, e...

Indigo não soube quando ela ou Lorenzo adormeceu... mas acordou quando ele a carregou para o quarto e a depôs sobre a cama, cobrindo-a com uma manta.

– Lorenzo? – Ela perguntou, sonolenta. – Quantas horas são?

– São 3h. Desculpe, acho que relaxei tanto depois que fizemos amor que cochilei. Vou embora.

– Pode ficar. – Ela sugeriu.

Lorenzo balançou a cabeça.

– Não posso, mas a verei amanhã. – Beijou-a de leve. – Iremos à catedral.

– Prometo não me atrasar ou dormir durante o encontro.

* * *

NA MANHÃ seguinte, Indigo estava no escritório de Salvatore dez minutos antes do encontro com Lorenzo.

– Muito ocupado, *signor* Pozzi?

Ele fez um gesto displicente.

– É uma época atarefada, *signorina* Moran. Todos estão ocupados.

– Posso lhe trazer uma xícara de café ou outra coisa? – Indigo perguntou.

Ele a fitou, surpreso,

– Por que faria isso?

– Porque está ocupado, e tenho dez minutos antes de me encontrar com Sua Alteza Real. Posso lhe preparar um café. Gosta com leite ou açúcar?

– Eu... – Pela primeira vez Salvatore sorriu de verdade para ela. – É muito gentil, seria ótimo. Café puro, obrigado.

Como Lorenzo gosta, ela refletiu. Indigo foi preparar o café na minúscula cozinha ao lado da sala, lutando para não enjoar com o cheiro, e levou a caneca para o assistente junto com um copo de água. Salvatore estava ao telefone quando ela retornou, então, Indigo colocou o que havia levado sobre descansos de metal, e se sentou a um canto do escritório muito quieta, passando mentalmente em revista algumas ideias para o vitral.

Exatamente no horário marcado, Lorenzo entrou no escritório.

– Bom dia, *signorina* Moran. Pronta para visitar a catedral?

Ela afastou o bloco de desenho.

– Claro, Vossa Alteza Real.

– Vai gostar – comentou Salvatore. – Não deixe o príncipe passar depressa demais pelo vitral das rosas.

– Não deixarei. – Ela sorriu.

– O que fez com Salvatore? – perguntou Lorenzo quando saíram do escritório.

Indigo deu de ombros.

– Nada. Por quê?

– O trabalho dele é ser um dragão e monitorar meu tempo, mas lá estava ele dizendo para você não se apressar.

– Preparei café para ele, só isso.

Lorenzo arqueou as sobrancelhas.

– Não creio que ninguém mais fizesse isso para Salvatore.

– O pobre homem está sufocado de trabalho, filtrando chamadas e organizando tudo para você. Era o mínimo que eu podia fazer.

– Típico – murmurou Lorenzo, mas seu olhar era quente, e não crítico.

Mesmo do lado de fora a catedral era surpreendente, toda de pedra branca e arcadas góticas. Por dentro, era ainda mais grandiosa, com arcos muito altos por todos os cantos e janelas altas e estreitas. E então Indigo viu um vitral que a imobilizou, e prendeu o fôlego de tanta satisfação.

– É lindo. Como o vitral de rosas na Abadia de York. Por que não me disse que era tão maravilhoso?

Lorenzo sorriu.

– Disse para você vir a Melvante e testemunhar pessoalmente. – Depois, acrescentou com suavidade. – Lembra-se de quando me levou para ver seu anjo e o centauro?

E haviam falado de casamentos naquela ocasião.

Era ali, na catedral de Melvante, que Lorenzo se casaria.

Não com Indigo, porque ela não era a noiva certa. Porém, ela esperava de coração que encontrasse uma noiva nobre que o amasse de verdade... uma mulher que sentisse por Lorenzo o mesmo que ela sentia.

Foi então que percebeu definitivamente que o amava. Estava loucamente apaixonada e presa ao pai da criança que gerava. O único homem em quem confiava cegamente, exceto que... pertenciam a mundos diferentes e ela não via como escapar dessa situação.

– É lindo – repetiu, se forçando a se concentrar no vitral.

Depois viu o trono antigo onde Lorenzo se sentaria durante a coroação, e o tempo todo sentia que o abismo entre os dois aumentava. Como conseguiria contar a ele sobre o bebê?

Caminhavam pela nave de volta quando uma garotinha correu para os dois, tropeçou nas pedras, e caiu de rosto no chão. Indigo olhou em volta, mas não viu nenhuma mãe ou babá que corresse para ajudar a criança.

A menininha chorava e segurava o joelho. Indigo se aproximou.

– Tudo bem, vamos encontrar sua mamãe.

Foi recompensada com um olhar vazio e mais lágrimas.

Era evidente... a menina não falava inglês. E o italiano de Indigo era muito tosco para ajudar nessa ocasião.

– Lorenzo, pode traduzir para mim? – perguntou depressa. – Diga a ela que está tudo bem e que encontraremos sua mãe.

A criança ainda chorava, mas ouviu Lorenzo e balançou a cabeça concordando.

– Tenho algo na minha bolsa que aliviará o joelho dela – disse Indigo pegando o minúsculo estojo de primeiros socorros e encontrando o que procurava. – Pode distraí-la... fazer ela procurar alguma coisa nos vitrais?

CASO LORENZO estivesse sozinho e se deparasse com uma criança chorando, não saberia o que dizer ou o que fazer. Entretanto, com Indigo ao seu lado, foi surpreendentemente fácil.

– Não chore, pequenina. Vamos tratar do seu joelho e encontrar sua mãe – disse. – Vê todas as cores bonitas nos vitrais?

A menina concordou com um aceno.

– Qual sua cor favorita? – Ele perguntou enquanto Indigo limpava o joelho machucado.

– Cor-de-rosa. – Ela respondeu e Lorenzo sorriu.

Segurou a menina enquanto Indigo colocava um curativo no joelho. Estava terminando quando uma mulher correu em sua direção.

– Melissa! O que aconteceu? Você está bem? – Ergueu a menina nos braços. – Olhei em volta e você tinha desaparecido. – Então notou Lorenzo e arregalou os olhos. – Vossa Alteza Real! Eu... Oh...

– Tudo bem. – Ele disse, sorrindo serenamente para a mulher. – Sua filhinha caiu e cortou o joelho, minha amiga limpou o corte e colocou um curativo. Espero que seja o suficiente.

– Eu... Oh, sim, muito obrigada. Mas o senhor é... é... Vossa Alteza Real. – A mulher gaguejou, sem dúvida ainda chocada.

– Só fizemos o que qualquer um faria. – Ele explicou.

– Muito obrigada, Vossa Alteza Real. Melissa, sempre segure a mão da mamãe quando estivermos na rua, e jamais fuja – alertou a senhora para a garotinha. – Agora faça uma cortesia para o príncipe e agradeça.

– *Mille grazie* – disse a menina apertando os lábios enquanto tentava fazer uma reverência graciosa.

– Muito prazer em conhecê-la, Melissa – disse Lorenzo com ar solene.

A criança parecia tão maravilhada quanto a mãe.

– Tenho um compromisso agora, mas espero que aproveitem o resto de sua visita. – Ele disse.

– Obrigada, Vossa Alteza Real.

A mulher ia fazer uma reverência, mas ele apoiou a mão de leve em seu braço.

– Não precisa fazer isso. – Sorriu. – Tenha um bom-dia.

– Creio que você acabou de conquistar a admiração eterna de uma súdita – comentou Indigo quando saíram da catedral.

– Apenas porque você estava comigo. Do contrário, não saberia o que fazer com a menina ou o que dizer.

– Teria improvisado. – Ela replicou piscando um olho para ele. – E se sairia bem.

Engraçado como a confiança de Indigo o animava.

Tudo o que precisava agora era convencê-la a acreditar *nos dois juntos.*

Só isso.

DE VOLTA ao palácio, Lorenzo teve uma breve conversa com Salvatore e depois examinou sua agenda.

– Vou fazer uma sessão de fotos com Indigo para o vitral com os trajes cerimoniais – explicou. – Estaremos nos meus aposentos se houver algo urgente, mas vou desligar meu celular durante as fotos para não sermos constantemente interrompidos. Cancele meus outros compromissos nas próximas duas horas.

– Muito bem, Vossa Alteza Real – respondeu Salvatore. Voltou-se para Indigo. – Gostou da catedral, *signorina* Moran?

– Sim, *signor* Pozzi... O vitral das rosas é de cair o queixo. E, por favor, me chame de Indi.

– Então me chame de Sal. – Ele retrucou com um sorriso.

Lorenzo a conduziu para seu apartamento particular.

– Sem dúvida Salvatore simpatizou com você – comentou. – Gostaria de conquistar as pessoas com essa facilidade.

– E pode. Seja você mesmo e não erga todas as barreiras de formalidade. – Torceu o nariz. – Embora ache que seja mais fácil dizer do que fazer quando precisa lidar com o protocolo o tempo todo.

– Protocolo – repetiu ele. – Isso talvez precise mudar com o tempo.

– Este é o Lorenzo que conheço. – Ela riu. – Está aprendendo.

– Dê-me dez minutos para trocar de roupa. Fique à vontade. – Ele incentivou.

– Obrigada. Ficarei.

O apartamento particular de Lorenzo ficava do lado oposto à suíte dela. Dava para um jardim com o formato de um laço, e o interior era muito agradável, com mobília sóbria e sem ornamentos dourados. Indigo adorou as obras de arte nas paredes.

Havia um piano na sala de estar, além de uma caminha para o cachorro que parecia pouco usada... Pelo que Indigo viu de Caesar, o spaniel devia preferir o tapete em frente à lareira ou ficar a um canto do sofá confortável.

Havia estantes com livros de história, ficção científica e biografias. Nada sobre música, ela percebeu, porém, conhecendo Lorenzo, devia possuir tudo digitalizado e organizado em sistema de som para que pudesse acessar de qualquer canto de seu apartamento.

Havia também um aparelho de televisão, porém, nenhum DVD de filme nas estantes; de novo Indigo concluiu que usava um serviço digital computadorizado.

A cozinha tinha linhas simples. A geladeira não estava muito bem fornida, então, na maior parte do tempo ele devia ser servido pela cozinha real. Aquele era um apartamento de homem solteiro.

Não teve coragem de dar uma olhada no banheiro. Era muito pessoal, pensou Indigo, e o quarto estava definitivamente proibido. Lorenzo havia deixado claro que desejava vestir seus trajes cerimoniais sem audiência.

A sala de estar seria o melhor lugar para tirar as fotos, Indigo decidiu. Logo ele surgiu do quarto com um uniforme e um manto azul-escuro até o chão com bordas douradas e arminho.

– Muito bonito, Vossa Alteza Real.

– Hmm. E você teve tempo de bisbilhotar um pouco, não?

– Bastante. Não tem bolo na sua cozinha. – Ela disse, provocando para encobrir o constrangimento. – E não encontrei nem DVDs nem CDs.

– Estão todos computadorizados – explicou ele. – Exceto o bolo. Uma falha que preciso corrigir.

– Uh-huh. Bem, vamos às fotos. – Não demorou muito para tirar a maioria das fotos de que necessitava.– Não dói sorrir, sabia?

Ele a brindou com um sorriso formal, que não alcançava seus olhos e o tornava totalmente inacessível.

Como fazê-lo derrubar as barreiras?

Indigo sabia que era loucura... total... mas se deixou levar pelo impulso. Caminhou até Lorenzo, passou os braços pelo seu pescoço, e o beijou.

Então ele sorriu.

Um sorriso de verdade cheio de calor, muito abordável.

Ela tirou a foto e ele perguntou com provocação:

– Usa essa estratégia com todos os seus modelos masculinos?

– Não costumo ter modelos.

Sim, Lorenzo sabia que Indigo não costumava reagir a todos como reagia a ele.

– Beijou-me apenas para tirar uma foto?

Ele parecia aborrecido, e ela riu.

– Beijei porque está muito sexy com essa roupa.

– Largue a câmera, Indi.

– Não posso, estou trabalhado.

– É uma ordem real.

Ela ergueu o queixo.

– E o que acontecerá se eu desobedecer, Vossa Alteza Real?

– Enfrentará as consequências.

Ela sorriu.

– Muito bem, Lorenzo.

– Você pediu. – Ele retirou a câmera de suas mãos com delicadeza e a beijou até que seus joelhos amolecessem.

– Isso também tem consequências. – Ela murmurou, abrindo o fecho do manto e o deixando escorregar para o chão para depois ajeitá-lo sobre uma poltrona.

– Maluquinha.

– Não, mas não quero que seus camareiros vejam o manto amassado.

– Hoje em dia, a realeza não possui camareiros e aias como antigamente.

– Mesmo assim, não quero ver suas roupas amassadas, e fica muito bem de azul-marinho, Vossa Alteza Real. E ainda melhor sem roupa.

Então ele tirou o uniforme sem afastar os olhos dela. Indigo sentiu o corpo em chamas.

Lorenzo a tomou nos braços e a levou para o quarto, depois a deixou de pé, sempre abraçando-a para que sentisse o contato do seu corpo despido. A seguir, fizeram amor.

Mais tarde, enrodilhada nele, Indigo se sentiu tão bem quanto se sentiu na Inglaterra. A atração física ainda era grande.

Mas seria o suficiente para manter o mundo a distância?

E como ele reagiria quando soubesse da novidade?

– O que está pensando, Indi?

Não era hora de contar.

– Não estou atrasando você para outro compromisso? Desculpe. Atrapalhei sua programação.

Com pesar, ele ligou o celular. Imediatamente as mensagens pipocaram na tela.

– Vá fazer o que precisa, Lorenzo.

– Tem certeza?

– Sim. – Ela confirmou. – Vá cumprir suas tarefas de príncipe.

– Você é maravilhosa. – Ele se vestiu depressa, a beijou, e desapareceu.

Indigo pendurou o uniforme e o manto no cabide e depois arrumou a cama. Voltou para sua suíte e continuou a desenhar seus esboços.

* * *

MAIS TARDE, Lorenzo a procurou.

– Esquecemos a coroa.

Ela arqueou as sobrancelhas.

– Não deveria estar em reunião?

– Posso fazer algumas transgressões.

Hmm. Ela lembrou de como havia sido espontâneo em seu apartamento particular, e voltou a se sentir quente.

– Então, onde está a coroa?

– Nos subterrâneos. Traga sua câmera. – Ele sacudiu uma chave no ar.

Ela riu.

– Subterrâneos? Assim... tão Idade Média?

Ele a tomou pela mão e desceram o corredor. Sabiam que causariam muitos comentários quando as câmeras internas de TV do palácio os captassem. Indigo o seguiu. Esteve de mãos dadas com ele nos jardins de Edensfield e agora isso se repetia.

Passaram por diversas portas e usaram vários métodos para abri-las: códigos, impressão digital e até reconhecimento pela íris.

– Retiro o que disse, seu palácio nada tem de antiquado. É do tipo James Bond. – Ela brincou.

– E estou com a Bond girl. – Ele a beijou, repetindo o comentário que já havia feito antes.

– Lorenzo... Isso não vai ficar gravado nas câmeras de segurança?

– Provavelmente. Não me importo, e para alguém que se diz tão livre, você se preocupa muito. – Voltou a beijá-la.

Nos subterrâneos, dentro do cofre-forte, ele pegou uma caixa e abriu.

Indigo jamais tinha visto tantas pedras preciosas juntas... ou tão grandes.

Ele tirou a coroa da caixa.

– Lembro do meu avô a colocando sobre minha cabeça.

– Quando era pequeno... de brincadeira?

– Não. Quando fiz 18 anos. Havia passado uma semana na farra e ele quis que compreendesse meu dever para aprender... a carregar o peso.

Assim dizendo, ele lhe entregou a coroa.

– É pesada mesmo – disse Indigo, temendo deixar cair. – Por que você estava na farra? – perguntou, devolvendo a coroa para ele.

Lorenzo ficou em silêncio por muito tempo, depois suspirou.

– Vou lhe contar uma coisa que só algumas pessoas sabem, e todas juraram segredo. O mundo pensou que meus pais morreram em um acidente de carro quando eu tinha 10 anos, mas não foi acidente. – Respirou fundo. – Minha mãe estava tendo um romance e pretendia abandonar meu pai, que descobriu sua intenção. Deliberadamente, ele lançou o carro de encontro a um muro com mamãe ao seu lado porque não suportava a ideia de perdê-la para outro homem. Meus avós divulgaram que foi um acidente trágico... mas então, quando tinha 18 anos, descobri alguns papéis que meu avô julgava terem sido destruídos. Foi assim que soube da verdade. Fugi do palácio e me embebedei durante uma semana.

Indigo o fitou, chocada.

– Mas, então, seu pai o deixou sozinho deliberadamente. Como pôde fazer isso?

– Se eu me casasse com alguém que não suportasse meu mundo, arrumaria outra saída mais sensata. – Ele murmurou.

Estaria querendo dizer que desejava encontrar uma saída para os dois ficarem juntos?

– Se percebesse que minha esposa era infeliz, eu a deixaria partir. Não a deteria, porém, antes tentaria encontrar uma saída para permanecermos juntos.

Indigo o acariciou no rosto.

– E o acidente... foi logo antes de você ir para a escola. Que triste, Lorenzo. – Agora entendia sua educação tão rígida. Seu avô havia tentado protegê-lo da verdade cruel.

– Tire a foto, Indigo. Não tive a intenção de ser piegas, só queria que você entendesse.

– Entendo. E prometo guardar segredo. Agora compreendo por que mantém as pessoas a distância. Assim não se magoa. Porém, se deixasse que se aproximassem... o mundo todo o amaria, com certeza.

Como ela o amava, pensou.

Por seu lado Lorenzo refletiu que só queria ser amado por uma pessoa.

Quem sabe ela sentia o mesmo por ele.

Será que encontrariam um meio para que ela se adaptasse ao seu mundo?

Colocou a coroa na cabeça.

– Faça seus desenhos, Indi.

Ela tirou várias fotos, e então Lorenzo recolocou a coroa na caixa do cofre-forte.

CAPÍTULO 13

No dia seguinte havia uma história nos jornais sobre o Príncipe de Copas de Bom Coração, com uma foto de Lorenzo e outra da garotinha que ele ajudou na catedral e ao lado da mãe.

– Nunca me chamaram assim antes – disse ele, passando para Indigo a tradução da história no tablet. – Sempre me viram como alguém... um tanto distante.

– É bom ser discreto, mas deixe que conheçam você. – Indigo propôs. – E saberão que não é nada distante.

Releu o texto da notícia.

– Oh, não. Falam também de uma mulher misteriosa que estava com você. – Engoliu em seco. – Irão vasculhar tudo que puderem a meu respeito. – Sentiu pânico.

– Não se preocupe. Por ora, minha assessoria de imprensa cuidará disso. Dirá qual é sua profissão e que a levei à catedral para estudar os vitrais.

– Mas, e se...?

Ele beijou a ponta do nariz de Índigo.

– Então eu cuidarei do caso. Prometo que não há com o que se preocupar. – Lorenzo disse com calma. – E não quebro promessas, Indi. Nem minto.

Enquanto isso, ela estava mentindo para ele. Por omissão. Precisava contar a verdade em breve. Mas tinha de escolher o momento certo e como contar.

Ele a levou aos jardins do palácio naquela manhã. O que Indigo julgou ser um jardim em forma de laço era uma série de círculos concêntricos feitos de pedras.

– É uma espécie de... escultura?

– Um labirinto de água. Se pisar na pedra errada ela se inclina e a água a borrifa.

Como um palácio tão severo possuía um engenho tão maluco e divertido no jardim?

A pergunta devia estar estampada em seu rosto porque Lorenzo explicou:

– Foi ideia da minha avó. Ela cresceu em uma casa com um labirinto de sebes e quis ter algo parecido aqui. Eu sempre adorei os dois tipos de labirinto. – Sorriu com ar de menino travesso. – A vida era mais simples.

Antes da morte dos pais? Ou antes de conhecer a carga de um rei?

– O objetivo é alcançar o meio do labirinto sem se molhar. Aceita o desafio?

– E o que ganho – retrucou Indigo – se vencer?

– Vou inventar alguma coisa boa. – Ele murmurou.

E Indigo imaginou uma série de fantasias.

– Tudo bem.

Avançou para o primeiro círculo de pedras.

– Mais quatro para conseguir. – Ele avisou.

Um círculo e meio depois, ela pisou na pedra errada que se inclinou, e um jorro de água a atingiu.

Indigo riu.

– Tenho certeza que quando menino você pisava em todas as pedras erradas só para ficar ensopado.

– Acho que sim. – Ele riu também.

– O que o torna especialista em não se molhar, pois conhece cada pedra – concluiu Indigo. – Mostre-me.

Ele rodeou os círculos e pegou a mão dela mostrando que pedras saltar.

Quando estava para alcançar o centro do labirinto, ela pisou em uma pedra errada de propósito, e a água encharcou Lorenzo ao seu lado.

– Peguei você. – Indigo gargalhou.

Rindo, ele pulou de novo sobre a mesma pedra e a pegou nos braços, ao mesmo tempo molhando os dois. Enquanto as gotas escorriam de seus corpos, a beijou.

Aquele era o Lorenzo por quem Indigo havia se apaixonado. Que havia se fantasiado com trajes da Regência e copiado a cena do filme com o sr. Darcy só para agradá-la. E que havia carregado um cão velho e cansado nos braços.

Era o momento para lhe contar. Rindo inocentemente no jardim. Enquanto ele lembrava da própria infância e poderia imaginar seu filho ali. Lorenzo havia revelado seu segredo mais sombrio no cofre-forte; agora, ela devia dar sua notícia também.

– Há uma coisa que...

Sua frase foi interrompida pelo toque do celular dele.

Lorenzo fez uma careta aborrecida.

– Desculpe, estava esperando esta chamada.

E mesmo assim, havia encontrado tempo para levá-la aos jardins, Indigo refletiu.

– Atenda. Posso ficar passeando por aqui?

– Claro. Vejo você mais tarde. – Beijou-a e atendeu a chamada.

Indigo foi buscar sua câmera e o bloco, depois rumou para o roseiral. Ali obteria a inspiração definitiva para o desenho do vitral.

De perto, o roseiral era ainda mais bonito. Inalou o perfume das flores. A essência do verão, ela pensou.

Então alguém falou ao seu lado em italiano. Abriu os olhos e viu um senhor com uma tesoura de podar. Devia ser um dos jardineiros que pensava que ela havia invadido o roseiral.

Indigo despejou seu limitado vocabulário em italiano:

– *Mi scusi... Parla inglese*?

O senhor sorriu.

– Sim, falo inglês.

E muito bem, ela refletiu; apenas um leve sotaque.

– Posso ajudá-la? Perdeu-se?

Irônico porque Indigo conheceu Lorenzo no jardim de Edensfield e ele também pensou que era uma intrusa.

– Não invadi – explicou ela apressadamente. – Estou trabalhando nos desenhos de um vitral para o palácio e queria ver as rosas de perto... Tudo bem?

– Claro, *signorina*. Posso perguntar por que as rosas?

– São lindas e fazem lembrar o meu lar. Meus avós tinham um roseiral... Não tão magnífico quanto este. Mas amo o perfume das rosas. Vi o roseiral da janela da biblioteca e me pareceu um arco-íris branco, amarelo, pêssego, rosa e vermelho. Queria admirar de perto. – Indigo sorriu. – E são tantas variedades de rosas misturadas.

– Então conhece os vários tipos. – O senhor murmurou.

– Não sou especialista, mas sei do que gosto.

– Você as cultiva?

Indigo balançou a cabeça.

– Só tenho um peitoril de janela no meu apartamento com alguns vasinhos de rosas em miniatura, porém, se um dia tiver uma casa com jardim, vou querer um roseiral como de minha infância. – Estendeu a mão. – Desculpe... devia ter me apresentado. Indigo Moran.

– Enzo – respondeu o senhor. – Seu nome é lindo. Gostaria que lhe mostrasse o lugar?

– Caso não interfira com seu trabalho, sim, Enzo. Obrigada.

Indigo passou a meia hora seguinte perambulando pelos jardins com o senhor, aprendendo sobre as rosas e tirando fotografias.

– Adorei esta – apontou para uma rosa vermelha com filetes brancos e cor-de-rosa. Inclinou-se e aspirou. – Oh, e o perfume é maravilhoso.

– *Rosa mundi* – explicou Enzo com tristeza. – Um tipo que tem quase cem anos. A rosa favorita de minha falecida esposa.

– Oh... Não queria provocar lembranças tristes. – Ela apertou a mão dele por impulso.

– São boas lembranças. Posso ver seu bloco de desenho?

– São apenas esboços.

Ele folheou e se deteve em um esboço de Lorenzo.

– O jovem príncipe.

– Sim... Estou trabalhando em uma ideia que tive.

– Então conhece o príncipe?

Ela aquiesceu com um gesto de cabeça.

– O melhor amigo dele é irmão da minha melhor amiga. O príncipe foi visitá-los quando eu restaurava um vitral de sereia para eles. Gostou do meu trabalho e me propôs fazer um vitral aqui.

– Para a coroação?

– Sim, portanto, quero caprichar. O príncipe é um bom homem e será um ótimo rei. – Ela torceu o nariz. – Desculpe. Não sou de Melvante e não devia fazer comentários.

– Mas é sincera.

– Sempre prefiro a honestidade. – Indigo replicou. – Mas não é desculpa para a grosseria. Também devemos ser diplomatas.

– Tem razão.

Conversaram mais, e Enzo cortou uma dúzia da *rosa mundi* para Indigo.

Ela arregalou os olhos.

– Não vai lhe causar problemas com o rei?

– Não. Sou o chefe dos jardineiros. Se alguém lhe perguntar, diga que Enzo lhe deu para ajudá-la nos seus desenhos.

– Sim, e obrigada pelo seu tempo. *Mille grazie* – acrescentou.

– O prazer foi meu, menina.

Estava satisfeito por Indigo ter falado em italiano.

PARECIA QUE nunca era hora de Indigo revelar sua notícia. Na manhã seguinte, recebeu um e-mail de Lottie informando-a para ler os jornais.

Indigo descobriu um burburinho na imprensa. Um *paparazzo* empoleirado nos muros do palácio havia conseguido uma foto dela com Lorenzo no labirinto da água, ela com a mão no braço dele e ambos se olhando. Parecia que acabavam de se beijar.

A manchete dizia: *Nosso príncipe está amando?*

Oh, não. Tentou contato Lorenzo, mas em vão. Então foi procurar Salvatore.

– Quando falar com Sua Alteza Real, pode pedir desculpas em meu nome?

– Por causa dos jornais de hoje? – Salvatore perguntou.

– Aquilo não deveria ter acontecido.

Mas Salvatore não parecia aborrecido.

– Nada se pode fazer com a mídia bisbilhoteira, Indi. Não se preocupe. Nossa assessoria de imprensa cuidará disso.

– Já estão atarefados com a coroação. – Indigo murmurou.

Temia as manchetes quando soubessem do bebê sem casamento porque ela não era uma noiva adequada.

Salvatore a fitou com atenção.

– Estou errado ou você não está apenas preocupada com essa notícia?

Ela suspirou e desconversou:

– Não estou acertando os desenhos para o vitral... Em geral, trabalho diretamente no vidro, mas não trouxe minhas ferramentas especiais. Esta visita era só para conhecer o local e apresentar alguns desenhos para Sua Alteza Real e o rei.

– Minha irmã sempre faz um bolo quando quer pensar com calma – disse Salvatore.

– Isso me ajudaria, mas não tenho uma cozinha de verdade na minha suíte.

– Temos uma pequena aqui no escritório. Poderá pegar o que precisar na cozinha do palácio.

– E em troca lhe darei biscoitos. São a minha especialidade culinária. – Ela sorriu. – Obrigada, Sal, seria ótimo.

Ele deu um breve telefonema.

– Procure Tonia na cozinha.

Indigo o beijou no rosto, e Salvatore corou; depois procurou Tonia, carregou uma parafernália para a cozinha do escritório, e esqueceu de tudo preparando biscoitos amanteigados.

Estava fazendo calda de chocolate para decorar quando Lorenzo apareceu.

– Invadiu minha cozinha?

– Sim.

– Adoro o cheiro de baunilha. – Roubou um dos biscoitos quentes. – Gostoso.

Ela deu um tapinha nas costas de sua mão.

– Esqueça o Príncipe de Copas de Bom Coração. Acho que está mais para Valete de Copas roubando biscoitos amanteigados.

– Em *Alice nos País das Maravilhas* – retrucou Lorenzo – , o Valete de Copas rouba tortas.

– Tanto faz.

Lorenzo riu.

– Nunca fui expulso da cozinha do palácio.

– Verdade? Pois está sendo expulso da minha. – Impulsivamente Indigo enfiou os dedos na calda e passou uma faixa em cada face do príncipe.

– Pintura de guerra. – Ele murmurou, repetindo o gesto de enfiar os dedos na calda.

Ela tentou fugir, mas ele pintou seus lábios com o chocolate derretido, e depois o retirou com beijos.

Muito devagar.

– Eu me rendo. – Indigo suspirou.

– Ótimo. E por que está cozinhando?

– Precisava me distrair e pensar com calma nos meus desenhos. Estou sem inspiração, e ainda por cima me aborreci com a notícia no jornal de hoje.

– A foto. – Lorenzo não parecia nem um pouco aborrecido. – Sim, minha assessoria de imprensa está filtrando telefonemas de curiosos desde cedo. – Deu de ombros. – Talvez seja melhor não esconder nada.

– Mas... *não* podemos. Você deve se casar com uma princesa.

– Estamos no século XXI. E, além do mais, você tem sangue nobre, é filha de um conde.

– Ilegítima – corrigiu ela. – E meu passado é complicado. – E ela nem havia contado tudo. Também não tinha revelado sobre o bebê dos dois, e cada vez se tornava mais difícil.

– É humana, e as pessoas gostam de você. – Lorenzo inclinou a cabeça para um lado. – Simpatizam quando me veem com você. *Eu* gosto de mim quando estou com você.

– Mas existe o seu avô. – Ela lembrou.

– Creio que irá aprová-la.

– Não basta. Precisa pensar na sua posição.

Lorenzo riu.

– No momento, estou na cozinha do meu escritório, coberto de migalhas e de calda de chocolate. Uma posição nada nobre.

– Lorenzo, por que dificulta as coisas?

– Não. Acho que é fácil. Você só precisa acreditar. *Em você mesma* e em nós dois.

Ali estava o problema, ela pensou. Não poderia acreditar nos dois antes de acreditar em si mesma. E como podia pensar em ser a esposa de um rei que precisava corresponder a tantas expectativas?

– Acredito em você. E em nós. – Lorenzo disse suavemente beijando-a de novo. – Ficarei atolado em obrigações oficiais o dia todo. Mas a verei amanhã. Então conversaremos.

Quando ela teria de lhe contar tudo, Indigo refletiu. Precisava contar. Não dava mais para adiar.

CONFORME O previsto, Lorenzo ficou preso a suas obrigações até que chegou o momento de apresentar Indigo a seu avô para a exibição do projeto do vitral, na manhã do baile de caridade.

– Desculpe por não ter dado muita atenção a você. – Ele murmurou, beijando-a no rosto.

– Tudo bem, sei como está ocupado.

Ela refletiu se, caso pudessem ficar juntos, Lorenzo teria tempo para passar com o filho.

Entretanto, não podia fazer tal pergunta.

Ele a fez entrar em uma das salas, e Indigo ficou paralisada de terror quando viu o homem sentado na cabeceira de uma mesa: o mesmo com quem havia conversado no jardim. Quase deixou cair o laptop.

– Eu... o senhor é o avô de Lorenzo?

Lorenzo franziu a testa.

– O que está acontecendo? *Nonno*? Indi?

– Na verdade, nos conhecemos no roseiral dias atrás. – Enzo explicou. – Fui um pouco... mentiroso, talvez.

Um pouco? Ora!

– Achei seu rosto bem familiar, porém, afastei a ideia – disse Indigo com ar de acusação.

– Bem, quem vê um idoso com roupas comuns de jardinagem não espera que seja um rei. – Enzo deu de ombros.

Contudo, ela refletiu, Lorenzo a havia alertado na Inglaterra, dizendo que seria fácil encontrar o avô depois de aposentado... no roseiral. Ela deveria ter raciocinado melhor.

– Disse que era o chefe dos jardineiros. – Ela o acusou esquecendo o protocolo e as boas maneiras diante do rei de Melvante.

– De certa forma, sou. – Enzo replicou.

Indigo respirou fundo.

– Desculpe se disse algo errado ou fui rude. Vossa Majestade – acrescentou depressa.

– Creio que meu avô errou tanto quanto você. Mais, porque a enganou. E tenho certeza que você não foi rude, Indi.

– Claro que não, apesar de ser muito franca e direta – disse Enzo. – O que é agradável. Agora, *signorina* Moran... Indigo...: gostaria de nos mostrar seus desenhos oficialmente?

– Aqui estão os esboços definitivos, Vossa Majestade. Permita-me expor minhas ideias.

LORENZO SE recostou no assento e observou Indigo, a profissional. Ela fez sua apresentação pelo laptop, e devia ter ensaiado bastante, pois foi explicando sem a menor hesitação. Depois forneceu cópias para os dois, a fim de que examinassem melhor; a seguir, exibiu cópias do traçado do vitral para que julgassem as cores.

– Então, dessa vez, as rosas não formam uma prisão – disse Enzo.

Indigo ficou vermelha.

– Viu aquele desenho?

– Sim, por isso concordei em lhe dar a incumbência do vitral. – Enzo explicou. – E noto que agora não desenhou meu neto como anjo.

– Não pode ser anjo na coroação. – Ela observou.

O rei aproximou um desenho dos olhos.

– Esse aos pés dele é Caesar?

– Sim. Posso fazer o vitral sem o cão, se preferir. Porém, pensei que seria um detalhe interessante que tornaria Lorenzo mais... humano.

Lorenzo pigarreou.

– Continuo aqui, caso tenham esquecido.

– Eu sei. – Indigo sorriu para ele cheia de carinho e doçura. – Caesar, seu mascote querido, perto de você atrairá a simpatia das pessoas porque o verão como um homem... comum, digamos assim.

– Bem pensado – elogiou Enzo. – Voto para que mantenha Caesar. E gosto muito deste esboço. Captou a essência de meu neto, Indigo. Algo raro. – Fitou Lorenzo. – E fico feliz que tenha captado.

Lorenzo entendeu o que o avô queria dizer, e ficou aliviado. Agora tudo que tinha a fazer era convencer Indigo.

Assim que a reunião terminou, ela fez uma reverência e deixou a sala.

– Obrigado – murmurou Lorenzo para o avô lhe dando um abraço.

Enzo arqueou as sobrancelhas.

– Ela o modificou. E para melhor.

– Preciso falar com Indi, *nonno*.

– Vá, meu neto. Com minha bênção – murmurou Enzo.

Lorenzo a encontrou quando ia entrar na sua suíte.

– Tudo bem?

– Sim, só um pouco chocada por saber que o senhor simples com quem conversei no jardim é seu avô. Devo ter quebrado todas as regras do protocolo.

– Às vezes é preciso quebrá-las... e, afinal, meu avô também as quebrou. – Fez uma pausa e depois disse. – Ele está do nosso lado, Indi. – Ela não pareceu convencida, e Lorenzo roçou os lábios nos dela. – Confie em mim – murmurou.

ESSE ERA o problema, pensou Indigo. Queria confiar. Sabia que ele era honrado, porém, isso piorava as coisas ainda mais.

– Deve ter muito o que fazer.

– Posso adiar, se quiser. – Ele respondeu.

Não. Ela jamais ficaria no seu caminho quando se tratava de Melvante.

– Preciso trabalhar no vitral. Vá cumprir suas obrigações de príncipe.

Ele sorriu.

– Vejo você no baile esta noite.

– Até mais. – Ela respondeu, e se forçou a sorrir com doçura.

CAPÍTULO 14

INDIGO PASSOU o final da tarde se preparando para o baile. O vestido que Lottie havia lhe emprestado era esplêndido: simples, preto, e sem alças, com uma saia ondulante até os tornozelos que fazia lembrar um traje de bailarina. E Lottie antecipou para Indigo seu presente de aniversário para acompanhar o vestido: um pingente esmaltado na forma de borboleta verde e azul iridescente. Era a única joia que Indigo usava.

Não parecia nada com uma princesa, refletiu ao se olhar no espelho, mas sim uma garotinha brincando com as roupas da mãe. Essa não era a verdadeira Indigo... porém, precisaria se esforçar para corresponder ao mundo de Lorenzo.

Ele disse que gostava do homem que se tornava ao lado dela. Será que ela aprenderia a gostar da mulher que deveria ser ao lado dele?

Recompôs-se e rumou para o salão de baile. Felizmente, Salvatore havia explicado como chegar lá. Ele estava à porta do salão e sorriu ao vê-la.

– Está encantadora, Indi.

– *Grazie*, Sal. – Mesmo que ele estivesse sendo apenas educado, ela adorou. Porque a adrenalina se transformava em pânico a cada segundo.

– Deixe-me apresentá-la a algumas pessoas.

Aliviada, Indigo percebeu que a apresentava como uma especialista em vitrais, e todos falavam em inglês, de modo que não precisou usar seu italiano limitado.

Mesmo assim, estava consciente dos olhares das pessoas e sabia que especulavam sobre as fotografias e histórias publicadas na imprensa. Quem era Indigo Moran... Cinderela ou uma cavadora de ouro pronta a pegar o que pudesse?

Foi pior quando Lorenzo entrou no salão, porque todos passaram a olhar para os dois. E, ou ele não percebeu, ou tentou reforçar a ideia, pois caminhou diretamente para Indigo.

– Vamos dançar?

– Eu... Não tem de cumprimentar essas centenas de pessoas primeiro? – perguntou ela em pânico,

– É um baile. Deve-se dançar em bailes, Indi. – Ele provocou.

– Só entendo de danças próprias dos bailes modernos. Nunca estive em um baile da corte, vou tropeçar e cair de cara no chão.

– Não se seu parceiro a guiar direito. – Ele garantiu.

Por um momento terrível, Indigo pensou que fosse beijá-la. *Em público.* Porém, para seu alívio, ele apenas sorriu. E depois a tomou nos braços.

– Só precisa se lembrar de usar as pernas uma de cada vez, e ir para onde eu a puxar – murmurou ele quando a valsa começou.

Indigo descobriu que Lorenzo tinha razão. Com ele a guiá-la, não cairia nem faria papel de idiota. Relaxou e aproveitou o momento.

Lorenzo dançou com ela mais duas vezes durante a noite. Assim como Salvatore, que percebeu que Indigo não estava muito à vontade e poderia precisar de apoio.

Mas então Indigo foi ao toalete das senhoras. Ajeitava o vestido atrás de um biombo quando ouviu uma conversa.

– A tal Moran é mais sem graça do que imaginei – dizia uma mulher, em inglês.

A pele de Indigo se arrepiou. Será que sabiam que estava ali e faziam de propósito para que ouvisse cada palavra? Ou apenas fofocavam e falavam em inglês porque uma do grupo não entendia italiano?

– Querida, ela deve ter alguma coisa... O príncipe parece fascinado – disse outra com sotaque mais forte.

– Mas não pode se casar com ela, pode? Ela não tem sangue azul – comentou outra.

– Sem dúvida ela está de olho no trono. Lorenzo é muito fechado e será um marido difícil. Porém, quando uma mulher está interessada no dinheiro de um homem, não se importa com essas coisas.

Indigo estava indignada por essas mulheres saberem tão pouco sobre Lorenzo e serem tão maliciosas, porém, se saísse de repente de onde se encontrava e as pusesse em seu lugar, não acreditariam nela... porque já haviam decidido que era uma cavadora de ouro, e sua palavra de nada valeria.

Também não seria aceita como companheira de Lorenzo.

Mesmo sabendo que ele ficaria do seu lado, sempre haveria muita tensão à sua volta.

Lorenzo disse que nunca seria como o pai; se a mulher que amasse estivesse infeliz em seu mundo a deixaria partir. Então ela precisava fazer o mesmo por ele... deixá-lo partir para que encontrasse alguém que fosse bem-aceita em Melvante e o fizesse feliz.

Indigo permaneceu escondida até que as fofoqueiras foram embora. Não por que fosse covarde e temesse confrontá-las, mas porque sabia que nada que dissesse faria diferença. E então voltou ao salão de baile e procurou Salvatore.

– Estou com dor de cabeça – avisou. – Creio que vou me retirar.

– Posso lhe trazer um comprimido?

Ela balançou a cabeça.

– Muito gentil, Sal, mas o sono será meu melhor remédio. – Não que ela conseguisse dormir. Seria outra noite em que ficaria acordada até de madrugada, se preocupando e imaginando como resolver seus problemas. – Pode transmitir minhas desculpas para quem for preciso, por favor?

– Claro. Deseja que a leve até sua suíte?

– Não é necessário, obrigada. Ficarei bem. – Beijou seu rosto. – Até mais.

Enquanto rumava para sua suíte Indigo sentia o coração apertado.

Estava fazendo a coisa certa... *sabia* que sim... mas por que precisava doer tanto?

Na manhã seguinte contaria a Lorenzo sobre o bebê e marcaria um voo de volta à Inglaterra. Poderia trabalhar no vitral em sua casa e despachá-lo para Melvante quando estivesse pronto.

E, quem sabe, poderia verificar quando Lorenzo se ausentaria do palácio para voltar a Melvante e colocar o vitral no lugar.

– ONDE ESTÁ Indi? – Lorenzo perguntou a Salvatore. – Não consigo encontrá-la.

– Estava com dor de cabeça. Foi dormir.

– Hmm. – Lorenzo franziu a testa. – Alguma coisa está errada.

– Talvez o baile seja muito cansativo para ela.

Lorenzo balançou a cabeça.

– Não é isso, estou com um pressentimento engraçado. Justifique a minha ausência, está bem?

– Vossa Alteza Real tem certeza? – perguntou Salvatore.

– Absoluta – respondeu Lorenzo, e deixou o salão de baile.

Quando bateu à porta de Indigo, ela demorou a abrir. Havia trocado o vestido de baile por jeans e camiseta; sem maquiagem e com o cabelo ao natural, parecia muito jovem e vulnerável.

– Como se sente? – Ele quis saber.

– Estou bem. – Ela respondeu, e Lorenzo percebeu que mentia. – Não deveria estar aqui. Precisa ficar no baile.

– Você desapareceu.

– Estou com dor de cabeça. Dormir cedo me fará bem.

Porém, pela fresta da porta, ele viu sobre a cama a mala já quase cheia.

– Indi, precisamos conversar.

– Eu... – Ela se afastou e o deixou entrar.

– Pretende ir embora? – Lorenzo perguntou, fechando a porta.

– Amanhã. Terminei os esboços. Voltarei para casa e farei o vitral.

– Não pode fazer aqui?

– Melhor não.

Ele franziu a testa.

– E nós dois?

– Impossível. – Ela murmurou. – Lorenzo... sente-se, preciso lhe contar uma coisa.

Preocupado, ele obedeceu e se sentou no sofá.

Em vez de se acomodar no sofá também, ela ocupou a poltrona do lado oposto.

– Ando quebrando a cabeça para encontrar as palavras certas, mas não consegui. Então terei de ser curta e grossa. – Engoliu em seco. – Estou grávida.

– Você... – Ele custou a entender. – De quanto tempo?

– Cerca de nove semanas.

– E quando soube?

– Há duas semanas. Fiz um exame no hospital.

– Por que não me contou antes?

– Porque não encontrava as palavras certas... ou a hora certa.

Era justo. Ele andava sempre às pressas e não passava muito tempo com ela, embora tivessem compartilhado alguns momentos de intimidade. Então, por que ela não havia contado nessas ocasiões?

Lorenzo respirou fundo.

– OK. Vamos nos casar.

– *Não* vamos. – Ela corrigiu.

– Indi, está esperando um filho meu. O que acha que vou fazer? Abandoná-la? Ela recuou com um estremecimento.

O que não era surpreendente. Tinha sido abandonada pelos pais e depois por um homem que a enganou.

– É tradição na minha família casar antes de ter um filho. – Ele continuou, querendo parecer displicente e brincalhão para acalmá-la.

A expressão de Indigo era dura.

– Não vai dar certo, e você sabe. Já conversamos sobre os motivos para não ficarmos juntos. E existem... – Ela fez um gesto amplo com as mãos. – ... centenas de motivos.

– Precisamos conversar, Indi. – Lorenzo fez menção de segurar sua mão, mas ela se afastou. Magoado, ele a fitou. – Indi?

– Por favor... Não me toque, preciso manter a cabeça no lugar. – Ela murmurou.

Era o elogio mais torto que ele já ouvira: Indigo não queria que a tocasse para manter o bom senso, ou não confiava nele?

– Muito bem, vamos nos ater aos fatos. Está esperando um filho meu. É claro que desejo ficar ao seu lado e ampará-la, e a melhor maneira de fazer isso será casando com você.

– Pelo fato de um futuro rei não poder ter um filho ilegítimo?

– Não quero me casar por obrigação ou para satisfazer uma convenção social, se é isso que está pensando. – Lorenzo respirou fundo. – No momento, você está aborrecida e preocupada. Creio que não acreditará se eu disser o que sinto a seu respeito. – Fitou-a nos olhos. – Mas vou dizer de qualquer modo. Apaixonei-me por você em Edensfield. Você é um sopro de brisa, Indi. Meu mundo é melhor com você, e a quero nele para sempre. Você e nosso filho.

– O retrato que desenhei... você o analisou? Mas *realmente* analisou? – Ela perguntou.

– O príncipe em um caramanchão de rosas. Exceto que as rosas não escondem completamente que, na verdade, ele está em uma gaiola. Sim, analisei. – Ele respondeu secamente.

– Essa é a sua vida, Lorenzo. Foi para isso que nasceu e está acostumado, porém, não quero esse tipo de vida para nosso filho. – Indigo esclareceu. – Não me importa se a gaiola é de ouro, continua sendo uma gaiola. Nosso bebê não poderá cometer seus próprios erros e aprender com eles.

– Então, qual é a alternativa para ele? Liberdade, mas sem seus pais juntos? Sem fazer parte de uma família?

Ela estremeceu.

– Muitas pessoas crescem em lares só com um dos pais, e vivem bem. Continuam sendo amadas e o pai ou a mãe lhes dá tudo de bom.

– Nós dois – disse Lorenzo – fomos criados por nossos avós. Nós dois fomos enviados para o colégio interno. Creio que, se formos sinceros, éramos solitários e nos sentíamos um peso para nossos avós. Não quero isso para meu filho. Desejo viver com ele. Quero presenciar seu primeiro sorriso, seu primeiro dente, primeiras palavras e primeiros passos. Que ele faça parte de uma família. *Comigo*.

Ela arregalou os olhos.

– Está dizendo que irá brigar pela custódia da criança?

– Não. – Lorenzo passou os dedos pelo cabelo. – Acha que sou um monstro? Estou dizendo que quero fazer tudo isso com você *e* com nosso filho. Sim, tem razão, sendo minha esposa não terá o tipo de liberdade à qual se acostumou até hoje. Terá guarda-costas e uma agenda diária. Porém, poderá chegar a um meio-termo.

– Verdade? Porque sinto que serei a única a abrir mão de tudo nessa história.

– Não precisa abandonar suas amizades ou seu trabalho. – Ele explicou. – Admito que não poderá trabalhar tanto quanto agora, porque às vezes irei precisar que me ajude com assuntos oficiais e compareça a lugares e eventos comigo, entretanto, não precisará desistir de tudo completamente. É importante que cultive seus próprios interesses.

Indigo ainda não estava convencida.

– Quero você em minha vida, Indi – murmurou ele. – Não porque está gerando meu filho ou porque seria a maneira mais rápida e prática de realizar de uma só vez tudo que um rei precisa: uma coroa, uma rainha e um herdeiro. Quero você por *você* mesma. – Fez uma pausa. – Você só pensou nos aspectos de que precisará abrir mão, porém, não refletiu sobre o que ganhará com nossa união.

– Casarei com um rei e terei muito dinheiro. Status social e fortuna podem ser o que muita gente quer... e o que pensam que quero.

– Quem pensa assim?

Ela engoliu em seco.

– No toalete feminino. Ouvi um grupo de mulheres comentando a meu respeito. Pensam que estou atrás de sua coroa.

Ele resmungou com desdém.

– Claro que não está. E se essas mulheres têm a mente tão estreita o problema é delas. – Ele balançou a cabeça. – Mas o que quero dizer é que poderemos dar um ao outro algo que nunca tivemos. Seremos o centro de nossa própria família e não uma carga para os outros.

Por um segundo ele viu o brilho nos olhos dela. Tinha certeza que no íntimo Indigo desejava isso. Porém, se a pressionasse, ela fugiria. Ela precisava se reconciliar com seus próprios fantasmas e com as coisas que a impediam de ficar com ele. Talvez chegasse a confiar nele para se deixar ajudar, porém, no final das contas só a própria Indigo poderia resolver seus problemas.

– Em Edensfield – prosseguiu Lorenzo –, pedi para ficarmos juntos. Dei uma escolha para você. Quero que fique comigo, mas por vontade própria, não por causa da criança ou por pressão. Desejo que fique porque me ama.

Ela mordeu o lábio.

– Mas como poderei ser aceita no seu mundo com o passado que tenho?

– Todos cometem erros, o truque é aprender com eles e não repetir. – Lorenzo suspirou. – Indi, está se escondendo atrás dessa desculpa.

Ela o fitou.

– Não é verdade.

– Se eu não fosse o herdeiro de Melvante seria diferente?

Ela ficou em silêncio por um longo tempo e depois respondeu:

– Sim.

– É esse o problema. Não posso ser outra pessoa, Indi. Sou filho único, como meu pai foi. Não há outro para assumir o trono. Se eu abdicar e me tornar um homem comum, estarei traindo minha família e meu país. Mas parece que se não abdicar não terei você. De qualquer modo sairei perdendo. – Fitou Indigo.

– A menos que você tenha coragem, acredite em si mesma e me aceite como sou.

– Não sei se tenho tanta coragem. – Ela admitiu. – Tenho medo que dê tudo errado.

– Tem medo que a abandone como Nigel fez? Não sou Nigel.

– Não. É honrado. Nem mesmo questionou a paternidade do bebê.

– E por que faria isso? Claro que o bebê é meu. – Lorenzo franziu a testa quando um pensamento cruzou sua mente. – Você... Nigel...?

– Sim. Fiquei grávida e ele quis que abortasse. – Indigo respirou fundo. – Ele disse que já tinha um filho e não queria outro.

– Que nojento – exclamou Lorenzo. – Gostaria de esmurrá-lo.

Ela balançou a cabeça.

– Violência não resolve nada.

– Sim, mas adoraria vê-lo de joelhos aos seus pés.

– Nigel não me importa mais. Parei de amá-lo quando descobri que era um canalha.

– Ótimo, porque odiaria pensar que ele ainda pode magoá-la. – Acariciou o rosto dela. – Não a abandonarei, nem o bebê. E jamais pediria que abortasse.

– Acabei perdendo a criança de Nigel. Tive um aborto espontâneo. Já havia feito uma ultrassonografia e ouvido seu coração. Eu... – Indigo desviou o rosto.

Lorenzo se aproximou, a abraçou e fez com que sentasse em seu colo.

– Lamento que tenha passado por tudo isso. E sozinha.

– Não estava sozinha. Lottie me apoiou o tempo todo.

– Que bom.

– Por pouco ela não foi ao casamento de Gus, seu próprio irmão. Eu a obriguei porque era dama de honra, e garanti que ficaria bem me recuperando em casa.

– Então por isso não a conheci no casamento de Gus. Fui padrinho. – Beijou o cabelo dela. – Deve ter sido difícil ter abortado. Porém, não significa que irá perder nosso bebê agora.

– Sim, meu bom senso concorda, mas por outro lado, morro de medo.

– É natural. Mas prometo que terá o melhor atendimento médico. E tomarei conta de você.

– E isso me assusta também. Estou acostumada a ser independente, Lorenzo. Não quero ser tratada como um cristal.

– Está certo, porém, deve entender que vou querer proteger você e o bebê.

– Porque o bebê é seu herdeiro?

– Não. Porque é *nosso*. – Ele corrigiu.

– Obrigada por acreditar em mim. – Ela o abraçou com força.

– Indi, qualquer um que a conhece logo percebe que não é uma mentirosa. – Ele a beijou. – Não acredito que vamos ser pais. É... – Não encontrou as palavras certas para explicar seu encantamento.

– Desculpe. – Ela murmurou.

– Não. É maravilhoso. Estou aterrorizado... mas maravilhado, também. Quero dar pulos e contar para todo mundo que vou ser pai.

Ela pareceu em pânico.

– Não estou preparada para contar para todo mundo.

– Sim. Espere mais algumas semanas. – Ele apoiou. – Contará quando quiser.

– Não ficou zangado?

– Claro que não. Pouco importa se não planejamos isso. Teremos um *bebê* e uma família. Não é um milagre?

Pela primeira vez Indigo pareceu menos assustada e voltou a ser a mulher radiosa que ele amava.

– Sério?

– Sério. – Ele confirmou. – Espero ser um pai como meu avô, dar amor, mas ensinar, também. – Franziu o nariz. – Talvez seja menos rígido. Você me ajudará. Sou um homem melhor com você ao meu lado e quero ser o melhor marido e pai do mundo.

– Mas... aquelas mulheres que falaram de mim...

– Fofoqueiras. E estão erradas. – Lorenzo pegou o celular e acessou um site de notícias sociais. – Veja. Muita gente influente já está falando bem de você após sairmos nos jornais.

– Devem dizer que sou boazinha, mas que não sirvo para ser a esposa do rei de Melvante.

– Não. Dizem que é calorosa e natural. O tipo da rainha moderna, espontânea e simples. Mencionam como você me descontraiu e que rei perfeito serei. Todos esperam que os boatos sejam verdadeiros e que estejamos tendo um romance secreto. Está escrito aqui.

Ela o fitou com lágrimas nos olhos. Lorenzo a beijou.

– Porém, a opinião mais importante para mim é a de meu avô. Sim, de início o *nonno* tinha dúvidas. Em especial quando lhe contei que você temia nosso estilo de vida. Hoje ele me disse que você é ajuizada, mas que está errada a nosso respeito. Disse que irá se encaixar muito bem no nosso mundo e que irá me apoiar e aconselhar... me amando como a amo. – Beijou a ponta do seu nariz. – Indi, quero me casar com você. Fiz com que viesse a Melvante para conhecer meu país e me conhecer melhor. Eu a amo. Não pelo bebê, mas por *você* mesma.

Fez com que ela se sentasse no sofá e ficou de joelhos na sua frente.

– Ainda não tenho um anel para lhe dar, mas iremos escolher juntos. Será divertido. E as alianças também. Peço como homem e futuro rei... casa comigo? Quer formar uma família comigo? Vai me deixar amá-la e irá me amar?

Ela caiu de joelhos ao lado dele e o abraçou.

– Sim. Claro que sim.

EPÍLOGO

Dois meses depois, a grande catedral de Melvante estava repleta.

No mês anterior foi celebrada a coroação do rei Lorenzo III.

A equipe de Relações Públicas do palácio havia se superado e organizado o casamento de Lorenzo e Indigo em tempo recorde. Cabeças coroadas europeias e chefes de Estado de todo o mundo haviam remanejado suas agendas para poder comparecer, e as ruas estavam apinhadas de pessoas que esperavam ver a noiva e o noivo pelo menos a distância.

– Está linda – disse Lottie, dando um último ajuste no véu de Indigo.

– Graças à Sally. – Com habilidade a amiga havia conseguido disfarçar a barriguinha de 18 semanas de gravidez de Indigo. – E você está linda também, Lottie .

– Vamos parar. Senão vou começar a chorar e você também vai chorar, e Lorenzo me atirará no calabouço por estragar sua maquiagem.

– Não vou chorar – garantiu Indigo. – Nunca fui tão feliz.

– Que bom. – Lottie a abraçou, dando uma ajeitada final no vestido da noiva. – Assim está melhor.

Uma carruagem puxada por cavalos brancos levou Indigo à catedral.

– Pronta? – perguntou Gus à porta.

– Pronta. – Indigo pegou o braço do amigo. – É o dia mais feliz da minha vida.

– Como deve ser. – Gus sorriu para ela e a conduziu pela nave da catedral enquanto executavam a música que Lorenzo havia escrito para a noiva.

O tradicional tapete vermelho a levou até o altar onde já se encontrava o noivo. Em vez de arranjos florais variados, a catedral estava enfeitada com vasos de rosas, formando um arco-íris de cores. Metade delas oriunda dos jardins do palácio, metade enviada por súditos comuns que haviam feito questão de colhê--las em seus jardins.

Depois do casamento, todas as flores iriam formar um novo roseiral no palácio. No altar havia uma rosa especial cultivada pelo avô de Lorenzo e com o nome de sua avó.

Quando Gus a entregou ao noivo, Lorenzo murmurou:

– Você está deslumbrante e eu a amo.

– Também o amo. – Indigo retrucou.

O bispo sorriu para os dois.

– Queridos irmãos, estamos aqui reunidos...

E Indigo soube que dali em diante tudo ficaria bem.

Kate Hardy

COMEÇOU COM UM CASAMENTO...

Tradução
Vanessa Mathias Gandini

CAPÍTULO 1

NÃO.

Aquilo não podia estar acontecendo.

A caixa tinha de estar ali.

Tinha de estar.

Mas a esteira de bagagens estava vazia. Até mesmo parou de rolar depois que a última mala foi retirada. E Claire era a única ali, esperando com uma mala pequena e uma caixa de vestido... E um coração em pânico.

Onde estava o vestido de noiva de sua melhor amiga?

– Controle-se, Claire Stewart. Ficar parada olhando a esteira não vai fazer o vestido aparecer num passe de mágica. Vá e fale com alguém – disse a si mesma com rigor. Claire apanhou a mala e a caixa contendo o vestido de dama de honra e foi à procura de alguém que pudesse encontrar o vestido de noiva. Talvez a caixa tivesse sido colocada por acidente na esteira de outro voo e estivesse em algum lugar, aguardando para ser apanhada.

Meia hora de procura entre uma mistura de ingleses e italianos lhe deu uma má notícia. Em algum lugar entre Londres e Nápoles, o vestido tinha desaparecido.

O vestido no qual Claire havia despendido horas trabalhando, fixando pequenas pérolas no corpete e nas beiradas do véu.

O vestido de sua melhor amiga deveria ser usado no casamento em Capri dali a dois dias.

Talvez aquilo fosse um pesadelo e ela fosse acordar em qualquer segundo. Sorrateiramente, Claire se beliscou. Machucou. Não foi bom, porque significava que aquilo estava de fato acontecendo. Ela se encontrava em Nápoles com sua bagagem, seu vestido de dama de honra.... E sem o da noiva.

Claire agarrou o celular, descobriu um canto silencioso no aeroporto e telefonou para Ashleigh.

A ligação caiu direto na caixa postal.

Aquele contratempo definitivamente não era o tipo de notícia que Claire deixaria na secretária eletrônica; seria muito injusto. Ela tentou telefonar para Luke, o noivo de Ashleigh, mas o telefone dele também caiu na caixa postal. Claire olhou para o relógio. Ainda era muito cedo, e eles deviam estar tomando café da manhã e provavelmente deixaram o celular no quarto. Certo. Para quem mais ela poderia ligar? Claire não tinha o número de Tom, o padrinho de Luke. Sammy, sua outra melhor amiga, que iria fotografar o casamento, não chegaria à Itália até o dia seguinte, depois de terminar uma sessão de fotos em Nova Iorque.

O restante dos convidados deveria chegar na manhã do casamento.

Restava apenas o irmão de Ashleigh. O homem que iria entrar com Ashleigh na cerimônia. O homem que seguia todas as regras... E Claire tinha acabado de quebrá-las. Ele era a última pessoa para quem ela queria telefonar.

Mas ele também não estava em Capri ainda. O que significava que ela teria tempo para consertar o imprevisto.

O que ela precisava era de um plano.

Esqueça. O que ela precisava *mesmo* era de um café. Ela havia passado as duas últimas horas trabalhando no vestido de Ashleigh e também cuidando dos preparativos de casamento, e não tinha dormido para poder fazer tudo a tempo. Isso, somando-se ao voo no qual ela embarcara bem cedo naquela manhã, significava que ela estava confusa e sem foco.

Café.

Embora normalmente tomasse *lattes*, a situação exigia medidas desesperadas. Ela precisava de algo forte e rápido. Com um expresso e três colheres de açúcar, a cabeça de Claire ficou clara o bastante para pensar nas opções. Isso significaria mais viagens... Muito mais viagens... Mas não importava. Claire faria qualquer coisa pela amiga. Ela era mais do que sua melhor amiga; era a irmã que tinha escolhido.

Claire tentou telefonar para Ashleigh de novo. Desta vez, para o alívio de Claire, a amiga atendeu o celular.

– Claire, olá! Já está em Nápoles?

– Hum, sim. Mas, Ash, houve um problema.

– O que foi?

– Querida, eu não sei como dizer isso... – Não havia uma maneira de suavizar uma notícia como aquela. – Luke está com você?

– Sim. – Ashleigh deu uma pausa. – Por quê?

– Acho que você vai precisar dele – falou Claire.

– Agora você está realmente me deixando preocupada. Claire? O que aconteceu? Você está bem?

– Estou bem. – Claire não tinha opção a não ser contar as notícias de uma vez para a amiga. – Mas sinto muito, Ash. Eu realmente a decepcionei. Seu vestido. Está perdido em algum lugar entre aqui e Londres.

– O quê?

– Conversei com a equipe de funcionários da companhia aérea. Eles telefonaram para Londres. Disseram que não está em Londres, e com certeza não está em Nápoles. Eles vão tentar rastreá-lo, mas querem que estejamos preparadas para a possibilidade de não encontrarem o vestido antes do casamento.

– Ah, meu Deus. – Ashleigh inspirou profundamente.

– Pois é. Olha... Nós temos opções. Não tenho tempo de fazer outro vestido como aquele, mesmo que eu tivesse o tecido em mãos e pegasse uma máquina de costura emprestada. Mas podemos procurar em Nápoles e descobrir algo que possa ser do seu agrado. Ou posso deixar o vestido da dama de honra e minha mala aqui e pegar o próximo voo de volta para Londres. Eu uso roupas do mesmo tamanho que as suas, então podemos conversar pelo Skype enquanto provo cada vestido da minha loja para que você escolher o que mais lhe agrada. Depois pegarei o voo de volta para cá, você poderá provar os vestidos e eu farei qualquer alteração para que sua escolha final seja perfeita.

Mas não iria ser perfeito, iria?

Não seria o vestido dos sonhos de Ashleigh. O vestido que Claire tinha desenhado especialmente para ela. O vestido que havia sumido.

– E você ainda vai ser a noiva mais linda do mundo, eu juro – finalizou Claire.

– Eles perderam meu vestido. – Ashleigh parecia entorpecida. O que não era de surpreender. Planejar o casamento tinha aberto antigas feridas, então Ashleigh decidiu se casar no exterior... E o vestido foi uma das tradições que ela manteve.

E Claire a decepcionou.

– Eu sinto muito.

– Claire, querida, não é culpa sua que a companhia aérea perdeu meu vestido.

Não era dessa forma que Sean veria. Claire tinha visto o irmão de Ashleigh em algumas ocasiões e sabia que ele não gostava muito dela. Os dois viam o mundo de maneiras muito diferentes, e Sean veria aquilo como mais um exemplo do fracasso de Claire em corresponder a seus padrões. Ela também havia falhado em atender a seus próprios padrões.

– Olhe, fui eu quem trouxe o vestido para a Itália. Era minha responsabilidade, então o sumiço do vestido é minha culpa – observou Claire. – O que você quer fazer? Encontrar-me aqui em Nápoles para irmos às compras?

– Ainda estou tentando digerir essa história. Meu *vestido* – declarou Ashleigh, parecendo aturdida... Considerando que Ashleigh era a pessoa mais calma que Claire já tinha conhecido, ela estava tanto surpresa quanto preocupada.

– Está bem. Esqueça Nápoles. Nenhuma de nós conhece um lugar bom o bastante para descobrir as lojas certas de noivas, então vamos continuar com Londres. Dê uma olhada no meu website e me mande um e-mail com uma lista das dez melhores lojas. Depois vou trazer os que você escolher no próximo voo de volta para cá. – Ela mordiscou o lábio inferior. – Mas não a culpo se você não confiar que eu vá fazer a coisa certa desta vez.

– Claire, querida, não é culpa sua. Luke está aqui agora... Ele descobriu o que está acontecendo e acabou de me dizer que vai se casar comigo mesmo se eu estivesse usando um saco de batatas. O vestido não é importante. Talvez possamos achar alguma coisa em Capri ou Sorrento.

Ashleigh estava claramente tentando ser leve, mas Claire podia ouvir a hesitação no tom de voz da melhor amiga. Sabia o que o vestido significava para Ashleigh: a tradição que ela planejava para seu casamento.

– Não, Ash. Levaria uma eternidade para descobrirmos uma loja de noiva. E se você não gostar do que eles têm no estoque? Não é justo com você. Sei que vou ter algo que você vai gostar, então pegarei o próximo voo de volta para Londres. Telefono para você assim que chegar lá – disse ela.

– Claire, é muito tempo viajando... Não posso obrigá-la a fazer isso.

– Você não está me obrigando. Estou me oferecendo. Você é minha melhor amiga e eu irei até o fim do mundo por você – declarou Claire.

– Eu também – replicou Ashleigh. – Certo. Vou telefonar para o SPA e mudar minha agenda.

Ter um dia de mimo era pedir muito. Um dia para a noiva relaxar. Claire também arruinou isso ao perder o vestido da amiga.

– Sinto muito por tê-la desapontando – falou Claire. – É melhor eu ir. Preciso guardar minha mala e descobrir um voo. – E realmente esperava encontrar um assento disponível. Se não houvesse... Bem, iria para Londres de alguma maneira. Trem, avião, balsa. O que quer que fosse preciso. Não iria desapontar Ashleigh novamente. – Telefono para você quando eu chegar a Londres.

– POR FAVOR, não me diga que aconteceu algo e você não vai poder chegar a tempo para o casamento.

– Claro que não – respondeu Sean, ouvindo o pânico na voz da irmã mais nova e se perguntando o que havia de errado. Isso era apenas um ataque de nervos da hora agá? Ou ela tinha outros planos? Ele gostava do futuro cunhado, mas, se Ashleigh tivesse mudado de ideia sobre se casar com ele, então é claro que Sean iria apoiá-la na decisão de cancelar o casamento. Tudo o que ele queria era ver a irmã à vontade e feliz.

– Estava apenas telefonando para ver se você precisa que eu leve alguma coisa de última hora.

– Ah. Sim. É claro.

Mas ela soou frustrada... Muito diferente da mulher calma e sensível que ele conhecia.

– Ashleigh? O que aconteceu?

– Nada.

– Querida, se há algum problema, você sabe que sempre pode conversar comigo. Vou ajudá-la no que for preciso.

Ashleigh era apenas três anos mais nova, e ele sabia do que ela era capaz de fazer para resolver os próprios problemas... Mas ele sempre cuidou da irmã mais nova, mesmo antes de os pais terem morrido em um acidente que virou a vida deles de cabeça para baixo seis anos antes.

– Conte-me.

– A companhia aérea perdeu meu vestido – contou Ashleigh. – Mas está tudo bem. Claire voltou para Londres para apanhar outro vestido para mim.

Sean congelou enquanto absorvia a informação.

Havia um problema com o casamento da irmã.

E Claire Stewart estava no meio. Por que isso não o surpreendeu?

– Claire não deveria trazer o vestido com ela? – indagou ele.

– Não foi culpa dela, Sean.

Não. Claro que não. Nunca seria culpa da melhor amiga de Ashleigh.

Mas ele não iria estragar o casamento da irmã ao travar uma briga com a melhor amiga dela. Ao menos, não na frente de Ashleigh. Ele pretendia discutir o assunto com Claire sozinho... E logo.

– Está bem. Há mais alguma coisa de que você precisa?

– Não, está tudo bem.

Mas sua irmãzinha não parecia bem. A voz dela estava estremecida.

– Luke está aí com você? – perguntou ele.

– Sim. Ele disse que o vestido não tem importância e que se casaria comigo mesmo que eu estivesse usando um saco de batatas. Ele disse que o que importa é o casamento.

Sean elogiou o cunhado mentalmente. Graças a Deus, Luke era tão sensível e confiável. O último namorado de Ashleigh era egoísta, imprudente e esquisito... E na época ele era o melhor amigo do namorado de Claire. O que também não o surpreendeu. Claire sempre parecia trazer o caos aonde quer que fosse.

– Luke é um bom homem e ele a ama incondicionalmente. Olhe, vou voltar à noite, está bem? Se precisar de alguma coisa, qualquer coisa, me telefone. E concordo com Luke. Mesmo que você estivesse usando um saco de batatas, ainda seria a noiva mais linda.

A noiva que o pai deles deveria estar entregando. Sua garganta se apertou. Quem dera. Mas o acidente aconteceu, e eles tiveram de se virar sozinhos desde então. E Sean estava determinado a possibilitar à irmãzinha o casamento que ela realmente queria. Ele iria *fazer* isso acontecer.

– Obrigada, Sean. – Ela suspirou. – Estou bem. De verdade. Isso é apenas um imprevisto e Claire está cuidando de tudo.

Sim, Sean pensou com amargura, porque ele iria se assegurar de que Claire fizesse exatamente isso.

– Vejo você à noite – disse ela.

– Até lá – respondeu Sean.

Sean verificou sua agenda quando desligou o telefone. Todos os seus encontros naquela tarde poderiam ser adiados. Ele poderia lidar com isso em Capri. Uma rápida palavra com seu assistente assegurou-se de que tudo se resolveria. E depois telefonou para Claire.

A ligação caiu direto na caixa postal. Isso podia significar que ela estava falando ao telefone, ou que o telefone estava desligado ou que ela viu o nome dele na tela e não respondeu porque queria evitá-lo. Está bem, então. Ele esperaria por ela na loja. E iria se assegurar de que o vestido de Ashleigh não fosse perdido desta vez.

Não demorou muito para Sean chegar, em Camden, à casa que abrigava a loja Sonho de Vestido no térreo e o flat de Claire no andar de cima. Embora a placa na porta dissesse "fechado", ele viu a luz no interior... Claire estava ali, ou quem quer que ela tivesse contratado para administrar a loja em sua ausência.

Ele tocou a campainha.

Sem resposta.

Certo. Da segunda vez, ele manteve o dedo pressionado na campainha até ver uma figura correndo na direção da porta.

Uma figura usando um vestido de noiva.

Claire semicerrou os olhos quando abriu a porta, embora não tenha perguntado o que ele estava fazendo ali. Claramente ela deve ter percebido que ele já sabia que ela havia perdido o vestido de noiva da irmã e não estava feliz com a situação.

– Estou falando com Ash no Skype agora – declarou ela, em tom sereno. – E não quero que ela tenha mais aborrecimentos hoje, então podemos deixar a briga para depois que ela escolher o vestido e eu tiver me despedido dela?

Claire claramente percebeu que eles estavam prestes a brigar. Uma briga enorme. Mas Sean concordou com ela sobre não discutir na frente da irmã. Os sentimentos de Ashleigh tinha de vir primeiro.

– Certo.

– Ótimo. Entre. Se quiser uma bebida, sinta-se à vontade para se servir de algo. Há chá, café e canecas no armário acima da chaleira, embora eu tema que haja apenas um pouco de leite. – Ela gesticulou para a porta que obviamente levava a cozinha.

– Obrigado – disse ele, embora não estivesse disposto a aceitar nenhuma hospitalidade vinda de Claire Stewart.

– Se me der licença, tenho de escolher um vestido de noiva. – Ela dirigiu-lhe um olhar significativo. – E estou servindo de modelo para Ash, o que significa que precisarei me trocar muitas vezes... Então eu agradeceria se você não entrasse nos fundos da loja até eu terminar.

– Está bem – disse ele.

Ela fechou a porta da loja novamente, ainda mantendo a placa com o dizer "fechado", e desapareceu nos fundos. Querendo saber como Claire tinha perdido um vestido de noiva... Sean aguardou na sala principal da loja até ela aparecer, desta vez vestida com um jeans desbotado e um top.

– Não quis café? – indagou ela.

– Não.

Claire cruzou os braços na frente do peito.

– Está bem. Pode falar agora.

– Primeiro, Ashleigh realmente escolheu um vestido? – quis saber ele.

– Ela gostou de três vestidos – disse Claire. – Vou levar os três para Capri assim que eu conseguir um voo. Depois ela poderá prová-los, e farei quaisquer alterações necessárias a tempo para o casamento.

– O que eu não entendo é como você perdeu o vestido dela, para começo de conversa. – Ele meneou a cabeça, irritado. – Por que o vestido não estava com você no avião?

– Acredite ou não – falou ela, em tom seco –, esse era meu plano original. Coloquei os vestidos em caixas que atendiam às diretrizes da companhia aérea. Seu casaco e gravata, além dos de Luke e Tom, estão guardados juntos com meu vestido.

– Mas?

– Acontece que havia outras três noivas no voo. Uma delas estava histérica e exigiu que o vestido ficasse com a aeromoça. Havia uma fila enorme. No final, o comandante interveio e ordenou que todos os vestidos de noiva fossem para o bagageiro junto com as outras malas... Mesmo aqueles que pertenciam a pessoas que não estavam envolvidas na discussão. Ele nem mesmo nos deixaria guardar os vestidos no espaço acima dos bancos. O clima no avião estava muito ruim. – Ela deu de ombros. – A equipe da companhia aérea verificou em Londres e em Nápoles e não havia sinal da caixa com o vestido de Ash. Eles ainda estavam verificando. Poderia ser o meu. Mas provavelmente não era. Então esses vestidos são meus planos… Porque eu não pretendo decepcionar Ash. Jamais.

Não foi *inteiramente* culpa de Claire, Sean reconheceu. Mas, ao mesmo tempo, ela era a responsável pelo vestido, e no momento o vestido estava perdido.

– Por que não comprou um assento para o vestido?

– Eles disseram que eu não poderia... Que, se eu quisesse que o vestido fosse comigo, teria de reservar uma cabine adicional de bagagem. O que foi o que eu fiz, e paguei por isso. – Os olhos se tornaram frios quando ela acrescentou: – E, caso você pense que estou tranquila quanto à situação, entenda que passei semanas trabalhando no vestido, então estou desapontada por minha melhor amiga não ter o vestido dos sonhos dela... O vestido que eu desenhei especialmente para ela. Mas me lamentar não vai trazer o vestido de volta. Prefiro fazer algo prático para me assegurar de que o casamento de Ash seja o mais perfeito possível. Então, se me der licença, tenho de empacotar três vestidos e pegar um voo. – Ela deu de ombros novamente. – Mas, se isto fizer você se sentir melhor, sinta-se livre para esbravejar e gritar comigo.

Engraçado como ela estava errada, mas fazia com que *ele* sentisse que estava errado, Sean pensou.

Mas ela tinha razão. Lamentar-se ou perder o controle não faria o vestido aparecer num passe de mágica. E Claire havia despendido a maior parte do dia viajando... Duas horas e meia em cada voo, além de duas horas de ida e volta em um trem. E ela estava prestes a voar de volta para a Itália: mais viagem. Tudo pelo bem da irmã dele.

– Quer que eu encontre um voo para você enquanto empacota os vestidos? – perguntou ele.

Claire o encarou surpresa.

– O que foi? – quis saber ele.

– Você realmente está sendo prestativo? – indagou ela. – Comigo?

Ele semicerrou os olhos para ela.

– Como se eu sempre estivesse errado...

– Não. Eu é que estou errada – disse ela. – Em sua visão regulamentada do mundo.

– Não é bem assim – retrucou ele. – Sou organizado e eficiente. Há uma diferença.

A expressão dela sugeria outra coisa.

– Eu estava tentando ser útil para você – observou ele. – Por causa de Ashleigh.

Claire o encarou por um longo tempo. E depois assentiu com a cabeça.

– Está bem. Obrigada... se puder encontrar um voo para mim vai me poupar um pouco de tempo. Não me importo com qual aeroporto de Londres seja ou quanto vai custar... Apenas me avise quando for a hora de pagar e eu passarei os detalhes do meu cartão de crédito por telefone. Mas, por favor, conte a qualquer uma das companhias aéreas sobre o que aconteceu com o vestido esta manhã, e eu vou querer garantias de que *estes* vestidos vão comigo para a Itália.

– Você se importa mesmo com Ashleigh, não é?

– Sean, como você ainda não percebeu isso? – Claire franziu o cenho. – Ela é minha melhor amiga por mais da metade da minha vida, desde que me mudei para a mesma escola que ela aos treze anos. Considero Ash praticamente como uma irmã.

O que praticamente a tornaria irmã dele também. Mas Sean não guardava nenhum sentimento de irmão por Claire. O que sentia por Claire era...

Bem, era muito mais fácil pensar nisso como aversão. Quando não estavam sendo educados um como outro, brigavam. Eles tinham visões de mundo totalmente opostas. Eram incompatíveis. Ele não iria se permitir pensar que o cabelo dela tinha a cor de um milharal banhado pelo sol e que os olhos tinham o azul profundo de uma noite de verão. E certamente não iria se permitir pensar na última vez que a beijou.

– É claro. Vou cuidar do seu voo.

Ele notou os movimentos dela enquanto falava ao telefone. Eram hábeis e muito seguros enquanto ela empacotava cada vestido em um papel fino para evitar que amarrotassem, colocava-os em um plástico para protegê-los de qualquer dano e depois em uma caixa. Como se ela tivesse feito isso muitas vezes antes. O que, ele percebeu, devia ser verdade.

Sean nunca tinha visto Claire no trabalho antes. Exceto pela vez que ela tirou as medidas dos três homens na casa de Luke e Ashleigh para ajustar os paletós. Ele estava muito ocupado concentrado em ser educado com ela por causa da irmã para notar o que ela estava realmente fazendo.

E, está bem, era fácil pensar em estilistas como pessoas um pouco doidas, que viviam fora do mundo em que o restante da população habitava. Os desfiles de moda de Milão o faziam se perguntar o que os estilistas tinham na cabeça... Pessoas reais não vestiam coisas como aquelas. Mas a mulher a sua frente parecia ser uma empresária. Organizada, eficiente...

Como alguém que pertencia a seu mundo.

Ele meneou a cabeça. Aquilo era apenas uma ilusão. Temporária. Claire não pertencia a seu mundo e ele não pertencia ao mundo dela. Seriam civilizados um com o outro pelos próximos dias, puramente por Ashleigh, e depois voltariam a ignorar um ao outro.

Era mais seguro.

CAPÍTULO 2

ENQUANTO CLAIRE empacotava os vestidos, ela se viu mais e mais ciente de Sean. Ele parecia um empresário meticuloso em um terno feito sob medida, camisa impecável e sapatos perfeitamente polidos. Como parte de seu trabalho, Claire notava nesses detalhes. Sean não pareceria fora de lugar em um anúncio de revista.

E ele estava ajudando-a de verdade... Trabalhando com ela como uma equipe. O que era mais raro do que uma lua azul. Eles não se davam bem.

Exceto por algumas ocasiões, e as lembranças ainda tinham a habilidade de fazer Claire se contorcer. Como na festa de aniversário de dezoito anos de Ashleigh. A vida de Claire tinha implodido apenas algumas semanas antes e, embora ela tivesse tentado sorrir e parecer feliz pela amiga, ela acabou ingerindo muito champanhe naquela noite para afastar a tristeza que ameaçava dominá-la.

Sean tinha vindo ao resgate... E Claire era jovem e estava embriagada o suficiente para se atirar nos braços dele. Sean foi um cavalheiro e a rejeitou, e em sua vida adulta ela ficou feliz por ele ter sido tão decente, mas quando adolescente ela ficou envergonhada por causa do episódio e o evitou por meses e meses depois do incidente.

Houve, então, o funeral dos pais dele, três anos depois. Claire foi apoiar Ashleigh... Assim como Ashleigh a apoiara no funeral de sua mãe... E ela olhou para Sean em certo momento quando ele pareceu perdido. Querendo ajudar, Claire superou o velho embaraço e foi até ele oferecer suas condolências. Sean não foi acessível a ponto de receber um abraço, então ela apenas apertou-lhe uma das mãos e disse que sentia muito pela perda. Na época, sua pele formigou em contato com a dele... Mas o momento era tão impróprio que ela resolveu não agir.

Os dois brigaram de novo quando Ashleigh decidiu não se unir aos negócios da família. Sean culpou Claire por ter encorajado Ashleigh a não fazer algo que ele via claramente como dever da irmã. Certo, Claire tinha ajudado Ashleigh a enxergar o que ela realmente queria fazer, encorajando-a a seguir seus sonhos; e Sean queria que a irmã fosse feliz em vez de se sentir presa e miserável em um emprego que não desejava. E, certamente, uma vez que seus pais morreram tão jovens, ele entendia que a vida poderia ser curta e que se deveria viver cada momento. Não era como se o trabalho de professora de matemática fosse instável. E Ash era uma professora muito talentosa. Ela amava o que fazia, e os alunos a adoravam. Foi a decisão certa.

O problema era que Sean sempre foi muito protetor. Claire podia entender por quê; era o irmão mais velho de Ashleigh e o chefe da família desde os 24 anos de idade. Mas ao mesmo tempo ele precisava entender que a irmã era capaz de se andar com os próprios pés e trilhar o próprio caminho no mundo.

Claire forçou-se a se concentrar em empacotar os vestidos corretamente, mas não pôde deixar de notar o tom profundo da voz de Sean, sua confiança e segurança enquanto ele falava com a companhia aérea.

Na maior parte do tempo Claire não admitia, mesmo para si mesma, mas teve uma paixão secreta por Sean aos quatorze anos. Também por isso ela se atirou nos braços dele na festa de aniversário de Ashleigh, três anos depois.

Outra lembrança invadiu sua mente. A festa de noivado de Ashleigh e Luke. Sean chamou-a para dançar; Claire tinha certeza de que ele apenas estava sendo educado por causa da irmã. E foi pelo mesmo motivo que ela concordou em dançar com ele. Contudo, em algum lugar entre o começo e o meio da música, algo mudou. Claire nem mesmo poderia culpar o champanhe, porque não estava bebendo. Mas algo a fez recuar sutilmente e erguer o rosto para Sean. Algo fez seus lábios se separarem de leve. E depois ele inclinou a cabeça e a beijou.

O beijo abalou-a por completo. Ninguém jamais a fez se sentir daquela forma com um único beijo... Com os joelhos fracos, a ponto de que ela precisasse se agarrar a ele para se manter em pé. Ela ficou em pânico, se afastou e o momento foi perdido.

Desde então, foi educada e distante com Sean. Mas em alguns momentos ela se perguntou. Será que ele sentia a mesma atração? E se...?

Ela meneou a cabeça. É claro que não. Sean apenas a via como a melhor amiga da irmã, a mulher com quem ele acabava brigando toda vez que falavam um com o outro por mais de cinco minutos. Ela ainda ficava irritada por ele não a levar a sério... O fato de ela ter o próprio negócio pelos últimos três anos e tê-lo mantido funcionando apesar da recessão contava para alguma *coisa*, certo?

Mas, até então, ela não precisava provar nada a ele. Claire estava confortável com quem era e o que havia conquistado.

Ela terminou de guardar o último vestido na caixa.

– Alguma sorte com meu voo? – indagou Claire, quando Sean terminou a ligação.

– Boas e más notícias – disse ele.

– Certo. Dê-me primeiro a má notícia.

Ele franziu o cenho.

– Por quê?

– Por que então terei encarado o pior, e ainda haverá algo bom pela frente.

Ele pareceu surpreso, como se nunca tivesse pensado dessa forma antes.

– Certo, a má notícia é que ninguém aceitaria que você levasse os vestidos a bordo.

O pior dos casos. Bem, ela teria de lidar com isso.

– Então se aviões estão fora de questão, terei de ir de trem. – Ela pensou em seu pé. – Se eu pegar o Eurostar para Paris, haverá outro trem para Milão ou Roma e de lá para Nápoles. Mas isso significa que não chegarei a Capri até amanhã.

– Espere. Eu também disse que havia uma boa notícia – lembrou-a. – Podemos voar de Londres para Nápoles.

Ela franziu o cenho, sem entender.

– Mas você acabou de me dizer que eles não vão me deixar levar os vestidos na cabine.

– Não em um voo comercial. Mas tenho uma amiga que possui um avião particular.

– Você tem *o quê?*

– Uma amiga que possui um avião particular – repetiu ele. – E que pode nos levar nesta tarde.

– Nos levar? – Ela semicerrou os olhos. – Está dizendo que você não confia em mim para levar os vestidos sozinha?

– Você precisa ir para Nápoles. Eu também. Então faz sentido viajarmos juntos – observou ele.

Claire notou que ele não tinha respondido à pergunta. Ele claramente não confiava nela. Para ser justa, ela já tinha perdido o vestido de noiva da irmã dele... Mas a culpa não fora inteiramente sua.

– Mas você já não tem um voo agendado?

– Eu cancelei – contou ele. – Prometi a Ashleigh que estaria lá à noite ou eu teria lhe oferecido minha passagem e iria depois. Essa parece ser a melhor solução para o problema.

– Você tem uma amiga que possui um avião particular. – Ela ainda estava impressionada. – Sean, pessoas normais não tem amigas com aviões particulares.

– Você mal aceita que eu seja um humano, quanto mais normal – observou ele.

E lá estavam, prestes a entrar em mais uma briga. Ela fez uma careta.

– Desculpe. Vamos voltar do início e tentar de novo. Obrigada, Sean, por ter me resgatado e conseguido um voo para Nápoles. Por favor, diga a sua amiga que, se um dia ela precisar de um vestido de casamento ou de festa, eu farei de graça.

– Vou dizer a ela – declarou Sean, em tom seco.

Seria uma namorada? Provavelmente não, Claire pensou. Ashleigh sempre dizia que Sean nunca iria se acomodar e nunca namorava mais do que três semanas seguidas. Então talvez fosse uma antiga colega de faculdade ou do trabalho. Não que ela tivesse o direito de perguntar.

– Obrigada – disse ela. – Então a que horas o voo vai partir?

– Quando quisermos – respondeu Sean. – Só preciso voltar para casa e apanhar minha mala. – Ele a encarou. – Você pode muito bem vir comigo.

Deus, que convite, pensou Claire. Mas não iria brigar com ele. Aquilo era por Ashleigh.

– Estou pronta quando você estiver.

Sean os levou de carro de volta até sua casa e estacionou do lado de fora. Sua mala estava no corredor, então levou apenas alguns segundos para que buscá-la; Claire notou que ele não a convidou para entrar. Era justo. Aquele era o espaço dele. Mas ela estava curiosa para saber se era organizado como o restante dele.

Eles pegaram o metrô para o Aeroporto da Cidade de Londres. Claire usou o barulho do trem como uma desculpa para não conversar. E sabia que ele estava fazendo o mesmo. Estar com Sean não era fácil. Ele era tão irritadiço. Ele só podia ter um lado charmoso, caso contrário não iria ter tanto sucesso em administrar os negócios da família... Os clientes não iriam querer lidar com ele.

O check-in foi muito mais rápido do que o processo com o qual Claire estava acostumada; mas, por outro lado, ela não conhecia ninguém com um avião particular. Era mais o tipo de coisa que uma estrela do rock teria. Não uma estilista de vestidos de casamento. A aeronave era menor do que ela havia esperado, mas tinha muito espaço para esticar as pernas e os assentos eram muito mais confortáveis dos que os que ela conhecia. Sempre viajava na classe econômica. Aquele era outro mundo.

– Bem-vindos a bordo – disse o piloto, trocando um aperto de mãos com cada um deles.

– Nosso voo hoje será de duas horas e meia. Se precisarem de alguma coisa, peçam a Elise.

Elise era a aeromoça.

E, mais importante, Elise guardou as caixas dos vestidos onde Claire podia vê-las. Desta vez, poderia ter total certeza de que nenhum deles seria perdido.

– Você se importa se eu...? – Sean gesticulou para a maleta de trabalho.

Claire também preferia trabalhar a falar com ele.

– Claro, eu também – declarou ela, e apanhou um bloco de notas na bolsa.

No dia anterior, tinha recebido uma nova cliente que queria um vestido o mais rápido possível; além do mais, haveria o grande casamento em dois meses... Um casamento em que Claire exibiria sua primeira coleção, e ela estava trabalhando duro para aprontar os vestidos a tempo. Seis vestidos de casamento, além dos trajes das damas de honra e o terno dos noivos.

Ela iria precisar de mais de vinte e quatro horas em um dia pelas próximas semanas... Vinte e quatro horas em que não precisasse dormir. Mas, como não era fisicamente possível, ela teria de beber muito café e comer muito doce para sobreviver às próximas semanas.

* * *

ENQUANTO TRABALHAVA, Sean estava ciente dos movimentos rápidos e leves do lápis de Claire no bloco de notas. Ela claramente estava trabalhando em algum projeto preliminar de algum vestido. Quando o som parou, ele virou-se para encará-la.

Ela tinha dormido no meio do desenho, o lápis ainda preso aos dedos, e havia sombras escuras e profundas debaixo dos olhos.

Naquele exato momento, ela parecia vulnerável. E Sean estava chocado pela súbita necessidade de protegê-la.

Desde quando se sentia protetor em relação Claire Stewart?

Aquilo não era algo sobre o qual ele quisesse pensar. Concentrou-se no trabalho e deixou-a dormir até o avião pousar. Então se inclinou e tocou-lhe no ombro.

– Claire, acorde.

Ela murmurou algo e repousou o rosto na mão dele.

Aquele era seu segundo choque da tarde: o quanto a pele dela parecia macia na palma de sua mão. Era uma sensação muito similar à que ele sentiu quando ela mediu sua cintura para ajustar o terno... Ainda que o toque tivesse sido tão profissional e frio como o de qualquer alfaiate, pareceu estranho sentir o calor dos dedos dela através da camisa.

Ah, que Deus o ajude.

Atração sexual e Claire Stewart eram duas coisas que definitivamente não combinavam.

Certo, houve aquela noite, tantos anos atrás... Mas Claire tinha dezessete anos e a mãe dele havia desaparecido para resgatar a garota e colocá-la em segurança na cama na casa deles. É claro que ficou tentado quando ela tentou beijá-lo... Ele era um homem, não um robô... Mas também sabia que era responsável por ela e de forma alguma iria tirar vantagem dela.

E o momento em que seus olhares se encontraram em uma das festas de Ashleigh...

Bem, normalmente ela estava com um namorado ou outro. Na experiência de Sean, os homens de Claire eram sempre do tipo que diriam que a integridade artística era muito mais importante do que realmente ganhar a vida. Sean não tinha muito tempo para pessoas que não assumiam sua justa parte de responsabilidade e esperavam que outros as sustentassem o tempo todo, mas nunca iria encorajar Claire a traí-los. Ele nunca tomou uma atitude.

Com exceção, lembrou-se com uma pontada de culpa, da noite em que Ashleigh ficou noiva de Luke. Ele pediu para Claire dançar com ele... Apenas pela irmã. Mas depois Claire ergueu o rosto para ele, os olhos azuis enormes e os lábios entreabertos, e ele reagiu puramente em instinto.

Beijou-a.

Um beijo que abalou seu interior. E isso o abalava ainda mais quando ele parava para analisar. Não era possível que se sentisse *daquela* forma por Claire Stewart. Ela era seu total oposto. Um caso entre os dois nunca, jamais iria dar certo. Enlouqueceriam um ao outro.

Sean ficou muito chocado para dizer uma palavra, a princípio, mas depois ela fez alguma piada horrível e de alguma maneira ele recuperou o bom senso.

E apagou a lembrança.

Mas a memória estava de volta.

E tinha de reconhecer que a possibilidade de algo acontecer entre ele e Claire sempre esteve presente. Naquele momento, a possibilidade parecia um pouco mais maior. Provavelmente porque ele não namorou ninguém nos últimos três meses... Aquilo era uma necessidade física, disse a si mesmo, e Claire definitivamente não era a mulher certa para isso.

– Claire.

Desta vez, ele a sacudiu com um pouco mais de força, da maneira que gostaria de ter sido sacudido para recuperar o bom senso.

Ela acordou com um solavanco. Piscou, como se não estivesse certa de onde estava, e ele viu a expressão mudar no segundo em que ela percebeu o que havia acontecido.

– Desculpe – disse ela. – Eu não pretendia dormir. Espero que não tenha roncado muito alto.

Ele poderia dizer que essa era a maneira dela de tentar fazer uma piada e aliviar a tensão. Boa ideia. Ele iria acompanhá-la.

– Não tão alto – disse ele, com um sorriso.

– Ótimo.

Assim como Sean, Claire agradeceu ao piloto e à aeromoça por terem-nos levado até ali com segurança. E então estavam no sol brilhante da Itália, tão brilhante que ambos precisaram de óculos escuros. E Sean ficou secretamente feliz pela barreira extra. Não queria Claire adivinhando que tinha abalado sua compostura, mesmo que por um instante.

E de forma alguma iria deixá-la carregar as três caixas de vestido.

– Vou levá-las para você.

Ela revirou os olhos.

– Não estão pesadas, Sean.

– Mesmo assim.

– Posso me virar.

– Sou mais alto que você e meus braços são mais longos – observou ele. – Faz mais sentido que eu leve as caixas.

– Então, eu vou levar sua mala e a maleta de trabalho.

Ele quase se esqueceu do quanto ela poderia ser teimosa. Mas, ao mesmo tempo, admirava a independência dela. E ele sempre levava pouca coisa, então a mala não estaria tão pesada a ponto de ela não poder carregá-la.

No caminho entre o avião e o terminal do aeroporto, Claire disse a Sean:

– Talvez você possa me dar o nome e o endereço da sua amiga para que eu mande algumas flores a ela.

– Isso já foi feito – disse ele.

– Da sua parte, sim. Mas *eu* quero mandar flores para ela.

– Claro – respondeu ele. – Vou lhe dar os dados dela quando chegarmos ao hotel.

– Obrigada. – Ela deu uma pausa. – E preciso apanhar minha mala e o vestido de dama de honra. Eu o coloquei em uma mala nesta manhã.

– Espere um segundo. – Ele verificou o celular. – Ótimo. Jen... Minha assistente... Chamou um táxi para nós daqui a Sorrento e arranjou passagens para os barcos.

Eles passaram pela alfândega, depois apanharam a mala de Claire. Ele aguardou enquanto ela verificava com a companhia aérea se o vestido original de Ashleigh já tinha sido encontrado. Ele soube pela expressão dela que eles ainda não tiveram sorte.

O MOTORISTA do táxi guardou a bagagem no porta-malas. Claire e Sean se sentaram juntos no banco traseiro. Ela estava muito ciente da proximidade dele, e isso fez seu estômago se apertar. Ela não queria estar tão ciente de Sean. E como se pode conversar com alguém que não tem nada em comum com você?

Ela espiou pela janela.

– Ah, ali está Vesúvio – disse, apontando para uma montanha com um centro escondido e perigoso.

– Você foi para lá com Ashleigh, não foi? – indagou ele.

– E com Sammy. Há três anos. Foi incrível... Nenhum de nós tinha visto o vulcão antes. – Ela sorriu com a lembrança. – Acho que foi por isso que Ash escolheu se casar em Capri, porque ela se apaixonou pela ilha.

Ambos sabiam o outro motivo de Ashleigh não ter planejado a cerimônia na igreja onde ela e Sean foram batizados e os pais deles se casaram... Porque os pais estavam enterrados no cemitério da igreja e Ash não teria suportado a ideia de se casar na igreja com os pais do lado de fora.

– É uma bela parte do mundo – disse Sean.

– Muito bela – respondeu Claire.

Ela parou de conversar naquele ponto e passou o restante da jornada fitando a costa, maravilhando-se com as casas construídas tão precariamente nas laterais dos despenhadeiros e o incrível azul do mar. Ao mesmo tempo, todos os seus sentidos pareceram se concentrar em Sean. O que era insano.

O táxi os deixou na marina em Sorrento. Claire aguardou com a mala enquanto Sean buscava as passagens... E depois embarcaram no barco a caminho de Capri.

Após chegarem ao local, pegaram um táxi e enfim chegaram ao hotel.

– Obrigada por ter providenciado tudo isto – declarou ela, enquanto pegavam as chaves. – E você disse que iria me dar os dados da sua amiga? – Ela apanhou uma caneta e um papel, pronta para fazer as anotações enquanto Sean lhe dava as informações. – Obrigada. Uma última coisa... Chocolate ao leite, branco ou escuro?

– Não tenho ideia. Você vai mandar chocolates a ela?

– Você já mandou flores. – Ela sorriu.

– É um bom plano – disse ele. – Vejo você mais tarde.

Sean deixou claro que não pretendia despender muito tempo com ela. O que Claire achou bom... Quanto menos tempo ficassem na companhia um do outro, menos provável que houvesse outra briga.

Ela permitiu que um funcionário do hotel carregasse sua mala até o quarto. Claire mal tinha colocado as caixas na cama quando ouviu uma batida à porta.

– Entre – gritou ela com um sorriso, tendo uma bela ideia de quem poderia ser.

Ashleigh entrou... Era fisicamente muito parecida com Sean, com os mesmos olhos e cabelos escuros, mas um milhão de vezes mais gentil e uma das pessoas de que Claire mais gostava no mundo. Claire a abraçou com força.

– Ei, sua noiva linda. Como está?

Ashleigh retribuiu o abraço.

– Estou tão feliz em vê-la! Não acredito que você voou entre a Inglaterra e a Itália o dia inteiro. Isso é insano Claire, mesmo para você.

Claire deu de ombros.

– Você merece. De qualquer maneira, agora estou aqui. – Ela segurou o braço da amiga. – Você está linda. Radiante. Como deveria estar.

– E você parece cansada – disse Ashleigh, estudando-a mais de perto. – Você acordou de madrugada para conseguir o primeiro voo para cá.

– Estou bem. Eu, hum, cochilei um pouco no avião – admitiu Claire.

– Ótimo... E você deve estar morrendo de fome e sede.

– Uma bebida gelada seria bom... Mas, antes de fazermos qualquer outra coisa, preciso que você prove esses vestidos para que eu faça os ajustes. – Claire a abraçou de novo. – Sinto muito por isso ter dado tão errado.

– Não foi culpa sua – afirmou Ashleigh.

Não era assim que Sean via, mas Claire manteve o pensamento para si mesma.

Ashley provou os vestidos e estudou o próprio reflexo no espelho.

Por fim, tomou uma decisão.

– Acho que vou ficar com esse.

– Boa escolha – falou Claire.

Felizmente, o vestido não precisava de muitos ajustes. Claire apanhou um kit de costura na mala e alfinetou o vestido para que ficasse com as medidas perfeitas.

– Você não vai mais trabalhar esta noite – declarou Ashleigh com firmeza. – Ainda falta um dia e meio para o casamento, e você viajou o dia todo, então agora eu quero que você relaxe.

– Prometo, pretendo dormir cedo – disse Claire. – Mas ainda preciso verificar os coletes dos homens. E daria tudo por um banho.

A viagem a fez se sentir cansada e grudenta; uma bela ducha poderia ajudá-la a se manter acordada por mais tempo.

– Tire as medidas dos homens amanhã depois do café – sugeriu Ashleigh. – Apenas toma um banho e venha nos encontrar na varanda quando estiver pronta. Eu terei um drinque grande e gelado esperando por você. Com muito, muito gelo.

– Parece perfeito – agradeceu Claire.

Quando Ashleigh partiu, Claire pendurou todos os vestidos e coletes no armário e tomou uma ducha. Em seguida, uniu-se a sua melhor amiga, ao noivo e ao padrinho na varanda. Para seu alívio, Sean não estava lá.

– Ele teve de fazer algumas ligações – explicou Ashleigh. – Você conhece Sean. Ele sempre trabalhou muito.

Provavelmente, pensou Claire, porque precisou assumir os negócios da família aos vinte e quatro anos, depois que os pais morreram em um acidente de carro. Trabalhar muito o ajudou a sobreviver ao primeiro ano, e era um hábito que ele claramente apreciava.

– Bem... Saúde – disse ela, e ergueu a taça enquanto os outros ecoavam o brinde.

DE ALGUMA forma Claire evitou Sean pela maior parte do dia seguinte; seu único contato foi logo depois do café da manhã, quando ela tirou as últimas medidas para os coletes e verificou que ficariam perfeitos com os ternos e camisas. Claire ficou ocupada pela maior parte do dia fazendo alterações de última hora no vestido de Ashleigh, e, ao terminar, Sean ainda estava ocupado fazendo ligações e analisando relatórios.

Até então, um homem como Sean estava desperdiçando o puro encanto da ilha de Capri, Claire pensou. Ele estava muito concentrado no trabalho para notar as flores magníficas ou o azul do mar. Ele trabalhava tanto que ela esperou que ele não fosse se unir a eles para a surpresa que ela e Luke organizaram para a noite de Ashleigh; quando ele apareceu no táxi, ela teve de esconder o espanto.

– Então, para onde estamos indo? – indagou Ashleigh.

– Você vai ver. Paciência, srta. Farrell – aconselhou Claire, com um amplo sorriso.

Enfim chegaram à telecadeira.

– Ah, que incrível! – Ashleigh abraçou Claire e depois o futuro marido. – Eu amo esse lugar, não pensei que fôssemos ter tempo para vir aqui.

– Foi ideia de Claire – contou Luke, com um sorriso. – Ela disse que o pôr do sol no topo do Monte Solaro seria incrivelmente romântico.

– Ainda mais que está fora do horário comum dos turistas e vamos ter o lugar só para nós. Não posso acreditar que você nos trouxe aqui. – Ashleigh parecia empolgada. – Muito obrigada, a vocês dois.

Vinte minutos, lembrou-se Claire, enquanto recebia ajuda para subir na cadeira. Levaria apenas vinte minutos para sair da base da telecadeira e chegar ao topo da ilha. Ela não iria cair. Era perfeitamente seguro. Claire tinha feito isso antes. Centenas e centenas de turistas haviam feito isso antes. Tudo iria ficar *bem*.

Ainda assim, as palmas de suas mãos estavam um pouco úmidas e ela agarrou o poste central da cadeira com toda a sua força. Felizmente, sua bolsa tinha uma alça comprida, então ela não teve de se preocupar em se agarrar nisso também. As mãos estavam doloridas no momento em que chegaram ao topo, mas ela desceu da cadeira sem cair com o rosto no chão.

Assim como ela e Luke tinham providenciado, havia uma mesa próxima à vista panorâmica das *faraglioni*, as famosas três colunas verticais de pedra que se erguiam do mar. Havia um belo arranjo de flores brancas no centro da mesa e laços brancos nas cadeiras. Quando se sentaram, o garçom trouxe uma garrafa de *prosecco* gelado e canapés.

– Saúde. A Ashleigh e Luke... Só para dizer o quanto os amamos – declarou Claire, erguendo a taça, e os outros brindaram.

– Não acredito que você fez isto – Ashleigh estava radiante, e o coração de Claire se alegrou.

– Não fui apenas eu. Luke também ajudou a preparar – contou Claire, querendo ser justa. – Foi uma pena que Sammy não conseguiu vir.

– Ela vai estar aqui amanhã – avisou Tom, confiante.

– Sabe, algumas noivas se casam nesse lugar – disse Ashleigh. – Obviamente não sobem a montanha em um vestido de noiva e saltos altos, então pegam uma carona com a telecadeira. Eu já vi fotografias de noivas carregando os sapatos em uma das mãos e o buquê na outra.

– E aposto que Claire lhe mostrou essas fotografias – disse Sean.

Claire não mordeu a isca, mas desejou que ainda não tivesse feito o ajuste final no colete dele; caso contrário, teria tido um grande prazer em deixar a roupa mal-acabada.

– Não – falou Ashleigh. – Na verdade, ela me convenceu do contrário.

– Porque o desenho do seu vestido não se encaixaria no cenário e eu não queria que seu vestido saísse todo amassado nas fotografias – explicou Claire, com um sorriso.

Ashleigh deu risada.

– É mais provável que você não conseguisse se manter em pé nos próprios sapatos.

Claire também riu.

– Certo, eu não gosto de altura... Mas teria feito se isso fosse o que você realmente quisesse, Ash. Porque é seu dia, e o que *você* quer é o que importa. – Suas palavras foram direcionadas para a melhor amiga, mas ela olhou nos olhos de Sean, deixando claro que estava falando sério.

Ele teve a graça de corar.

Parecia que ele captou a mensagem. Ashleigh vinha em primeiro lugar, e eles teriam de deixar suas diferenças de lado por Ash.

Luke e Tom estavam entretidos em uma conversa, disfarçando o fato de que Claire e Sean mal estavam falando um com o outro. E aos poucos Claire relaxou, deixando-se apreciar o cenário incrivelmente romântico. Eles assistiram ao pôr do sol atrás do oceano em uma névoa cor-de-rosa ao redor das ilhas distantes enquanto o céu ganhava faixas amarelas, rosa-shoking e púrpura, tornando-o misterioso e sobrenatural.

Claire tirou algumas fotografias; ela sabia que não chegariam nem perto de serem boas quanto as de Sammy, mas ao menos seria uma boa lembrança. Ela olhou para Sean; ele parecia estar perdido em pensamentos, fitando o pôr do sol. Antes que percebesse o que estava fazendo, ela tirou uma foto dele.

Mais tarde, de volta ao quarto de hotel, Claire reviu as fotografias. Havia algumas fotos incríveis do pôr do sol e do mar, de Ashleigh, Luke e Tom. Mas a fotografia da qual ela não tirava os olhos era a que ela havia feito de Sean por impulso. Se nunca tivessem se conhecido, se não houvesse uma história entre eles, Claire diria que ele era o homem mais atraente que ela já tinha conhecido e estaria seriamente tentada a ficar com ele.

Mas...

Fazia anos que ela conhecia Sean, e ele estava longe de ser um homem fácil de lidar, e ela realmente não precisava de complicações em sua vida.

– Muito *prosecco* aturdindo seu cérebro, Claire Stewart – disse a si mesma, com um sorriso irônico. – Amanhã, você estará melhor.

Amanhã.

O dia do casamento de Ashleigh.

E, por favor, por favor, que seja perfeito.

CAPÍTULO 3

– SRTA. STEWART? – A mulher da companhia aérea se apresentou ao telefone. – Estou muito satisfeita em dizer que encontramos a caixa do vestido que estava faltando.

Levou um momento para que Claire absorvesse a informação. Eles tinham encontrado o vestido original de Ashleigh?

– Isso é fantástico – disse Claire.

Ela olhou para o relógio. O casamento de Ashleigh não começaria antes das quatro da tarde. O que significava que ela teria tempo suficiente para pegar o barco, atravessar Sorrento e ir de táxi ao aeroporto a fim de apanhar o vestido. Ela estaria de volta a tempo de aprontar o vestido enquanto Ashleigh recebia cuidados com o cabelo e a maquiagem. Felizmente, havia trazido seu ferro a vapor portátil na mala, então, embora o vestido devesse estar amassado àquela altura, ela seria capaz de arrumá-lo.

– Muito obrigada. Estarei no aeroporto o mais rápido possível.

– E se puder trazer alguma identificação com você, seria útil – acrescentou a funcionária da companhia aérea.

– Vou levar meu passaporte – disse Claire. Mesmo antes de dizer adeus e encerrar a ligação, abriu a porta do armário e apanhou o passaporte.

Quando foi contar as boas notícias para Ashleigh, Sean estava lá.

– Será mais rápido se pedir para que o mensageiro entregue o vestido em casa – disse ele.

– Eu já perdi o vestido uma vez. Se acha que vou arriscar perdê-lo novamente... – Claire meneou a cabeça. – Sem chance.

Isso também significava que ela teria uma desculpa para evitar Sean pelas próximas horas. Ela beijou Ashleigh na bochecha.

– Vou lhe mandar uma mensagem de texto quando apanhar o vestido e estiver no caminho de volta. Mas devo voltar bem antes de você ter terminado o cabelo e a maquiagem, prometo.

Ashleigh retribuiu o abraço.

– Eu sei. E obrigada, Claire.

– Ei. É para isso que servem as melhores amigas – declarou ela com um sorriso.

Quando Claire apanhou o vestido, a caixa estava em perfeitas condições, então ela não precisou se preocupar com a possibilidade de a roupa ter sido danificada. Não importava mais onde o vestido estava; o que importava era que ela estava com a peça em mãos, e Ashleigh iria usar o vestido de seus sonhos no casamento.

– Srta. Stewart? Antes que vá embora – declarou a funcionária da companhia aérea –, tenho uma mensagem para você. Você terá o transporte de volta para Capri. Importa-se em me seguir?

– Por quê? – perguntou Claire, confusa. Ela tinha planejado apanhar outro táxi de volta a Sorrento, e depois o barco até Capri.

Antes que a mulher pudesse responder, o telefone de Claire emitiu um som de mensagem.

– Desculpe, posso só dar uma olhada aqui? – indagou ela, apenas receosa de que pudesse ser Ashleigh.

Para sua surpresa a mensagem era de Sean:

O transporte foi providenciado. Não discuta. Foi a preocupação de Ashleigh. Você precisa poupar tempo.

Sean tinha providenciado o transporte para ela? Claire engoliu em seco. Sabia que Sean havia feito isso pela irmã, não por ela, mas ainda era uma coisa gentil a se fazer.

E o transporte não foi um táxi de volta a Sorrento. Foi um helicóptero. E o piloto disse que o voo de Nápoles a Capri levava menos tempo do que levava o barco de Sorrento para Capri, então Sean tinha realmente conseguido poupar tempo.

Claire respondeu a mensagem de texto depressa:

Obrigada. Diga a ela que o vestido está em perfeitas condições. Avise-me sobre o quanto lhe devo pelo transporte.

Ela sabia que a opinião que Sean tinha dela já era baixa e não iria permitir que ele pagasse pelo transporte.

Claire recebeu mais uma mensagem de texto:

Vou dizer a ela. O transporte é por minha conta.

Claire apressou-se em responder:

Ah, não é, não. O vestido é minha responsabilidade, então EU vou pagar. Isso não é negociável.

Ela ficaria em débito com Sean daquele jeito.

Claire tinha esperado que um táxi fosse buscá-la no heliporto, mas Sean estava na área de recepção, aguardando por ela. Estava usando calças jeans escuras formais e uma camisa branca... Claire não achava que ele tivesse sequer uma calça jeans... Mas pela primeira vez não estava usando uma gravata.

Estava lindo.

E totalmente fora de seu alcance. Ela precisava muito se controlar.

– O que está fazendo aqui?

– Transporte – disse ele, gesticulando para um carro esportivo no estacionamento.

Ela não tinha muita escolha a não ser aceitar.

– Obrigada. – Claire o encarou. – Ash está bem?

– Está ótima – assegurou-a.

– Que bom.

– E eu lhe devo desculpas.

Claire franziu o cenho, surpresa. Sean estava pedindo desculpas a ela?

– Pelo quê?

– Por ter lhe dado uma indireta na noite passada... Presumindo que você tivesse dado a Ashleigh a ideia maluca de se casar no topo de uma montanha.

– Como tenho medo de altura, fiquei feliz em tirar essa ideia de Ash – retrucou ela.

– Mas você subiu a montanha pela telecadeira na noite passada.

Ela deu de ombros.

– Luke e eu queríamos distraí-la e pensamos que seria uma boa maneira.

– Sim.

Claire o encarou. Ele mascarou seus sentimentos depressa, mas ela viu o flash de dor nos olhos dele. Em um impulso, Claire repousou a mão no braço dele.

– Deve ser difícil para você também.

Ele assentiu com a cabeça.

– Meu pai é quem deveria entrar com ela na cerimônia, não eu. – A voz dele soou rouca com uma emoção abafada. – Mas as coisas são do jeito que são.

– Seus pais ficariam muito orgulhosos de você – disse ela.

– Como? – A voz dele se tornou fria como o gelo.

Ela afastou a mão que mantinha no braço dele.

– Está bem. Eu não tenho o direto de dizer nada e não estava tentando tratá-lo com condescendência. Mas pensei muito nos seus pais. Sua mãe em particular foi um anjo quando minha mãe faleceu. E eles ficariam orgulhosos pela forma com que você sempre tratou Ash, sempre a apoiando... Bem, *quase* sempre – acrescentou.

Para ser justa, ele ficou muito aborrecido em relação à mudança de carreira de Ashleigh. Ele não a apoiou no início.

– Ela é minha irmãzinha. O que mais eu deveria fazer?

Aquilo era uma revelação para Claire. Sean claramente igualava dever com amor, ou os misturava até o ponto de não os distinguir. E isso estava fora de sua jurisdição. Ela mudou de assunto novamente.

– Quanto eu lhe devo pelo voo?

– Você não me deve nada.

– Eu já disse, o vestido é minha responsabilidade, então vou arcar com os custos. Mas obrigada por ter providenciado isso, principalmente porque significa que Ash não vai mais ficar preocupada.

– Vamos discutir isso mais tarde – declarou ele. – Ashleigh vem em primeiro lugar.

– Concordo... Mas isso não significa que eu esteja feliz por estar em débito com você – destacou ela.

– Eu fiz isso por Ashleigh, não por você.

– Está bem. – Ela se conteve antes que dissesse algo ríspido. – Sean, eu sei que normalmente não nos damos bem. – Essa era a declaração do ano. – Mas acho que vamos ter de fazer um esforço para sermos gentil um com o outro enquanto estivermos em Capri.

Ele dirigiu-lhe um olhar que dizia claramente não acreditar que ela pudesse manter a promessa.

Se fosse honesta, ela também não estava certa de que poderia fazer isso. Ou mesmo de que Sean pudesse. Mas ao menos fariam um esforço.

Claire colocou a caixa com o vestido no banco traseiro do carro, apanhou o chapéu na bolsa e vestiu-o. Depois, sentou-se no banco ao lado de Sean. Claire ainda estava com os óculos escuros que havia usado no helicóptero, então o brilho do sol não iria incomodá-la.

Sean era um motorista muito habilidoso, ela notou, ainda que estivesse dirigindo na mão direita da estrada em vez da esquerda, como estava acostumado a fazer na Inglaterra.

– Você precisa de alguma coisa para o vestido? – indagou ele, enquanto estacionava na frente do hotel.

– Apenas meu ferro portátil, que eu trouxe comigo na primeira viagem.

Ele parecia confuso.

– Por que precisa de um ferro?

– O vestido ficou em uma caixa por três dias. Embora eu tenha sido cuidadosa quando o empacotei, ainda haverá partes amassadas, e não tenho tempo de pendurar o vestido em uma sauna e esperar para que os amassados saiam naturalmente.

– Certo. Avise-me se precisar de mais alguma coisa.

Ele provavelmente precisava ser assegurado de que nada iria dar errado, ela pensou.

– Você pode entrar e dar uma olhada no vestido se quiser – disse ela.

– Não dá azar?

– Apenas se você for o noivo. Lembre-se de que o vestido precisa ser passado, então você não o verá em sua melhor condição – avisou ela. – Mas estará perfeito no momento em que Ash vesti-lo.

Sean encarou Claire.

– Obrigado.

– Então vamos – disse ela.

Ele a seguiu até o quarto. Tudo estava organizado e limpo. Engraçado, ele esperava que o quarto estivesse tão bagunçado e caótico como a vida de Claire parecia ser... Embora a loja dela também fosse organizada. Mas, por outro lado, ele supôs que a loja teria de ser organizada ou iria espantar os clientes.

Ela colocou a caixa na cama.

– Certo... Quanto lhe devo pelo voo?

– Nós já discutimos isso – observou ele.

– Não, não discutimos, e não quero estar endividada com você.

– Ashleigh é minha irmã – lembrou-a.

– Eu sei, e ela é minha melhor amiga... Mesmo assim, não quero ficar endividada com você.

Sean franziu o cenho.

– Agora você está sendo teimosa.

– Eu sei – falou ela, em tom suave. – Diga-me o quanto lhe devo.

Na verdade, ele gostava do fato de ela ser tão insistente em pagar sua parte. Isso mostrava que ela tinha integridade. Talvez ele estivesse errado em rotulá-la por causa de seus ex-namorados. Apenas porque ela tinha um péssimo gosto com homens, isso não significava necessariamente que ela fosse tão egoísta quanto eles, não é?

– Certo. – Ele lhe disse uma quantia, supondo que ela não tivesse nem ideia do quanto a transferência com o helicóptero iria custar.

– Está bem. Obviamente, não tenho dinheiro comigo nesse exato segundo – disse ela. – Mas posso fazer uma transferência bancária se me der os dados da sua conta, ou posso lhe dar o dinheiro pessoalmente quando voltarmos à Inglaterra.

– Não há pressa. Vou lhe dar os dados da minha conta, mas faça a transferência só quando você voltar para a Inglaterra – falou ele.

– Ótimo. Obrigada. – Claire abriu a caixa, desempacotou o vestido e colocou-o em um cabide.

A saia estava um pouco amarrotada, mas Sean já podia ver o quanto o vestido era magnífico.

E Claire tinha desenhado o vestido para Ash. Fez tudo à mão.

Ele entendeu por que ela tinha dado um nome ridículo para a loja, porque ela entregava exatamente o que a cliente queria... Um sonho de vestido.

Claramente a falta dele de resposta a deixou abalada, porque ela cruzou os braços.

– Se odiou, está bem... Mas lembre-se de que é o que Ash queria. E devo avisar que, se disser a Ash que odiou o vestido antes de ela vesti-lo, para que ela se sinta a noiva mais feia do mundo em vez de uma princesa, você vai se ver comigo.

– Eu não odiei. Apenas estou um pouco estupefato, porque não esperava que o vestido estivesse tão bom – admitiu ele.

– Bem, obrigada pelo elogio, gentil senhor.

– Eu não quis dizer isso como um elogio – disse ele. – Não sei muita coisa sobre vestidos, mas parece que deu muito trabalho.

– Deu. Mas Ash merece.

– É. – Por um momento ele quase se virou para ela e a abraçou. Mas aquela era Claire Stewart, a senhorita do caos. Seus mundos não se misturavam. Um abraço seria uma péssima ideia.

– Obrigado por ter me deixado ver o vestido – disse ele. – Agora devo deixá-la em paz para terminar o trabalho.

– Diga a Ash que o vestido dela está em segurança, e eu vou encontrá-la no segundo em que estiver pronto.

Ele assentiu com a cabeça.

– Farei isto.

Quando Claire ficou satisfeita com o vestido, levou-o até o quarto de Ashleigh. Sammy abriu a porta.

– Claire! Você chegou bem a tempo – disse ela com um largo sorriso. – Perder o vestido. Tsc, tsc. Que tipo de estilista é você?

– Não seja malvada, Sammy – falou Ashleigh. – Eu bateria nela por você, Claire, mas ainda tenho de permanecer imóvel e permitir que Aliona tire esses bobs do meu cabelo.

Claire pendurou o vestido, depois envolveu Sammy em um abraço.

– Olá para você também. Como foi o voo?

– Péssimo – declarou Sammy. – Mas, assim que eu terminar de tirar fotografias hoje à noite, beberei *prosecco* até não me importar mais.

– Ressaca depois do cansaço do voo. Ótimo. – provocou Claire. – É tão bom vê-la, Sammy.

– Você também. E, ah, meu Deus. Como esse vestido é lindo! Você se superou dessa vez, Claire.

Claire sorriu em reconhecimento.

– Só estou feliz por ter recuperado o vestido.

Claire ajudou Ashleigh a colocar o vestido.

Sammy tirou fotografias das duas.

– Certo. Preciso fotografar os homens agora – disse ela, quando terminou. – Vejo vocês mais tarde.

– Está tudo bem? – perguntou Claire, depois que Sammy saiu.

Ashleigh engoliu em seco.

– Sim. Estou apenas pensando.

– Eu sei. – Aconteceria a mesma coisa com Claire, se um dia ela se casasse: pensaria na mãe, embora o pai estivesse ali... *Se* ele aprovasse o noivo... E a família da mãe estaria ali também, com Ashleigh e Sammy para apoiá-la.

Não que Claire achasse que um dia fosse se casar. Todos os homens com quem se envolveu foram errados. Homens que ela achou que fossem compartilhar seus sonhos, mas que simplesmente não conseguiam se comprometer.

– Mas acho que eles estão aqui em espírito – disse Claire, com a voz suave. – Eles a amam tanto, Ash. E Luke mal pode esperar para torná-la sua esposa. Você teve sorte com ele.

– Eu sei. – Ashleigh engoliu em seco.

– Ei. Se você chorar e sua maquiagem borrar, Sean vai ficar furioso comigo – disse Claire. Ela fez uma pose dramática. – Ajude-me! Ajude-me! Salve-me do seu irmão mais velho!

Para seu alívio, isso funcionou e Ashleigh riu; ela ainda estava sorrindo quando Sean bateu à porta para dizer que precisavam partir.

CAPÍTULO 4

SEAN JÁ tinha visto o vestido... Embora não no seu melhor... Mas ver sua irmãzinha usando-o o deixou estupefato.

– Você está linda, Ashleigh – disse ele. – Realmente linda.

E olhou para Claire. Mais uma vez, ficou chocado. Ele não tinha visto o vestido de dama de honra antes, embora tivesse uma leve ideia de que fosse ser da mesma cor de seu colete.

Se ela fosse uma completa estranha que ele tivesse visto em uma sala lotada, ele teria se sentido atraído de imediato. Teria se aproximado dela. Chamado-a para sair.

Sean afastou os pensamentos. Aquela era Claire. Ele a *conhecia*. E, se não tivessem feito um acordo por Ashleigh, estariam gritando um com o outro dali a cinco minutos. Ela certamente não era a mulher ideal para um namoro.

– Estão prontas? – indagou ele.

– Prontas – responderam ambas ao mesmo tempo.

A cerimônia civil oficial foi feita em Anacapri. Apenas as pessoas mais íntimas compareceram: Ashleigh e Luke, Tom como padrinho, Claire como madrinha, uma das testemunhas e Sean. Sammy também estava ali para tirar fotografias.

Depois de os papéis terem sido assinados, os dois conversíveis os levaram para uma vila particular onde seria feita uma cerimônia simbólica e o restante da família e amigos os aguardavam para celebrar o casamento.

Luke e Tom foram à frente para aguardar sob o arco coberto de flores brancas.

Ashleigh permaneceu na beirada do tapete vermelho, o braço entrelaçado no de Sean. Ele podia senti-la estremecer de leve. Nervosa, excitada e um pouco triste ao mesmo tempo, ele supôs.

– Ashleigh, você é uma noiva tão linda – disse ele, suavemente. – Nossos pais ficariam tão orgulhosos de você.

Ashleigh assentiu com a cabeça, muito emocionada para dizer qualquer coisa.

– Vamos. Que a festa comece! – anunciou ele, fazendo um sinal para os músicos.

A música era perfeita. E Sean sorria enquanto acompanhava a irmã para dá-la em casamento ao homem que ela amava.

CLAIRE TINHA visto as fotografias e sabia que o jardim onde Ashleigh e Luke estavam se casando era espetacular, mas as fotos não faziam jus.

O jardim era de tirar o fôlego, com vista para o mar; limoeiros cresciam ao redor das beiradas do jardim, os galhos pesados com frutas. Parecia haver borboletas em todo o lugar. Um símbolo de boa sorte e amor eterno.

Claire apanhou o buquê de Ashleigh e o manteve seguro nas mãos durante a cerimônia. Precisou piscar várias vezes para conter as lágrimas quando Ashleigh e Luke trocaram os votos na frente de todos. Ela dirigiu o olhar para Sean, que estava em pé ao lado, e ficou satisfeita ao ver que ao menos desta vez os olhos dele também estavam marejados. E deveriam estar, era o dia do casamento de Ashleigh, ela pensou e desviou o olhar para que ele não a flagrasse encarando-o.

Todos se alegraram quando o padre disse:

– Pode beijar a noiva.

E Luke tomou-a nos braços e beijou-a com intensidade.

Assim que voltaram pelo corredor, pétalas brancas foram jogadas por toda a parte.

Após as fotografias formais terem sido tiradas, garçons se aproximaram com bandejas cheias de taças de *prosecco*. Ashleigh e Luke receberam os convidados; e depois, enfim, o jantar foi servido.

Era uma mesa incrível. O sol já havia começado a se pôr, e Claire nunca tinha visto algo mais romântico em toda a sua vida.

Se algum dia se casasse, aquele era justamente o tipo de casamento que ela queria, cheio de amor e felicidade e muito calor.

Por fim, depois de um excelente café e sobremesas italianas, chegou o momento dos discursos. O de Luke foi doce e gentil, o de Tom fez todos rirem, mas o de Sean a fez piscar para conter as lágrimas.

Ele realmente amava Ashleigh. E, por isso, Claire poderia perdoar o resto.

O bolo, espetacular, foi cortado, e então chegou o momento da dança.

Ashleigh e Luke escolheram para a dança dos noivos a canção "Make You Feel My Love", que sempre dava a Claire um nó de emoção na garganta. E ela assistiu à dança. A banda tocou valsa, e Claire sabia que Luke havia feito aulas particulares; os passos dele estavam perfeitos enquanto girava Ashleigh nos braços. O casal perfeito.

A tradição dizia que o padrinho e a madrinha deveriam dançar, e Claire gostava muito de Tom; ficou satisfeita em descobrir que ele era um excelente dançarino, pois sentiu seus pés seguros com ele.

– Adorei os vestidos – disse Tom. – Se eu não fosse gay, pediria você em namoro... Uma mulher que pode criar tamanha beleza só pode ser incrível, Claire.

Ela riu e beijou-o na bochecha.

– Own, você é tão doce, Tom. Obrigada. Mas eu não o namoraria porque tenho um gosto terrível para homens... E você é muito bom para ser um dos *meus* homens.

Ele riu.

– Obrigado, querida. Você vai encontrar o homem certo um dia.

– Se eu encontrar alguém que me faça tão feliz quanto Luke faz Ash – comentou ela, em tom suave –, eu me consideraria abençoada.

– Eu também – disse Tom. – Eles são perfeitos um para o outro.

– Sem dúvida – concordou Claire, com um sorriso, embora ao mesmo tempo estivesse com uma dor no coração. Será que algum dia encontraria alguém que a faria feliz, ou ela estava destinada a namorar os homens errados para sempre?

POR SER o homem que acompanhou a noiva, Sean sabia que era seu dever dançar com a madrinha em algum ponto. Por um segundo, permaneceu observando Claire enquanto ela dançava com o pai de Luke. Ela estava conversando e parecia bem à vontade. Então Sean registrou o que a banda estava tocando: "Can't Take My Eyes Off You". Ele ficou tão chocado em perceber que era verdade: ele não conseguia tirar os olhos de Claire.

O que com certeza não era bom.

Claire Stewart era a última mulher com quem ele queria se envolver.

E ainda assim tinha de reconhecer que estava atraído por ela. Havia algo nela. Ele não conseguia identificar exatamente o que era, e isso o aborrecia ainda mais... Ele não conseguia entender seus sentimentos, como normalmente fazia. Assim, ela era perigosa. Ele precisava se manter bem longe.

Porém, naquela noite, ele tinha de fazer o que todos esperavam e se esforçar ao máximo.

Assim que a música terminou, ele se aproximou de Claire.

– Acho que devemos fazer isso por Ashleigh.

– Sim – concordou ela.

Mesmo enquanto as palavras saíam da boca, ele percebeu que era a coisa errada a dizer, mas não conseguiu se impedir de perguntar:

– Então, algum de seus terríveis namorados vai se unir a você mais tarde?

– Se esta é sua ideia de diversão – disse Claire, arregalando os olhos no que parecia ser uma expressão aborrecida: – Eu odiaria ver o quanto seria péssimo tê-lo me espionando.

Ele fez uma careta, sabendo que estava errado desta vez.

– Eu não deveria ter dito dessa maneira.

– Não se você estivesse sendo gentil – observou Claire. – Admito que tenho um gosto terrível para homens. Sempre escolho o errado. – Ela deu de ombros. – E a resposta é não, ninguém vai me encontrar nesta noite. Estou solteira e feliz no momento. E estou muito ocupada no trabalho para me envolver com alguém.

Aquela era a maneira de dizer que não estava interessada? Ou ela estava apenas lhe dando fatos?

Sean não identificou o perfume que ela estava usando; era algo misterioso e profundo. Talvez fosse isso que estava confundindo seu cérebro, em vez da proximidade. Confundindo-o a ponto de ele pensar que ela era a mulher perfeita. A forma com que ela se moldava a seu corpo, em seus braços...

– Então, nenhuma de suas namoradas doces e temporárias vai se unir a você mais tarde? – indagou Claire.

Ai. Embora Sean soubesse que merecia a pergunta. Foi ele que começou.

– Não. Becca e eu terminamos há três meses. E eu estou ocupado no trabalho.

Aquela era sua justificativa para terminar um relacionamento antes que as coisas se aprofundassem demais.

– Estamos iguais, então – comentou ela, com um sorriso.

– Sempre pensei que fôssemos água e óleo.

Ela riu.

Que *estranho*. Estavam rindo de si mesmos. Juntos. Sem ofender um ao outro.

E pareceu mágico. Divertido. Ele estava apreciando mesmo a companhia de Claire... Algo que ele nunca pensou que fosse acontecer.

Aquela era a segunda canção seguida à qual eles dançaram. A música era lenta. Suave. E, embora soubesse que isso era má ideia, ele se viu puxando Claire para mais perto.

Ah, Deus me ajude, Claire pensou. Ela já havia passado por isso. Tinha ingerido apenas algumas taças de *prosecco*, bem espaçadas com água. Mas ainda se lembrava da primeira vez que beijou Sean Farrell. A sensação de ter os lábios dele contra os seus antes de ele se afastar e alegar que ela tinha apenas dezessete anos e que ele não queria tirar vantagem dela.

E, mais uma vez, enquanto dançavam na festa de casamento de Ashleigh e Luke, Sean a beijou, e seus lábios quentes, doces e tão tentadores a apavoraram.

Naquele momento, seria muito fácil colocar as mãos nos ombros dele, segurar-lhe a nuca e aproximar os lábios dos dele. Principalmente porque não estavam mais na pista de dança, à vista de todo o restante dos convidados; em algum ponto, enquanto dançavam, eles se afastaram da pista de dança. Eles estavam em uma área isolada do jardim. Apenas os dois em meio à escuridão da noite.

– Claire – sussurrou.

E ela sabia que ele iria beijá-la novamente.

Sean inclinou a cabeça e tocou os lábios contra os dela, de leve. Era como se cada nervo de seu corpo tivesse ficado eletrizado. Ele beijou-a de novo. E de novo. Desta vez, Claire cedeu e moveu as mãos para o cabelo dele. Sean apertou os braços ao redor do corpo feminino enquanto continuava provocando-lhe os lábios macios com aqueles beijos suaves que a faziam querer mais e mais. Talvez ela gemeu, porque então ele a beijou com intensidade, e foi como se fogos de artifício estivessem explodindo ao redor deles.

Quando ele interrompeu o beijo, ela tremia.

– Claire. – Ele parecia atordoado.

E ela também.

Parte dela queria continuar. Acompanhá-lo... Não importava se fosse em seu quarto ou no dele. Ela sabia que ambos precisavam relaxar da tensão dos últimos dias.

Mas a parte sensata dela sabia que isso tornaria as coisas muito piores. Como iriam se encarar pela manhã? Os dois sem dúvida não teriam um futuro. Sim, Sean era confiável, diferente da maioria dos namorados que ela teve no passado… Mas também era muito regrado, para o gosto dela. Tudo tinha de dar certo de acordo com os planos dele. O que era bom para os negócios, mas não era a maneira que ela iria querer viver sua vida pessoal. Ela queria tirar um tempo para cheirar rosas. Espontaneidade. Uma chance de desfrutar do dia e apreciar o que acontecesse. Viver a vida ao máximo.

– Precisamos parar – disse ela. Enquanto ainda mantinha a sensatez. Se ele a beijasse mais uma vez, ela sabia que iria dizer sim. Então, recusou enquanto ainda podia. – Não.

– Não.

Ele a encarou com olhos assustados. Por um segundo, pareceu tão vulnerável. Ela estava prestes a repousar a mão na bochecha dele para confortá-lo, dizer que tinha mudado de ideia, quando viu a expressão dele mudar. O bom senso voltou ao lugar que pertencia.

– Você está absolutamente certa – disse ele, e recuou um passo.

– Tenho coisas a fazer no casamento – comentou ela. Não era bem uma verdade, pois o resto da noite estava organizado, mas era uma desculpa que ela pensou que salvaria ambos.

– É claro – concordou ele, e a deixou partir.

Mesmo enquanto se afastava, Claire se arrependeu de ter partido. Sua velha atração por Sean nunca deixou de existir, não importava o quanto ela pensasse que a houvesse enterrado ou o quanto a negasse para si mesma.

Mas ela sabia que foi a coisa certa a fazer. Porque de nenhuma maneira as coisas funcionariam entre ela e Sean, e ela já teve muitos relacionamentos rompidos e decepções. Manter as coisas platônicas era a melhor maneira de evitar que seu coração fosse partido.

CLAIRE PASSOU o resto da noite entretida com os outros convidados, encorajando os mais jovens a dançar. Durante todo o tempo, ela sabia muito bem onde Sean estava no jardim, mas não confiava em si mesma para cometer outro erro estúpido. Tinha errado com ele no passado. Não poderia errar de novo.

Por fim, ela voltou ao hotel com os últimos convidados, tirou os saltos e se sentou em uma poltrona na varanda do quarto, fitando o caminho brilhante que a lua desenhava no mar. Ela ficou sentada ali por um tempo até ouvir uma batida à porta.

Não estava esperando ninguém, principalmente tarde da noite... A menos que alguém tivesse ficado doente e precisasse de ajuda?

Com os pés descalços, abriu a porta e piscou em surpresa quando viu Sean na entrada.

– Aconteceu alguma coisa?

– Sim – disse ele.

Ela ficou gelada.

– Ash?

– Não.

Então ela viu que ele tinha retirado o casaco e a gravata. Ele parecia um pouco desarrumado e isso o tornava ainda mais atraente. E muito, muito mais difícil de resistir.

Ele também estava carregando uma garrafa de *prosecco* e duas taças.

– Sean? – perguntou ela, confusa.

– Acho que precisamos conversar.

Novamente, por um segundo, ela captou aquela vulnerabilidade nos olhos dele. Como poderia lhe dar as costas quando tinha uma boa ideia do que ele estava sentindo... Da mesma forma como ela estava sentindo?

– Entre – chamou Claire, e fechou a porta atrás dele.

– Eu a vi sentada na varanda – disse ele.

Ela assentiu com a cabeça.

– Eu estava inquieta e achei que fitar o mar fosse me acalmar um pouco.

– Um bom plano. – Ele gesticulou para a varanda. – Podemos?

Sean, o mar e o luar. Uma perigosa combinação. Seria muito mais sensato dizer não.

– Sim – disse ela.

Sean abriu a garrafa de vinho e serviu as duas taças.

Claire ergueu a sua em um brinde.

– A Ashleigh e Luke! – declarou ela. – E que eles tenham a felicidade plena em suas vidas juntos.

– Com certeza – disse ele, tocando a taça na dela. – A Ashleigh e Luke.

– Então, você também está muito inquieto para dormir? – quis saber Claire.

Ele fez que sim com a cabeça.

– Estava caminhando nos jardins do hotel. Foi quando a vi sentada na varanda.

– E por que precisamos conversar, Sean?

Ele suspirou.

– Precisamos conversar sobre nós dois.

A ideia a fez sentir um tremor de desejo no corpo.

– Teremos de enfrentar o tempo que está por vir – disse ele em tom suave.

– Mas nós nem mesmo gostamos um do outro. Você acha que sou uma tola, e eu acho que você é... bem... organizado demais – confessou ela, escolhendo as palavras com cuidado.

– Talvez porque seja mais fácil para nós pensarmos isso um do outro – sugeriu ele.

Ela sorveu um gole do *prosecco*, sabendo que ele estava certo, mas não querendo admitir.

– Você me rejeitou.

– Há quase dez anos? Você sabe o porquê – disse ele. – Acho que ambos crescemos e superamos isso.

– Acho que sim. – Ela fitou a própria taça. – Embora eu não esteja com pressa de me colocar de novo naquela situação.

– Você não vai precisar – falou ele, com a voz suave. – Porque não tem mais dezessete anos, não está embriagada e eu não sou responsável por você.

As três barreiras que havia no caminho no passado. Isso a magoara e embaraçara ao mesmo tempo, mas depois Claire apreciou o quanto ele fora decente. Não que alguma vez tivessem discutido isso. Era muito estranho para ambos.

Mas, já que ele mencionou o assunto, ela precisava saber.

– No passado, se eu não tivesse estado embriagada, se eu tivesse dezoito anos, e você não fosse o responsável por mim... Você teria...?

– Permitido que você me seduzisse? – quis saber ele.

Ela confirmou com a cabeça.

Sean soltou um suspiro estremecido.

– Sim.

Um calor invadiu o corpo de Claire. Naquela noite, tantos anos antes, ela o desejou desesperadamente. E, se as circunstâncias tivessem sido diferentes, ele teria feito amor com ela. Teria sido seu primeiro namorado.

Claire ficou sem palavras. Porque tudo o que podia pensar era na maneira com que ele a havia beijado no jardim, e a forma com que ele estava naquele momento. Muito sexy.

– O noivado de Ashleigh – falou Sean, em voz baixa. – Você me rejeitou daquela vez.

– Porque eu estava sendo sensata. – Ela deu uma pausa. – Isto também não é sensato.

– Eu sei. Mas seu perfume me perseguiu a noite inteira – declarou ele, sua voz baixa e rouca de desejo. – Seus lábios. E você está me enlouquecendo com esse vestido.

– Este é um vestido de dama de honra perfeitamente recatado – observou ela. – Vai até abaixo dos joelhos.

– E eu não consigo parar de pensar no que você está usando por baixo.

Claire sentiu a respiração ficar presa na garganta.

– Não consegue?

O mesmo calor que a invadiu foi refletido nos olhos dele.

– Você vai me mostrar? – convidou ele.

– Estamos na varanda. Qualquer um pode nos ver. *Você* me viu – lembrou ela.

– Então talvez devêssemos entrar – sugeriu ele. – Fechar as cortinas.

Ela sabia sem sobra de dúvida o que iria acontecer se fizessem isso.

Haveria repercussões. Grandes.

Mas o antigo desejo queimava por dentro, a ponto de ela não se importar mais com as repercussões.

– Sim.

Sem dizer uma palavra, Sean se ergueu e tomou-a nos braços. Carregou-a até a sala e a colocou ao chão. Ele se virou apenas o suficiente para fechar as cortinas, depois a puxou contra os seus braços e a beijou.

O primeiro beijo no jardim foi doce. Mas aquele beijo era intenso, deixando-a ainda mais desejosa. No momento em que Sean interrompeu-o, ambos tremiam.

– Mostre-me – pediu ele, em voz baixa.

Ela alcançou o zíper nas costas do vestido e o deslizou para baixo, mas manteve o tecido firme contra o corpo.

Ele ergueu uma das sobrancelhas.

– Tímida?

Ela meneou a cabeça.

– Estou esperando você se livrar do colete e desabotoar a camisa.

Ele parecia confuso, e ela explicou:

– Porque, se vamos fazer isso, será de forma igual. Para nós dois. O tempo todo.

– O tempo todo – repetiu Sean, com a voz rouca. Tirou o colete, depois desabotoou a camisa e a puxou de dentro das calças. – Está melhor?

– Muito melhor. Isso o faz parecer acessível – comentou ela.

– Ótimo... Porque quero que você me toque, Claire. E eu quero tocá-la. – Ele gesticulou para o vestido. – Mostre-me.

Claire se sentiu ridiculamente tímida e quase desistiu; mas depois inspirou fundo e se livrou do vestido antes de pendurá-lo no espaldar de uma cadeira.

– Por isto eu não estava esperando... Uma lingerie que combinasse com o vestido. – Ele fechou o espaço entre eles e traçou o sutiã dela com a ponta do dedo.

– Eu escolhi uma lingerie da mesma cor dos sapatos.

– Atenção aos detalhes... Gosto disso – falou ele.

Claire passou as palmas das mãos nos músculos do peito dele.

– Muito bom – disse ela, e permitiu que suas mãos descessem para o abdômen másculo. – Eu não estava esperando por isso.

– Não passo o dia inteiro em uma cadeira. A academia me dá tempo para pensar nas coisas – confessou ele.

– Um bom plano. – Ela deslizou o suave tecido de algodão pelos ombros dele.

– Então, agora estou nu até a cintura e você não está. Você disse que estávamos juntos nisso, Claire.

– Então faça algo a respeito – convidou ela.

Sean sorriu, abriu o fecho do sutiã que ela usava e permitiu que a peça caísse no chão. Depois, ergueu-a nos braços, carregou-a até a cama e Claire parou de pensar.

CAPÍTULO 5

O CELULAR de Claire vibrou. Ainda de olhos fechados, ela apanhou o aparelho do pequeno móvel ao lado da cama.

– Alô!

– Acorde, dorminhoca! Você foi para a cama antes de mim... Não é possível que está dormindo até agora – falou Sammy, em tom alegre. – Há uma pilha de massa folhada e uma tigela com frutas frescas, além de suco de pêssego italiano com nossos nomes. E o melhor café do mundo.

Café da manhã.

Claire tinha combinado de se encontrar com Sammy para o café da manhã.

E naquele momento ela ainda estava na cama. *Com Sean.* Cujos braços ainda envolvam seu corpo, mantendo-a próxima a ele.

– Ãhn... Vou descer o mais rápido possível – disse Claire, de pronto. – Se estiver com fome, comece sem mim.

– Não me culpe se as massas folhadas tiverem acabado até você chegar aqui. Até mais – declarou Sammy.

– Quem era? – indagou Sean, quando Claire encerrou a ligação.

– Sammy. Nós combinamos de tomar o café da manhã juntas hoje. – Claire inspirou fundo. – Mas... Sean, eu... – Ela franziu o cenho. – E agora estou sendo incoerente e estúpida, e eu não sou assim.

– Falta de sono – comentou ele, beijando-lhe um dos ombros. – O que é tanto culpa minha quanto sua.

Ah, Céus. Quando ele estava sendo doce e caloroso daquela maneira, isso fazia com que quisesse o que ela sabia que não poderia ter. E deveria ser sensata quanto a isso.

– Sean... Nós não podemos fazer isso – desabafou ela

– Fazer o quê?

– Ficar juntos. Ou deixar que alguém saiba o que aconteceu na noite passada. – Claire se virou para encará-lo. – Você e eu... Você sabe que um relacionamento entre nós dois não duraria um mês. Somos muito diferentes. Você tem um plano para tudo e eu odeio viver dessa maneira. Podemos enlouquecer um ao outro.

– E daí? Vamos fingir que a noite passada não aconteceu? – indagou ele.

– Provavelmente seria melhor – disse Claire. – Porque então não seria estranho quando Ash pedisse para que nós dois fôssemos ver as fotos do casamento.

– Aham. – O rosto dele estava inexpressivo.

E ela se sentiu horrível. A noite anterior foi uma revelação sobre quanto Sean prestava atenção às coisas e o quanto fazia com que ela se sentisse bem. E foi melhor que ela jamais sonhava quando adolescente. Se ao menos não fossem tão diferentes, ela estaria tentada a começar um relacionamento com ele. Seriamente tentada. Mas ela sabia que não iria dar certo e não queria que sua amizade mais antiga sofresse algum dano por um caso que não iria durar. Claire engoliu em seco.

– A noite passada... Você me fez bem. Muito bem.

– O problema não é você, sou eu – declarou ele, erguendo uma das sobrancelhas.

– Somos nós dois, e você sabe – disse ela. – Você odeia que eu siga o coração.

Ele deu de ombros.

– Acho que você está certa.

Então por que ela se sentia tão mal... Tão culpada?

– Não estou abandonando-o, e você não está me abandonando, mesmo porque nunca estivemos juntos de verdade – disse ela. – Seríamos um desastre como casal.

– Provavelmente – concordou ele.

– Sammy está me aguardando no salão. Não tenho muita oportunidade de vê-la uma vez que o trabalho dela a consome. Prometi que estaria lá. Tenho mesmo de ir – declarou Claire, sentindo-se ainda mais estranha. Ela queria ficar. Queria fingir que ela e Sean eram pessoas completamente diferentes e que o relacionamento deles teria uma chance de dar certo.

Mas ela tinha de encarar os fatos. No dia seguinte ambos estariam de volta a Londres. E não havia uma maneira de as coisas darem certo na Inglaterra. Suas vidas eram o oposto uma da outra, e eles simplesmente não se encaixavam.

– Sei que estou sendo rude e tudo o mais, mas você se importaria, hum, em fechar os olhos enquanto eu apanho minhas roupas e tomo a ducha mais rápida do mundo? – perguntou ela.

– É um pouco tarde para timidez – retrucou ele –, uma vez que vimos cada milímetro um do outro na noite passada.

E não apenas viram. A lembrança fez seu rosto se aquecer. Eles haviam se tocado. Acariciado. Beijado.

– Mesmo assim – disse ela.

– Como quiser. – Ele rolou para o outro lado da cama e fechou os olhos. – Avise-me quando eu puder olhar.

– Desculpe. Eu queria muito que as coisas fossem diferentes – disse Claire, com sinceridade. – Mas é o melhor caminho. Um rompimento claro.

– Tirando o fato de minha irmã ser sua melhor amiga, e ainda termos de ver um ao outro no futuro.

– E vamos fazer exatamente o que fizemos por anos e anos – acrescentou ela. – Vamos ser educados um com o outro pelo bem de Ash e evitar um ao outro o máximo que pudermos.

– Aham.

– Como você disse, a noite passada... Bem, esse anseio estava ameaçando irromper a qualquer momento. E, agora que fizemos amor, tiramos esse desejo do nosso sistema.

Era uma grande mentira, então era conveniente que ele não visse seu rosto. Ela tinha a sensação de que o desejo por Sean Farrell nunca acabaria. Ainda mais que ela descobriu como era beijá-lo propriamente. Tocá-lo. Fazer amor com ele.

Ela meneou a cabeça e apanhou algumas roupas.

– Pode olhar – declarou ela, assim que fechou a porta do banheiro.

Claire tomou uma ducha e se vestiu em tempo recorde. Quando voltou para o quarto, Sean já estava vestido e sentado na cama, aguardando-a. Bem, ele faria isso. Sean tinha modos impecáveis.

– Obrigada – disse ela. – Hum... Então acho que o verei em Londres quando Ash voltar. E vou arranjar o dinheiro que lhe devo pelo voo de helicóptero.

NO ANDAR inferior, Sammy estava se servindo de uma xícara de café quando Claire se aproximou da mesa.

– Então, quem era ele? – perguntou ela.

– Quem era o quê? – replicou Claire.

– O homem que a manteve acordada na noite passada e lhe deu essa marca no pescoço.

Claire levou a mão ao pescoço e fitou a amiga em total consternação. Ela não tinha notado a marca enquanto esteve no banheiro... Bem, não que tivesse prestado muita atenção no espelho, porque esteve muito ocupada pensando no fato de Sean Farrell estar nu e em sua cama. E ela arruinou as coisas mais uma vez.

E ele lhe deu uma marca no pescoço?

Ah, não. Ela não experimentava aquilo desde os seus treze anos, quando seu pai ficou tão furioso que ela nunca mais cometeu esse erro em particular novamente. Até então.

Quando Claire continuou em silêncio, Sammy riu.

– Peguei você. Não há marca nenhuma. Mas claramente eu não estou errada em pensar que você *ficou* com alguém na noite passada.

– Você não vai querer saber – disse Claire.

– Eu não estaria perguntando se não quisesse saber – observou Sammy.

– Foi apenas uma noite. E eu me sinto muito envergonhada, está bem? Falei que não iria mais namorar nenhum homem errado.

– Perdoe-me por dizer isso, mas você não teve um encontro desde o noivado de Ash – falou Sammy. – Então, acho que ele não conta como um dos "errados".

– Ah, ele conta.

– O sexo foi bom?

– Sammy! – Claire sentiu o rosto enrubescer.

A amiga era muito impertinente.

– De zero a dez?

Claire gemeu.

– Preciso de café.

– Responda a pergunta.

– Onze – murmurou Claire, e se serviu de uma xícara de café.

– Então, talvez valha a pena investir nele – sugeriu Sammy. – Descobrir por que ele é "errado".

– Isso levaria o trabalho de uma vida – respondeu Claire, em tom seco.

– Você escolhe. Panquecas ou pêssego?

Claire não pôde deixar de sorrir. Apenas Sammy perguntaria algo tão ultrajante seguido por algo tão prático e mundano.

– Achei que já tivessem acabado as panquecas, mas, se ainda tem, eu escolho os dois – falou Claire.

– Certo. – Sammy piscou um dos olhos para ela. – E espero que você não esteja de ressaca. Porque vamos pegar aquele barco no Blue Grotto à tarde antes de embarcarmos no avião... Eu tenho uma comissão.

– Você nunca para de trabalhar? – perguntou Claire.

– Trabalho tanto quanto você – respondeu Sammy, com um sorriso. – Sinto muito pelo sr. Errado.

Sim.

E Claire não estava muito ansiosa para encarar Sean da próxima vez que se encontrassem. De alguma forma, antes disso ela precisava manter as emoções sob controle.

CLAIRE GOSTOU da viagem a Blue Grotto, e as cores e texturas lhe deram várias ideias para futuros vestidos; mas no avião de volta para casa, ela se flagrou pensando em Sean. Ele foi um amante muito atencioso. Ela ainda se sentia culpada pela maneira como interrompeu o caso deles, mas ela sabia que foi a coisa certa a fazer. Sean planejava as coisas até o extremo, e ela preferia seguir o coração, então os dois nunca seriam capazes de concordar em nada.

De volta ao apartamento, Claire desfez as malas e colocou a roupa suja para lavar na máquina, verificou o e-mail e as mensagens de texto, e fez anotações das tarefas do dia seguinte. Contudo, ela ainda não havia conseguido tirar Sean da mente. Quando enfim dormiu, ela teve um sonho dos mais vívidos com ele... Um sonho que a deixou quente e muito incomodada quando o alarme tocou na manhã de segunda-feira.

– Não seja ridícula. Sean Farrell está fora de questão – disse a si mesma, com firmeza, e saiu de casa para sua usual corrida antes do café da manhã.

Talvez isso fizesse o bom senso voltar a funcionar. Mesmo assim, ela não conseguiu parar de pensar em Sean. Como ele a fez se sentir. Como ela queria repetir o que fizeram.

Após o banho, Claire abriu o laptop e entrou no site do banco para transferir o dinheiro para a conta de Sean pelo que ela lhe devia pelo voo. Uma vez que isso estivesse feito, ela sabia que não iria precisar de nenhum contato com ele até Ashleigh e Luke voltarem da lua de mel. Até lá, seu bom senso iria voltar.

Ela esperava.

Claire desceu as escadas para abrir a loja, depois foi para a sala nos fundos do estabelecimento e começou a trabalhar no próximo vestido de casamento. Tinha apenas terminado de cortar o tecido quando o antigo sino da porta soou indicando que alguém havia entrado pela porta da frente.

Ela atendeu à porta e recebeu um homem com um enorme buquê de flores na mão.

– Srta. Stewart? – indagou ele.

– Hum, sim.

– Isto é para você. – Ele sorriu e entregou as flores. – Aproveite.

– Obrigada.

Não era seu aniversário, e ela não estava esperando nenhuma flor. Ou talvez fossem de Ashleigh e Luke para agradecê-la pela ajuda no casamento. Ela amava rosas; o buquê estava cheio delas. Ela nunca tinha visto um buquê tão lindo.

Claire abriu o envelope que veio junto com o buquê e sentiu os olhos se arregalarem em choque.

Vi isso e pensei em você. Sean.

Ele tinha mandado flores.

Não apenas qualquer flor... Mas flores gloriosas.

Por que ele mandaria flores?

Claire não ousaria telefonar para ele e perguntar. Então, depois de colocar as flores na água, escolheu o caminho covarde e enviou uma mensagem de texto.

Obrigada pelas flores. São lindas.

Ele levou um tempo para responder, mas por fim o texto chegou.

Estou feliz que tenha gostado.

O que ele pretendia com isso?

Antes que descobrisse uma maneira de fazer a pergunta sem parecer ofensiva, o celular tocou novamente sinalizando a chegada de outra mensagem.

Obrigado pelo dinheiro do voo. O banco acabou de me notificar. Você tem algum compromisso na hora do almoço?

Por quê?

Isso soava suspeito. Ela mandou a resposta de volta:

Não há de quê. E não.

Agora você tem. Vejo você na loja às 13h.

O quê? Ele estava sugerindo um almoço? Um encontro? Mas… Mas… Tinham concordado que as coisas seriam desastrosas se eles permitissem que o caso fosse mais longe.

Sean, não podemos.

Mas ele não respondeu.

No momento em que o sino da porta da frente soou, Claire atravessou a loja e avistou Sean parado na entrada. Ele tinha virado a placa da porta para "fechado".

– O que é isso, Sean? – indagou ela.

– Achei que pudéssemos almoçar juntos.

– Mas... – A voz dela sumiu.

Eles já tinham concordado que aquilo era má ideia... Não tinham?

– Eu sei – respondeu ele, em tom suave, e caminhou na direção dela.

Ele estava vestido com mais um de seus ternos perfeitos e com os sapatos brilhando. Estava muito longe do homem sensual e desarranjado com quem ela dividira a noite na cama em Capri. Ainda assim, estava igualmente atraente. Mesmo sem tocá-la, estar perto dele fazia com que todos os seus sentidos entrassem em alerta.

– Não consigo parar de pensar em você – disse ele.

Bem, se ele poderia ser corajoso o suficiente para admitir, ela também poderia. Claire engoliu em seco.

– Eu também – confessou ela.

– Então o que vamos fazer, Claire? – indagou Sean. – Porque tenho a sensação de que isso não vai acabar tão cedo.

– Aquela noite em Capri deveria... Bem... ter satisfeito nosso desejo – lembrou-o.

– Não funcionou – observou ele. – Não para mim.

A admissão a aqueceu e a aterrorizou ao mesmo tempo.

– Claire? – perguntou Sean, em voz baixa.

Ele merecia honestidade.

– Para mim também não.

Sean debruçou-se e roçou os lábios nos dela, de forma ainda mais gentil. E ela sentiu cada célula do seu corpo vibrar de excitação.

Ele a tentava. Ah, e muito. Mas tudo isso teria um efeito colateral.

– Temos de ser sensatos – disse ela. – E por que sou eu que estou dizendo isso e não você? Você é quem...

– Planeja tudo – finalizou ele.

– Sim.

– Não há nada errado em ser responsável e organizado – observou ele.

– Também não há nada errado em ser espontânea – retrucou ela.

Ele sorriu.

– Não se é um sábado à noite.

Ah, por que ele tinha de tocar no assunto novamente? Ela estava com ainda mais calor.

– Somos muito diferentes – disse Claire. – Você é o irmão da minha melhor amiga.

– E?

– Não posso correr o risco de perder Ashleigh. – Claire já tinha perdido muita coisa na vida. Não estava preparada para arriscar perder a melhor amiga também. – Se der errado entre nós dois. Quando der errado entre nós dois – corrigiu ela.

– Por que tem tanta certeza de que vai dar errado?

Era uma pergunta fácil.

– Porque meus relacionamentos sempre dão errado.

– Porque você escolhe o tipo de homem que não se compromete.

Ela não tinha uma resposta. Principalmente porque sabia que ele estava certo.

– Você escolhe homens que dizem serem espíritos livres. E você pensa que vai dar certo porque você também é livre – disse ele suavemente. – Mas eles sempre a decepcionam.

Claire pensou em seu último ex. Aquele que a decepcionou tanto que ela chegou a jurar que não iria mais se envolver em relacionamentos. Ele definitivamente não foi capaz de se comprometer. Ela o encontrou na cama com outra mulher... E depois descobriu que ele estava traindo ambas com *outra* mulher.

E o pior era que ele presumiu que ela fosse aceitar, porque ela também era um espírito livre... Eles terminaram por telefone. Claire prometeu a si mesma que nunca mais iria namorar alguém que fosse tão casual com seus sentimentos. Mas isso abalou sua fé quanto ao seu julgamento dos homens. Em uma sala cheia de homens elegíveis, ela estava certa de que iria escolher os piores.

– Acho que sim – disse ela. – E, de qualquer forma, e a você? Você nunca namorou ninguém por mais de três semanas.

– Não sou tão ruim assim.

– Ainda assim, não é isso que eu quero, Sean. Apenas três semanas de namoro. Isso é... – Ela fez uma careta. – Não.

– Sempre sou muito claro com minhas namoradas. Digo que é por diversão, que sou comprometido com meu trabalho e não tenho tempo de... – A voz dele falhou.

– Na verdade, isso o torna o tipo de homem que não se compromete – contatou ela, em voz baixa. – Como qualquer outro homem que namorei.

Sean nunca tinha pensado em si mesmo dessa forma. Achava que isso era uma forma de proteger seu coração. Não se permitir se envolver muito significava não arriscar perder alguém. Ele já havia perdido muita coisa na vida e não queria perder mais. Então, tinha se concentrado em sua carreira em vez de relacionamentos. Porque os negócios eram *seguros*. Ficar no controle das emoções mantinham seu coração seguro.

– O que você quer, Sean? – indagou ela.

Uma resposta tão fácil... E tão difícil. Embora devesse ser honesto.

– Você. Não consigo pensar em mais nada no momento – admitiu ele.

Ela mordiscou o lábio inferior.

– Minha primeira coleção será exibida em dois meses. Isso pode fazer toda a diferença na minha carreira. Estou esperando que alguma daquelas casas enormes de moda de casamento me dê uma chance de trabalhar em uma coleção. Então, realmente não tenho tempo para um relacionamento agora.

– E eu acabei de resistir à oferta de um conglomerado internacional que quis acrescentar Farrell's ao seu portfólio – contou ele. – Os urubus ainda estão circulando. Preciso me concentrar nos negócios e me assegurar de que não consigam outra abertura. Preciso expandir e talvez lançar a empresa no mercado para financiar a expansão. Isso vai tomar todo o meu tempo e mais um pouco.

– Portanto, estamos de acordo. Este é o momento errado para qualquer um de nós começarmos qualquer tipo de relacionamento. Quando *for* o momento certo, ambos estaremos com o bom senso de volta no lugar e saberemos que esta seria a coisa errada a se fazer.

Havia mais alguma coisa que ela tinha lançado sobre ele... Ele era o sensato, o que planejava as coisas e nunca era espontâneo. Então por que estava lançando esse argumento em vez dela? Por que tinha mandado flores e marcado um horário para vê-la?

Aquilo era insano. Sem lógica.

E ele não conseguia fazer nada para impedir.

O que o alegrava e o aterrorizava ao mesmo tempo. Com Claire, havia um risco real de perder o controle. E se ele não estivesse no controle... E daí? As possibilidades faziam sua mente girar.

A única coisa que poderia fazer era declarar os fatos.

– Eu quero você – disse ele, em voz suave. – E acho que você me quer.

– E daí? Teremos um caso insano e estúpido por causa disso?

Ele fez uma careta.

– Dizendo assim, parece muito sórdido.

– Mas é o que você está oferecendo.

Era?

– Não.

Ela franziu o cenho.

– Então, o *que* você está sugerindo, Sean?

– Eu não sei – confessou ele.

E essa era uma posição em que ele nunca esteve antes. Ele sempre tomava as decisões. Era quem iniciava um relacionamento e quem terminava. Meneou a cabeça, tentando clarear os pensamentos. Mas nada mudou.

– Tudo o que sei é que a quero – insistiu ele.

– Há muita coisa em risco. Não.

– A menos que façamos um acordo.

Os olhos dela se estreitaram.

– Que tipo de acordo?

– Nós vemos um ao outro. E depois, não importa o que acontecer, seremos educados um com o outro na frente de Ashleigh. Ninguém sai machucado. Principalmente ela.

– Você pode garantir isso? – indagou ela, em tom baixo.

– Posso garantir que sempre serei educado com você na frente de Ashleigh. – Ele deu uma pausa. – Quanto ao restante... Não acho que alguém possa garantir. Mas talvez valha a pena correr o risco.

Risco. Um luxo ao qual ele costumava se dar a menos que fosse precisamente calculado. Aquilo não era calculado. Nenhum pouco.

– Talvez – disse ela.

Sean tomou-lhe uma das mãos.

– Venha e almoce comigo.

Ela sorriu. Engraçado como aquilo fazia a sala inteira se iluminar. Também não era algo com o qual ele estava acostumado.

– Está bem – disse Claire. – Só preciso pegar minha bolsa.

– É claro.

Ele a aguardou; então, quando ela saiu e trancou a porta da loja, ele tomou-lhe uma das mãos novamente e desceu a rua com ela.

CAPÍTULO 6

Claire estava caminhando de mãos dadas com Sean Farrell. Descendo a rua. Em um horário comum de almoço em uma segunda-feira.

Que surreal, ela pensou.

E não podia entender direito o que estava acontecendo.

Mas os dedos dele estavam firmes ao redor dos seus, a pele dele estava quente contra a sua, e aquilo estava acontecendo de verdade em vez de ser um sonho super-realista... Quando ela se beliscou discretamente sentiu a dor.

– O que você costuma fazer no almoço? – perguntou Claire.

– Eu como um sanduíche em minha mesa – disse Sean. – No escritório, fazemos um pedido em uma lanchonete local logo pela manhã, e eles nos entregam. E você?

– A mesma coisa, com exceção de que obviamente eu como bem longe da área de trabalho para não correr o risco de sujar e estragar os tecidos com migalhas de pão e gordura – explicou ela.

– Então, ambos comemos no trabalho. Bem, esta é outra coisa que temos em comum.

Havia um brilho nos olhos dele que a lembrava da primeira coisa que tiveram em comum. Aquela noite em Capri. Ela ficou quente com a memória.

– E quanto tempo livre você tem? – indagou ele.

– Uma hora, talvez – respondeu ela.

– Isso é suficiente para caminharmos até Camden Lock, apanharmos um sanduíche e nos sentarmos próximo ao rio enquanto comemos – sugeriu ele.

– Para mim, parece ótimo. – Ela adorava ficar debaixo dos salgueiros e assistir à flutuação tranquila dos barcos pelo canal. – Mas é um pouco estranho.

– Por quê?

– Estive pensando... Nós nos conhecemos há anos, e eu não sei quase nada sobre você. Bem, além do fato de que você administra os negócios dos Farrell.

– O que você quer saber? – indagou Sean.

– Tudo. Mas não sei por onde começar – admitiu Claire. – Talvez devêssemos fingir que estamos em um encontro rápido.

Ele piscou.

– Você já esteve em um encontro rápido?

– Não. Mas Sammy, sim. Eu a ajudei a fazer uma lista de perguntas.

– O que você faz, de onde você veio, esse tipo de coisa? – Ao vê-la assentir com a cabeça, ele prosseguiu: – Mas você já sabe tudo isso.

– Também há outras coisas. Acho que a lista ainda pode estar no celular.

– Vamos comprar os sanduíches, nos sentar e depois repassamos a lista – sugeriu ele. – E, se ambos respondermos as questões, isso poderá nos dar uma boa ideia... Agora que pensei nisso, me dei conta de que também não sei muita coisa sobre você.

Claire abriu um sorriso irônico.

– Não posso acreditar que estamos fazendo isso. Nem mesmo gostamos um do outro.

Ele fitou suas mãos entrelaçadas.

– Mas nos sentimos atraídos um pelo outro. E talvez não tenhamos tido uma chance apropriada para nos conhecermos melhor.

Do ponto de vista de Claire, foi Sean que nunca lhe deu uma chance; mas não iria começar uma briga por causa disso. Ele estava se esforçando, e ela tinha concordado em ver aonde aquilo iria levá-los. Era animador e assustador, tudo ao mesmo tempo. Animador, porque era um passo para o desconhecido; e assustador, porque significava confiar em seu julgamento novamente. Sua experiência com homens era tão terrível que...

Não. Ela não iria analisar aquilo. Não naquele momento. Ela iria ver para aonde iriam.

Eles compraram roscas e suco de laranja e se sentaram próximo ao rio, fitando os barquinhos e a multidão.

Claire encontrou a lista no celular.

– Pronto? – perguntou ela.

– Sim. E lembre-se de que você também terá de responder – disse ele.

– Está bem. Seu tipo favorito de livros, filmes e músicas? – indagou Claire.

Ele pensou.

– Na ordem... Crime, clássico e de qualquer tipo. E você?

– Jane Austen, comédia e qualquer coisa que eu possa cantar – respondeu ela, de pronto.

– Então, não somos muito compatíveis quanto a essas coisas – disse ele.

Ela enrugou o nariz.

– Não estamos tão distantes. Também gosto de histórias de crime, mas prefiro os históricos aos modernos. – Ela fez uma pausa. – Certo. O que você faz para se divertir?

– Quer dizer que você realmente acha que posso me divertir? – retrucou Sean.

Ela sorriu.

– Você pode até ser organizado demais, mas acho que você esconde algo... Então, responda a pergunta, Sean.

– Rapel – contou ele, seu rosto totalmente inexpressivo.

Claire o encarou, tentando imaginar... Se ele tivesse dito squash ou mesmo rúgbi, ela poderia ter acreditado, mas rapel?

– Em Londres? – indagou.

– Há muitos prédios altos em Londres.

Ela pensou um pouco mais e meneou a cabeça.

– Não, esse não é você. Acho que está me provocando.

Principalmente porque ele sabia que ela tinha medo de altura.

– Talvez – disse ele. E seus olhos realmente *cintilaram*.

Sean Farrell, provocando-a. Ela nunca teria acreditado que ele tinha senso de humor.

– Então qual é a resposta verdadeira?

– Algo bem organizado – respondeu ele. – Sudoku.

– Não há nada errado em fazer quebra-cabeças – disse ela.

– E você? O que faz para se divertir?

Considerando que a provocou, ele realmente merecia uma resposta. Ela ficou séria.

– Compras. Preferencialmente sapatos. – De acordo com o que ela fazia para viver, era plausível. – Na verdade tenho três armários só de sapatos.

– É mesmo? – Ele parecia horrorizado.

– É o mesmo que você dizer que gosta de rapel. – Ela deu risada. – Gosto de sapatos, mas não sou tão exagerada. Não, para mim, é cozinhar com os amigos, assistir a um bom filme e discuti-lo depois.

– Certo. Estamos quites – declarou ele, com um sorriso. – E o que você cozinha? Alguma coisa em particular?

– Qualquer coisa que me chame a atenção. Amo revistas de receitas, e esse provavelmente é um dos meus piores vícios porque nunca consigo resistir a uma receita – comentou. – E você?

– Posso cozinhar se precisar – disse ele. – Mas admito que prefiro levar alguém para jantar fora a preparar a refeição.

Claire deu de ombros.

– Não é grande coisa. Isso significa que você terá de lavar a louça.

– Isso foi uma oferta?

– Você quer que seja? – indagou ela.

Sean sustentou-lhe o olhar.

– Quero. Diga-me quando e eu levarei o vinho.

Claire sentiu uma pequena chama de excitação. Eles estavam realmente fazendo aquilo. Marcando uma data. Ela poderia bancar a difícil e fazê-lo esperar até sexta-feira; mas sua boca tinha outras ideias, porque ela se viu sugerindo:

– Hoje à noite?

– Perfeito. Tenho algumas reuniões até às cinco e meia, e preciso resolver uma papelada antes disso… Mas posso estar com você as sete, se estiver tudo bem.

– Está marcado – falou ela, em tom suave.

Sean tomou-lhe uma das mãos e ergueu-a até os lábios. Mantendo contato visual durante todo o caminho, ele beijou o dorso da mão dela, apenas por um instante, antes de liberá-la; Claire se sentia aquecida por dentro. Quem poderia imaginar que Sean Farrell fosse o príncipe encantado disfarçado? Não que ela fosse uma princesa frágil que precisasse de resgate, pois poderia muito bem cuidar de si mesma, mas gostou do charme. Muito.

– Próxima pergunta – disse ele.

– Certo. Do que você tem mais orgulho? – quis saber ela.

– Essa é fácil... De minha irmã e dos Farrell – disse ele.

Sua família, e os negócios de sua família, ela pensou.

– E você? – perguntou Sean.

– As cartas que eu recebo das noivas me dizendo o quanto elas amaram o vestido e como isso ajudou a tornar o dia delas especial – falou Claire.

– Então você é realmente workaholic como pensa que eu sou?

– Não pareça tão surpreso – comentou ela, em tom seco. – Sei que você vê coisas extremas em uma passarela de moda e nas páginas das revistas, mas isso não significa que toda estilista seja excêntrica. Quero que minhas noivas se sintam realmente especiais em um vestido que eu fiz especialmente para elas. E isso significa ouvir os sonhos dela e transformá-los em realidade.

– Tendo visto o vestido que você fez para Ashleigh, entendo por que elas lhe escrevem cartas – disse ele. – Próxima pergunta?

– Do que você tem medo?

– Fácil. Qualquer coisa que aconteça a Ashleigh ou aos negócios.

Mas ele não a encarou. Claramente havia outra coisa. Algo que ele não queria discutir.

– Você? – indagou ele.

– Altura. Fico bem em um avião, mas telecadeiras como aquela em Capri faz as palmas das minhas mãos suarem. Assim, eu nunca, jamais esquiaria. Ou faria rapel.

– Justo. Próxima?

Ela dirigiu o olhar para o celular a fim de verificar a lista.

– Seu maior tesouro.

– Posso lhe mostrar isto. – Ele apanhou a carteira em um bolso da calça, apanhou duas fotografias e entregou-as. Uma fotografia o mostrava com Ashleigh, e a outra em uma formatura ao lado dos pais. Claire sentiu um nó de emoção se formar na garganta e não pôde dizer uma palavra quando devolveu as fotos.

– Você?

– O mesmo – sussurrou ela, e apanhou sua própria carteira na bolsa. Mostrou uma fotografia de si mesma e dos pais no seu aniversário de dezessete anos e outra que a exibia com Ashleigh e Sammy à frente do Coliseu.

Sean tomou-lhe uma das mãos e pressionou-a levemente.

Claire colocou as fotografias de lado.

– A próxima pergunta é se você vê o copo meio cheio ou meio vazio.

– Meio cheio. E você?

– Também – declarou ela, e olhou o relógio. – Temos pouco tempo de sobra. Última pergunta por enquanto. Férias perfeitas?

– Na praia, não – falou ele. – Fico entediado.

– Quer dizer que não consegue ficar deitado na praia sem fazer nada e acaba por trabalhar?

– Na verdade, não sou muito bom em ficar sem fazer nada – admitiu ele.

– Então, prefere ter férias ativas?

– Quer dizer explorar algum lugar? – Ele assentiu com a cabeça. – Funciona para mim.

– Cultura ou geografia?

– Ambos – disse ele. – Acho que minhas férias perfeitas seriam na Islândia. Eu adoraria subir em um vulcão e aprender mais sobre o lugar. E você?

– Gosto de passear na cidade. Tenho o hábito de ir a galerias de arte, graças a Sammy – explicou ela. – Além do mais, amo museus com grandes seções de vestuário. Devo avisá-lo de que realmente, realmente gosto de vestidos da época da Regência. E posso passar horas em uma seção de trajes, analisando os menores detalhes.

– Então, você se vê como Lizzie Bennett?

– Não – disse ela. – E não estou à procura de um Darcy... De qualquer forma, vendo como você odeia Jane Austen, como pode saber sobre as histórias dela?

– Ex-namoradas que insistiram em ver certos filmes mais de uma vez, e se tornaram ex logo depois disso – contou ele secamente.

– Bom saber – comentou ela. – Nunca vou lhe pedir para ver *Orgulho e Preconceito* comigo. Mesmo que seja um dos meus filmes preferidos.

– Você disse que nas férias gosta de visitar locais que exibem roupas antigas. E disse que analisa os detalhes, então aposto que você toma notas e tira quantas fotos forem possíveis. Isso não é parte do seu trabalho?

– Você me pegou. – Ela exibiu um largo sorriso. – Tenho de admitir, também não gosto de passar as férias na praia. É bom ter um dia ou dois para relaxar e ler, mas prefiro ver um pouco de cultura com as amigas. Amei minhas viagens à Itália com Ash e Sammy.

– Então, onde seriam as férias perfeitas? – indagou ele.

– Qualquer lugar com museus, galerias e muitos lugares bons para comer. Filadélfia e Boston estão no topo da minha lista de desejos.

– Isto é assustador – disse Sean. – Há uma semana eu teria dito que éramos o total oposto.

Ela pensou.

– Ainda somos. Temos poucas coisas em comum… Provavelmente mais do que qualquer um de nós tenha percebido... Mas você gosta das coisas realmente planejadas e eu gosto de deixá-las acontecerem. – Ela sorriu. – E aposto que você prepara um itinerário para as férias.

– Se você não souber o horário da abertura dos museus e de outros lugares, pode acabar por não conseguir fazer nada – observou ele. – Então, sim, eu planejo um itinerário.

– Mas, se você deixar as coisas acontecerem, vai descobrir coisas que não poderia saber de outra maneira – contrapôs ela.

– Vamos concordar em discordar nesse caso. – Ele olhou o relógio de pulso. – É melhor voltarmos.

– Não precisa me acompanhar de volta, Sean. Se tiver uma reunião, pode ir.

– Eu a trouxe até aqui. Quero acompanhá-la no caminho de volta – insistiu ele.

– Estou planejando fazer uma leve parada – avisou ela.

Ele pareceu um pouco desconfiado, mas assentiu com a cabeça.

– Você que sabe, então.

A parada dela foi a uma sorveteria.

– Eu amo esse lugar. O sorvete é tão gelado – disse ela, rindo. – Literalmente.

– É tão bom assim?

– Espere até provar.

Para a surpresa de Claire, ele escolheu o de chocolate.

– Eu diria que você gosta mais de baunilha – disse ela.

– Simples e entediante?

– Não necessariamente. Um bom sorvete de baunilha é um dos melhores prazeres do mundo… E é por isso que acabei de pedir um desses.

– Prefiro algo mais intenso.

Esse era um lado de Sean que ela nunca tinha visto. Provocante... Divertido. E ela realmente, realmente gostou disso.

Claire observou enquanto ele se servia de uma colherada do sorvete.

– E aí?

– Incrível – admitiu ele. – É uma boa escolha.

– E, se você não tivesse deixado as coisas acontecerem, não teria conhecido um lugar como este. – Ela sorriu. – Admita. Eu estava certa.

– Você estava certa sobre o sorvete ser ótimo. Só tenho isso a dizer. – Ele sustentou o olhar dela. – Por enquanto.

O comentário poderia ter sido brega e ela poderia ter rido dele. Mas a voz dele era baixa e muito sexy, e havia um indício de uma promessa nas palavras que a deixou quente apesar do sorvete gelado. Isso foi suficiente para que ela ficasse calada e se concentrasse em tomar o sorvete no caminho de volta à loja.

– Bem, srta. Stewart – falou ele, da entrada da loja. – Vejo você mais tarde. Mas há algo que você precisa fazer antes.

Ela franziu o cenho.

– O quê?

– Você está com sorvete no canto da boca. – Quando ela estava prestes a levar a mão à boca, ele a impediu. – Deixe-me resolver isso.

E a beijou. Lentamente. Sensualmente. No momento em que ele interrompeu o beijo, Claire estava com os joelhos bambos. Sean a beijou *na rua*. Isso era o oposto do comportamento dele, e a ação a deixou zonza.

– Até mais tarde – sussurrou ele, e partiu.

Embora Claire tenha despendido o restante do dia conversando com as clientes e trabalhando nos vestidos, sua mente estava entrando em pânico sobre a escolha do prato que prepararia para ele. Ela não tinha ideia do que ele gostava. Poderia fazer um frango... Estava quase certa de que ele não era vegetariano.

Ironicamente, ela percebeu isso quando o fato de Sean "planejar tudo até o último minuto" se tornou algo útil.

Ela poderia mandar uma mensagem de texto para verificar do que ele gostava e não gostava. Mas isso significaria fazer as coisas de forma planejada em vez de ser espontânea... E não queria lhe dar a oportunidade de dizer "eu avisei". Contudo, ela não queria preparar algum prato que ele detestasse, ou algo a que ele fosse alérgico, então seria melhor engolir o orgulho.

Claire mandou uma mensagem de texto.

Alguma alergia a comida que eu precise saber? Alguma comida de que não goste?

A resposta veio em seguida.

Não e não. O que há para o jantar?

Ela se sentiu segura o bastante para provocá-lo.

O que me der vontade de cozinhar.

Como ele não respondeu, ela se perguntou se havia ido longe demais. Mas até então ele tinha dito que estaria em reuniões a tarde toda. Ela descartou o pensamento e se concentrou em fazer o vestido que havia cortado pela manhã.

Contudo, no final da tarde ela ainda não tinha decidido o que iria cozinhar. Quando foi ao supermercado, acabou por comprar frango, presunto, aspargo e queijo para que fazer um frango recheado com aspargos, servido com batatas, cenoura e brócolis.

Uma vez que Sean tinha confessado gostar de chocolate, ela comprou um maravilhoso pudim de chocolate.

Quando terminou o jantar, assegurou-se de que o apartamento estivesse arrumado e com as superfícies importantes brilhando. Depois trocou de roupas três vezes e ficou irritada consigo mesma por isso. Por que estava fazendo um estardalhaço? Ela conhecia Sean havia anos. Ele a vira na adolescência, com a pele cheia de espinhas e os cabelos desarranjados. E aquele era seu flat. O que ela iria vestir não deveria importar. Jeans e uma blusa estaria bom.

Mas não parecia certo. Sean sempre fora tão imaculado que ela se sentiria mal.

No final, optou por um vestido preto, uma maquiagem leve e prendeu o cabelo em um rabo de cavalo. Ele perceberia que ela havia se esforçado mais do que se tivesse vestido um par de jeans e não tivesse feito nada com o cabelo, mas não havia feito muito esforço a ponto de fazer daquela ocasião uma grande coisa.

A campainha tocou às sete em ponto... Exatamente o que ela esperava de Sean, porque era claro que ele não iria chegar um minuto atrasado ou adiantado... E a expectativa a dominou.

Jantar.

E quem sabia o que mais a noite poderia trazer?

CAPÍTULO 7

ELE ESTAVA *realmente* nervoso, Sean notou.

O que era loucura.

Aquela era Claire. Fazia anos que a conhecia. Não havia motivo para estar nervoso. Mas aquilo era um encontro, e no passado eles nunca fizeram algo do tipo. E ele estava começando a conhecê-la de verdade; estava começando a perceber que talvez ela não fosse a pessoa que ele achava que fosse.

Será que o mesmo estava acontecendo com ela? Ele não tinha ideia.

Sean inspirou fundo e tocou a campainha.

Quando abriu a porta, Claire estava descalça e usando um vestido preto e curto, com o cabelo preso em um rabo de cavalo por um lenço rosa-shocking. Ele queria dar um beijo para cumprimentá-la, mas temia que não fosse se controlar... Já tinha sido difícil o bastante manter distância no almoço. Então, ele apenas sorriu.

– Olá. Eu não estava certo do que trazer, por isso trouxe vinho tinto e branco.

– Não precisava, mas muito obrigada. – Ela aceitou as garrafas com um sorriso. – Entre.

Parecia tão calma e sofisticada. Sean tinha certeza de que ela não estava nem um pouco nervosa, e isso o fez relaxar. Aquilo era apenas um jantar para que se conhecessem melhor. E ele realmente deveria parar de pensar no quanto seria fácil desamarrar aquele lenço e deixar o cabelo glorioso dela cair sobre os ombros, depois beijá-la até que ambos ficassem sem fôlego.

Claire liderou o caminho até a cozinha.

– Vamos comer aqui, se estiver tudo bem para você – disse ela. – Posso lhe servir um drinque? O jantar será servido em dez minutos.

– Um copo de água gelada seria perfeito, obrigado. – Ao vê-la erguer as sobrancelhas, ele explicou: – Foi um dia muito quente e eu realmente gostaria de algo gelado e sem álcool.

– É claro.

Ela pegou um copo e enchendo-o com água da geladeira, acrescentando gelo e uma rodela de limão. Quando entregou o copo, seus dedos se tocaram; isso fez com que um delicioso tremor percorresse a espinha de Sean.

– Algo está cheirando muito bem – disse ele.

– O jantar, espero – declarou ela, colocando o vinho branco na geladeira.

Ele lhe entregou uma caixa.

– Achei que isso pudesse ser bom com o café depois do jantar.

– Obrigada. – Ela sorriu. – Presumo que sejam bombons.

– Amostras – contou ele, sorrindo de volta. – Tem de haver algum benefício quando se namora um confeiteiro.

– Benefícios. Hum. Gosto disso, mas, se estivermos falando sobre muitas calorias, terei de começar a dobrar a extensão da minha corrida matinal. – Ela olhou dentro da caixa. – Ah, você trouxe aqueles adoráveis corações de caramelo! Fabuloso. Obrigada.

Ficou óbvio que ela gostava daqueles; ele fez uma anotação mental e esperava que ela não fosse ficar desapontada com o que os bombons realmente eram.

– Não são exatamente *aqueles* – disse ele.

– O que são então?

– Espere até o café. Agora, há alguma coisa que eu possa fazer para ajudar?

– Não, está tudo bem... Sente-se.

Ela gesticulou para uma mesa, e ele se sentou em uma das cadeiras em couro.

Conversas não era algo que Sean estava acostumado a fazer com Claire, e ele não tinha ideia do que dizer. O fato de estar louco para beijá-la não ajudou em nada; mas ela estava ocupada na cozinha e ele não queria distraí-la e arruinar o esforço que ela despendeu para preparar o jantar.

– É um bom flat – disse ele.

Claire assentiu com a cabeça.

– Gosto daqui. Os vizinhos são adoráveis, a rua é silenciosa, e ainda assim fica a cinco minutos das lojas e mercados.

Trabalho. Um assunto excelente, ele pensou. Poderiam conversar sobre isso.

– Então como foi o trabalho hoje?

– Bom, e suas reuniões?

– Tudo bem também.

Então ele percebeu que ela não estava tão calma e relaxada quanto parecia.

Ela estava sendo supereducada. Isso significava que ela se sentia tão nervosa quanto ele?

– Claire, relaxe – disse ele, em tom suave.

– Aham.

Mas ela ainda parecia inquieta, e ele notou que ela nem mesmo havia se sentado com ele. Estava apenas se sentindo um pouco tímida e estranha por causa da situação ou estava com segundas intenções?

– Você mudou de ideia sobre nós? – indagou ele, da maneira mais gentil possível.

– Não – afirmou Claire. – Não é isso.

– O que é, então?

– Normalmente sou uma cozinheira razoável. – Ela mordiscou o lábio inferior. – E se tudo der errado esta noite?

Nervosa, então, e não com segundas intenções. E de repente o nervosismo dele desapareceu. Ele se levantou, caminhou até Claire e colocou os braços ao redor dela.

– Tenho certeza de que tudo vai dar certo. Se não der, não importa. Eu a carrego até a cama e faço você se esquecer de tudo... E depois eu peço uma pizza para nós. – Sean beijou o canto da boca feminina, sabendo que estava perigosamente perto de distraí-la, mas querendo fazê-la se sentir melhor. – Claire, por que tem medo de que a comida esteja ruim esta noite?

– Porque é *você* – disse ela.

Porque ela achava que ele iria julgá-la? Ele tinha de reconhecer que a havia julgado no passado... E nem sempre de forma justa.

– Você já sabe que prefiro levar alguém para jantar em vez de cozinhar, então não estou na posição de reclamar se alguém cozinha algo para mim.

– Acho que sim – suspirou ela. – É que... Bem, sou eu e você, e parece...

Ele aguardou. O que ela iria dizer? Que aquilo parecia errado?

– Assustador – terminou ela.

Ele podia entender. Claire o fascinava; ainda assim, ao mesmo tempo, tudo isso o assustava. A perspectiva dela era tão diferente da dele. Ela não tinha um mundo totalmente ordenado. Ela seguia o coração. Se ele a deixasse se aproximar... O que aconteceria? Ele acabaria com o coração partido?

– Eu também – disse Sean.

A única coisa que ele poderia fazer era beijá-la, deter o medo que também estava se espalhando por seu interior. Então, cobriu-lhe a boca com a sua, relaxando enquanto ela o abraçava e o beijava de volta. Mantê-la perto, sentir o calor do corpo dela contra o seu e a doçura dos lábios macios fez seu mundo voltar ao eixo.

Um bipe agudo fez ambos se afastarem.

– Foi a panela de pressão. Isso significa que os vegetais estão prontos – declarou Claire, parecendo perturbada e adoravelmente corada.

– Há alguma coisa que possa fazer para ajudar? – perguntou ele de novo.

Desta vez, para seu alívio, ela parou de tratá-lo como um convidado.

– Pode abrir o vinho? Os saca-rolhas estão na gaveta do meio.

– Claro. Prefere tinto ou branco?

– Vamos ter frango, então você escolhe.

Ele a encarou.

– Você serviria vinho tinto com frango?

– Bem, ei... Se você pode cozinhar frango no vinho tinto, então pode servi-lo com vinho tinto também.

Ele enrugou o nariz.

– Estou sendo chato novamente?

– Não. Apenas um pouco esnobe com relação a vinhos – comentou ela, com um largo sorriso. – Você precisa aprender a seguir o coração, Sean.

– Talvez.

Até ele tirar vinho da geladeira, encontrar os saca-rolhas na gaveta, abrir a garrafa e servir duas taças, ela já tinha servido o jantar.

Sean se sentou do lado oposto ao dela e ergueu a taça.

– A nós, e a qualquer coisa que o futuro possa nos trazer.

– A nós – ecoou ela, parecendo preocupada e incerta... Até mesmo vulnerável...

E mais uma vez ele sentiu aquele estranho senso de proteção em relação a ela. Isso o perturbou, porque não gostava de se sentir dessa maneira em relação a suas namoradas.

– Está delicioso – disse ele, depois de provar a primeira garfada.

Claire Stewart era definitivamente habilidosa na cozinha.

– Obrigada. – Ela reconheceu o elogio com um sorriso.

– Mas você não é razoável.

Claire franziu o cenho.

– Como?

– Você disse que era uma cozinheira razoável – lembrou-o. – Mas você não é. É mais que isso.

– Obrigada. Embora eu não estivesse atrás de elogios. – Ela deu de ombros. – Eu gostava de cozinhar com minha mãe. Não que ela sempre seguisse uma receita. Ela fazia algo de improviso.

– Então, suponho que você não tenha seguido uma receita para preparar esse frango, não é? – quis saber ele.

– Eu preparei o nosso jantar. Não é exatamente uma neurocirurgia.

Por que ele nunca notou o quanto deliciosamente sarcástica ela poderia ser?

– O que foi? – indagou ela.

Ele piscou.

– Desculpe, não estou entendendo você.

– Você estava sorrindo. O que eu disse que foi tão engraçado?

– Foi a maneira como você disse. – Ele parou. – Tem ideia do quanto é divertida quando está sendo sarcástica?

Foi a vez dela de piscar.

– Sarcasmo é sexy?

– Em você, sim.

Ela exibiu um sorriso largo.

– Bem. Acho que a noite ficou muito mais interessante. Você é louco por açúcar, Sean?

– Desculpe?

– Trabalhando na fábrica, você deve ter acesso a bombons a qualquer momento. Coma um pouco disso, e vai se tornar um viciado em doces. O que, acho, deve ser a principal razão de você estar me elogiando desta maneira esta noite.

Não. Era porque era como se ele tivesse a encontrado pela primeira vez. Ela não era a garota que o irritara por anos; era uma mulher que o intrigava. Mas ele não queria soar meloso.

– Querida – falou ele, lentamente –, o único doce que eu quero no momento é você.

Ela riu.

– Continue me elogiando assim e…

– Ah é? – perguntou ele, com uma voz de repente mais baixa. O que ela iria fazer? Beijá-lo? Era uma ótima ideia para ele.

– Ah, cale-se e coma o jantar – disse ela, parecendo aturdida.

Ele estava gostando muito de provocá-la. Por que nunca tinha notado que ela era divertida e extremamente sexy?

Talvez porque ele tinha a ideia fixa de que ela era uma garota difícil que só atraía problemas. Aquilo era verdade no passado, mas no presente... Ela não era quem ele sempre pensou que fosse. Ela tinha crescido. Mudado. E ele gostava muito da mulher que estava começando a conhecer.

Claire serviu o pudim.

– Venha trabalhar na minha fábrica – disse ele. – Acho que você tem boas ideias sobre sabor.

Ela sorriu.

Sean provou uma colherada do pudim.

– O jantar foi realmente maravilhoso, Claire.

– Eu não fiz o pudim... Comprei.

– Não me importo. Ainda assim está maravilhoso. E valorizo o esforço. Mas, para referências futuras, você poderia ter pedido pizza e eu ficaria feliz – disse ele. – Apenas quero passar o tempo com você.

– Eu também – disse ela, em tom suave. – Mas eu queria... Bem...

Provar que não era a tola que ele sempre achou que ela fosse?

– Eu sei. E você sabe.

E como era estranho o fato de ele saber o que ela estava pensando. Assustador, até. Ela era a última mulher do mundo com quem ele esperava ter uma sintonia perfeita.

Depois que ele a ajudou a tirar a mesa, ela disse:

– Achei que pudéssemos tomar um café na sala de estar.

– Parece bom para mim.

– Certo. Pode colocar uma música se quiser – sugeriu Claire.

Sean imaginava que ela gostasse de música pop, mas ficou surpreso em ver quantos tipos de música havia no MP3 dela. Escolheu uma música clássica e a sala foi preenchida com o som sublime.

Claire sorriu quando entrou na sala.

– Boa escolha.

– Você não é jovem demais para gostar desse tipo de coisa? – indagou ele.

– Não. É o tipo de música de que minha avó gosta, então eu cresci ouvindo isso – contou ela, com um sorriso. – As melhores noites de sexta-feira. Só para as garotas, eu, minha mãe, minha avó, tia Lou e minhas primas. Pipoca, waffles, milkshake e música.

Foi a primeira vez que ela falou sobre a família.

– Então você é próxima de sua família? – quis saber ele.

– Sim. Eu ainda tenho alguns conflitos com meu pai – disse ela. – Mas não quero falar disso com você.

– Porque sou homem?

– Porque suponho que, como Ash, você faria qualquer coisa para conversar com seu pai novamente. E eu aqui resmungando sobre o meu. Mas, para ser justa, meu pai não é nada parecido com o seu. Seu pai *ouvia* de verdade.

Ele sentia falta dos pais. Mas sabia que relacionamentos eram complicados. E aquilo não era da sua conta. A menos que Claire quisesse conversar, ele iria deixar o assunto de lado.

Claire trouxe uma bandeja com o café, duas canecas, uma pequena jarra de leite e a caixa que ele lhe dera mais cedo.

– Leite e açúcar? – perguntou ela.

– Nenhum dos dois, obrigado. Gosto do café puro – comentou com um sorriso.

Claire, ele notou, se serviu de duas colheres de açúcar e muito leite. E isso também o fez recear que ela não fosse gostar das amostras que ele trouxe; ela devia preferir chocolate branco a amargo. Por outro lado, ele se enganava sobre muitas coisas quando se tratava de Claire.

– Certo. Esta caixa cheia de gostosuras. O que quer que eu tenha dito sobre você no passado – declarou ela –, sempre falei que você fazia bombons deliciosos.

A honestidade o levou a dizer:

– Não, minha equipe é quem faz. Eu não coloco minhas mãos no departamento de manufatura.

– Isso me surpreende – disse ela. – Eu o imaginava como o tipo de gerente que faz cada trabalho na fábrica para saber exatamente do que se trata cada setor.

– Fiz isso durante anos – confessou ele. – Tudo desde a confecção até a embalagem e as caixas de entrega. E cada papel administrativo. E, sim, também trabalhei com a equipe de limpeza. Hoje em dia, tenho reuniões regulares com cada membro dos departamentos e minha equipe sabe que gosto de estar ciente de qualquer problema que eles tiverem e não puderem resolver sozinhos.

– Atenção a cada detalhe.

A voz soou rouca. E havia um rubor suspeito no rosto dela.

– Claire?

– Hum – disse ela. – Estou apenas pensando. Sobre Capri. Sobre…

E ele começou a sentir o mesmo rubor no rosto.

– Feche os olhos – pediu ele.

A respiração dela se tornou mais rápida.

– Por quê?

– Apenas faça isso.

– Está bem. – Ela fechou os olhos.

Sean apanhou um dos bombons de chocolate da caixa e roçou nos lábios dela. Eles se separaram... E os cílios do olho esquerdo também.

– Não olhe – pediu ele novamente.

Em retorno, ela deu-lhe um sorriso insolente e abriu os olhos.

– Então, estamos brincando, não estamos, sr. Farrell?

– Sim, srta. Stewart. Agora feche os olhos.

Ele provocou-lhe os lábios com o chocolate, e ela precisou se inclinar para a frente antes de ele enfim lhe permitir uma mordida no doce.

– Você... – disse ela quando terminou de provar o bombom. – Eu amo os corações de caramelo, mas estes estão espetaculares.

– Gostou? – Engraçado como isso o fazia se sentir tão bem.

– Na verdade, acho que vou precisar de outro para ter certeza.

Ele riu.

– Ah, é?

– É – confirmou ela, com um sorriso travesso.

Sean se debruçou e a beijou.

Dali a um minuto, estavam deitados no sofá e Claire estava em cima dele; os braços dele ao redor dela, e uma das mãos repousadas na curvatura da nádega feminina.

– Está me dizendo que era chocolate? – indagou ela.

– Talvez. Talvez não. – Ele moveu a mão, apreciando a maciez das curvas do corpo dela. – Claire. Você é...

– O que?

– Inesperadamente saborosa – disse ele. – Nada disso deveria estar acontecendo.

– Diz o homem que me fez fechar os olhos e me debruçar para dar uma mordida no chocolate. Dando a ele uma visão perfeita do meu decote, se não estou enganada.

– Foi uma bela visão – comentou ele, e se mexeu devagar para que ela não tivesse dúvida da sua excitação.

– É esse o efeito que o chocolate tem em você?

– Não. Isso é o que *você* faz comigo.

Claire se inclinou para a frente e mordiscou-lhe o lábio inferior, provocando-o.

– Sério, sr. Farrell?

– Sim. – Ele estava ciente da rouquidão de sua voz. Ela sabia exatamente o quanto o afetava.

– Então você veio preparado? – perguntou ela.

Ele não pôde falar por um momento. Depois, fitou-a diretamente nos olhos.

– Está sugerindo que...?

– Capri? – Ela sustentou o olhar e assentiu com a cabeça.

Ele soltou um suspiro.

– Eu não vim preparado.

– Tsc. Não é algo que eu poderia esperar de um homem que planeja cada minuto da vida – provocou ela.

– Como você consegue fazer isso? – indagou ele.

– Fazer o quê?

– Fazer-me sentir incrivelmente frustrado e ao mesmo tempo querer rir?

– Siga seu coração, docinho – falou ela, lentamente.

Sean a beijou mais uma vez.

– Está bem. Esta noite não se trata de expectativas. Não é como se eu tivesse lhe mandado flores pela manhã para que você dormisse comigo à noite. Trata-se de nos conhecermos melhor.

– Platonicamente, quer dizer?

– Gostaria que fôssemos amigos.

– Aham.

Ela parecia indiferente, mas ele percebeu uma pequena vulnerabilidade em sua expressão e não iria deixá-la se mover. Puxou-a para mais perto.

– Eu não disse *apenas* amigos. Também quero ser seu amante.

Para sua surpresa, ele viu um brilho de lágrimas nos olhos dela.

– Claire? O que foi?

Ela meneou a cabeça.

– Estou sendo chorona.

– Conte-me mesmo assim.

– Não é sempre assim comigo – admitiu ela.

Ele roçou os lábios de leve nos dela.

– É porque você namorou os caras errados, pensando que eles eram os certos.

– Sempre pensei que você fosse o errado – admitiu ela.

– E eu sempre pensei que você fosse a errada – disse ele. – Mas talvez devêssemos dar uma chance um ao outro.

– Talvez – falou ela, com a voz baixa. – Mas da próxima vez... Acho que vou estar preparada.

– Você e eu, ambos. – Ele beijou-lhe a curvatura do pescoço. – Cuidado, Claire. Você pode começar a planejar a vida se continuar comigo.

Como ele esperava, ela riu.

– E talvez você comece a seguir seu coração sem ter de ser lembrado disso.

Ele deu risada.

– Acho que precisamos nos mexer. Enquanto ainda temos um pouco de autocontrole.

– Bom plano.

Mas, quando ela saiu de cima, ele não a deixou ir tão longe e sentou-se em uma cadeira diferente. Manteve-a segura pela mão e puxou-a para que ela se sentasse ao lado.

– Assim está bom – disse ele. – Ficar apenas de mãos dadas com você.

Por um momento, ela ficou com um olhar sonhador.

– Como adolescentes.

– O quê?

Claire meneou a cabeça.

– Ah, não. Não estou confessando isso agora.

Confessando o quê? Ele estava intrigado.

– Eu poderia *fazê-la* confessar – sugeriu ele, em um tom doce. – Lembre-se, estou armado com um excelente chocolate.

Ela levou a mão dele até os lábios e beijou-lhe os nós dos dedos.

– Mas também sei que você é um cavalheiro. Por isso não me pressione.

Mesmo quando não gostava dele, ela reconheceu que ele tinha uma integridade e padrões e sabia que estava segura com ele. Isso lhe aqueceu o interior.

– Não vou pressioná-la – concordou ele, e entregou-lhe a caixa. – Sirva-se.

– Caramelo e chocolate amargo. Fabuloso. Todos são assim?

– Não. Tem alguns de laranja e café.

– Boas escolhas. E você disse mais cedo que eram amostras. – Ela parecia pensativa. – Está experimentando novas linhas?

– Talvez.

Ela revirou os olhos.

– Sean, não vou procurar seus competidores para vender a informação.

– É claro que não. – Ele franziu o cenho. – Acha que sou tão desconfiado assim?

– Pareceu – confirmou ela.

– São testes – disse ele. – Mas preciso colocá-los em alguns grupos primeiro e ver o que o mercado pensa.

– Ah, pesquisa. – Ela sorriu. – Então, ou você vende o mesmo produto para mais pessoas, ou vende mais produtos para as mesmas pessoas.

Ao vê-lo erguer uma das sobrancelhas, ela suspirou:

– Não sou uma total estúpida, sabe. Eu tenho um negócio próprio há três anos.

– Eu sei, e não é só isso. Ashleigh me disse que você rejeitou uma oferta de Cambridge para cursar medicina, e sei que você não iria conseguir esse tipo de oferta se não fosse realmente brilhante. – Ele olhou-a. – Sempre me perguntei por que você se tornou estilista em vez de uma médica.

Ela pareceu triste.

– É uma longa história, e não quero contá-la esta noite.

Porque ela não confiava nele para julgá-la?

– Justo – falou ele, em tom frio.

– Eu não estava afastando você, Sean – disse ela. – Apenas não quero falar sobre isso agora.

– Então, o que você quer Claire? – Ele não pôde resistir à pergunta.

– Agora? Quero que você me beije de novo. Mas ambos concordamos que, hum, talvez não seja boa ideia.

– Porque não estou preparado e você também não. Então vamos adiar isso.

– Por quanto tempo? – Ela levou uma das mãos à testa. – Não, eu não pedi isso e você não me ouviu.

– Certo. E eu também não estava pensando nisso– respondeu ele. – Quando?

– Quarta-feira?

– Quarta-feira – concordou ele. – Eu poderia me oferecer para cozinhar para você, mas você comeria no máximo um sanduíche.

Ela riu.

– Posso viver com sanduíches.

– Não, quero dizer um encontro de verdade.

– Planejado até o último minuto? – perguntou ela.

– Por que planejar as coisas a irrita tanto?

Em resposta, ele a beijou. Intensamente. Quando ele interrompeu o beijo, ela estava sem fôlego.

– Isso foi trapaça – protestou ela.

– Sim, sim. – Ele roçou o polegar no lábio inferior dela. – E daí?

– Vá para casa, Sean, antes que façamos algo estúpido.

– Está adiado – disse ele. – Quarta-feira à noite. Vou buscá-la às 19h. – Ele inclinou-se para a frente e sussurrou no ouvido dela: – E, quando eu terminar de fazer amor com você, você não vai se lembrar do seu nome ou de onde está.

A voz dela soou rouca quando disse:

– É melhor que isso seja uma promessa.

– E é. – Ele roubou-lhe um último beijo. – E sempre cumpro minhas promessas. O que me lembra... Tenho algumas tarefas domésticas para fazer, como lavar a louça. O acordo foi: você cozinha e eu lavo a louça.

– Você acha mesmo que é uma boa ideia ficarmos tão perto um do outro, na presença de água, e enquanto nenhum de nós está, hum, preparado?

Ele não entendeu a referência da água, mas concordou com o restante.

– Bem lembrado. Vamos adiar a louça também, então?

Ela riu.

– Não precisa. Tenho uma lava-louças. Uso pouco, uma vez que moro sozinha, mas é bom quando recebo amigos para jantar. – Ela fez uma pausa e acrescentou em um tom sexy e profundo de voz: – Ou um amante.

O que soou como se ela fosse convidá-lo de novo.

E isso fez o coração de Sean se acelerar.

– Certo. – Ele não resistiu a um último beijo, que fez sua mente girar e a deixou igualmente zonza. – Aproveite o chocolate – disse.

E então partiu, enquanto ainda era capaz de ser sensato.

CAPÍTULO 8

SEAN MANDOU uma mensagem de texto para Claire naquela noite.

Bons sonhos.

Sim, ela pensou, porque seriam com ele. Mandou uma mensagem de volta.

Para você também.

Ele se mostrou inesperadamente doce, tão diferente de como sempre foi no passado. Ele ainda era um pouco organizado, mas ainda havia um grande potencial para ele...

Ela se impediu. Não. Desta vez ela não iria cometer o mesmo erro. Ela não iria entrar no relacionamento pensando que Sean talvez fosse o homem certo, que lhe daria um final feliz para sempre. Por outro lado, ele não era como os homens que ela costumava namorar; mas isso também não garantia um resultado diferente para aquele relacionamento.

E ainda era cedo. Sean tinha uma reputação por não ter namoros longos; a verdade era que aquela relação poderia terminar em um mês. Claire sabia que precisava minimizar o possível dano a seu coração e se assegurar de que sua melhor amiga não fosse pega em nenhuma discussão acalorada. O que significava manter apenas uma pequena distância entre eles.

Embora Claire tentasse dizer a si mesma para ser sensata, ainda se via antecipando a quarta-feira. Perguntando-se se ele iria beijá-la de novo. Perguntando-se se acabariam no apartamento dele ou dela. Perguntando-se se tudo aquilo não estava mexendo com ele da mesma maneira que mexia com ela.

Quarta-feira acabou sendo um dia extremamente corrido, e Claire despendeu um bom tempo ao telefone com um de seus fornecedores, resolvendo um erro que tinham cometido ao entregar o tecido errado... E isso iria lhe custar um tempo que ela não tinha. Um ataque de pânico de uma das noivas levou mais uma hora; e, antes que ela se desse conta, já eram 18h30.

Ah, não. Ela ainda precisava tomar banho, lavar o cabelo, vestir uma roupas e passar maquiagem antes de Sean chegar. Ela telefonou, esperando implorar por mais meia hora, mas a linha dele estava ocupada. Depressa, enviou-lhe uma mensagem de texto enquanto subia a escadas do flat.

Desculpe, trabalhei até tarde. Vejo você às 19h30?

Ela pressionou o botão "enviar" e colocou o celular na cama antes de rumar para o armário e apanhar um vestido de linho azul-escuro.

Claire havia acabado de sair do banho e envolvido uma toalha ao redor do corpo quando a campainha tocou.

Não. Não poderia ser Sean. Será que já eram 19h30?

Bem, quem quer que fosse, teria de esperar.

A campainha tocou mais uma vez.

Arrgh. Claramente quem estava do lado de fora da porta não tinha a intenção de ir embora.

Claire piscou em surpresa quando abriu a porta para Sean.

– Você está adiantado!

E Sean nunca era adiantado ou atrasado; era sempre pontual.

– Não. Nós dissemos 19h.

Ela franziu o cenho.

– Mas eu lhe mandei uma mensagem dizendo que trabalhei até tarde e lhe pedindo mais meia hora.

– Não recebi nenhuma mensagem – declarou ele.

– Ah, não. Sinto muito. – Claire suspirou. – Hum, suba. Vou demorar no máximo vinte minutos... Sirva-se de café ou qualquer outra coisa que desejar.

– Quer que eu lhe prepare um drinque?

Ela meneou a cabeça.

– Sinto muito.

Ele roubou-lhe um beijo.

– Pare de se desculpar.

– Vou correr – disse ela, sentindo-se terrivelmente culpada. Por que não tinha ficado de olho no relógio?

Claire teve de secar o cabelo e amarrá-lo, em vez de despender o tempo escovando-o, mas ficou pronta às 19h25.

– Você está adorável – elogiou ele.

– Obrigada.

Mas notou que ele olhou o relógio novamente. Se ao menos ele parasse de ser tão controlador. Ela ficaria louca se ele tratasse o encontro como uma reunião de negócios.

– Para onde vamos? – indagou ela.

– South Bank.

– Ótimo. Poderemos brincar nas fontes – comentou ela com um sorriso. – O dia foi tão quente que será bom ter uma chance de nos refrescar.

Ele apenas olhou para o terno que usava.

E ela supôs que ele tivesse razão. Ensopar-se não seria bom para o tecido do terno. Ou para o vestido. Mas as instalações de arte em South Bank eram *divertidas*.

– Telefonei para o restaurante para avisar que nos atrasaremos – disse ele.

– Desculpe – repetiu ela .

Aquele era o lado de Sean que ela achava difícil. O sr. Organizado. Era ótimo para os negócios; mas, na vida pessoal, ele poderia ser mais relaxado.

Eles pegaram o metrô para South Bank... Para seu alívio, a linha estava funcionando sem nenhum atraso... E o restaurante era fabuloso. A mesa tinha uma bela vista para o rio, e a comida era tão excelente quanto à vista. Claire adorou o atum fresco.

– E os pudins do cardápio são maravilhosos – declarou ela, com alegria. – Vou demorar décadas para escolher.

– Na verdade, não temos tempo – disse Sean, fitando o relógio de pulso.

– Não há tempo para a sobremesa? Mas é a melhor parte do jantar – protestou Claire.

– Temos de estar em outro lugar. Talvez possamos comer pudim mais tarde – sugeriu ele.

Justamente como ela temia, Sean tinha planejado a noite até o último minuto.

Se ela não tivesse se atrasado em primeiro lugar poderia não ter sido um grande problema. Mas então estava repensando sobre sair com Sean. Ele era capaz de administrar muita coisa em sua vida, mas toda essa rigidez a deixava louca. Eles eram muito diferentes para que um relacionamento pudesse dar certo.

– Então, por que exatamente temos de nos apressar? – perguntou ela.

– Para a próxima parte da noite – disse ele.

– Que é?

– Uma surpresa.

Já passava das 20h30. Era muito tarde para uma apresentação de teatro, e se fossem ao cinema ele provavelmente teria escolhido um restaurante próximo de Leicester Square. Ela só descobriu os planos dele quando começaram a caminhar na direção de London Eye.

– Ah. Um passeio noturno.

– É o último passeio da semana – confirmou ele. – E temos de comprar os ingressos com quinze minutos de antecedência. Desculpe por tê-la apressado no jantar.

Ao menos ele reconheceu que a havia apressado. E ela precisava reconhecer sua parcela de culpa.

– Se eu não tivesse me atrasado, você não teria me apressado. – Claire mordiscou o lábio inferior. – Estou começando a pensar que você pode estar certo sobre eu ser caótica. Deveria ter verificado se você tinha visto a mensagem ou deixado um recado na caixa postal também.

– Está tudo bem. Obviamente você teve um dia cheio.

Ela assentiu com a cabeça.

– Houve algumas falhas técnicas que me custaram tempo – disse ela. – E estou me esforçando muito para fazer vestidos perfeitos.

– Vai valer a pena no final – disse ele.

– Espero que sim. E tive uma nova cliente que quis me ver esta manhã. É a parte preferida do meu trabalho – revelou Claire. – Transformar o sonho de uma noiva em um vestido que vai servir e fazê-la se sentir especial.

– Por isso sua loja tem o nome de "Um Sonho de Vestido"? – quis saber ele.

– Em parte, sim.

– E a outra parte? – Sean indagou suavemente.

– Porque é o emprego dos meus sonhos – contou ela.

Ele pareceu surpreso, como se nunca tivesse pensado nisso antes.

– Certo. Mas e se uma noiva quiser um vestido que você sabe que não vai combinar com ela?

– Tipo um detalhe, como ser curto e cheio de curvas? – Ao vê-lo assentir com a cabeça, ela disse: – Você descobre o que ela ama naquele vestido em particular e vê como pode adaptá-lo de forma que irá funcionar. Você precisa ter tato para conversar com a noiva.

– Tato. – Ele inclinou a cabeça para um lado e a encarou. – Mas você sempre diz o que pensa.

– É. Mas você pode fazer isso de forma gentil, sem ser grosseira com as pessoas.

Os cantos dos lábios dele se curvaram.

– Vou me lembrar disso da próxima vez que você não medir as palavras comigo.

Ela riu.

– Você está se tornando um pouco mais suportável, então posso ser mais gentil com você.

Ele inclinou a cabeça de leve.

– Pelo elogio.

Tomou a mão dela e levou-a aos lábios, pressionando um beijo na palma.

Isso a fez sentir os joelhos bambearem. Para encobrir o fato de que ele a havia embaraçado, Claire indagou:

– Como foi seu dia?

– Cheio de reuniões.

Não era de se admirar que ele achasse difícil deixar as coisas fluírem e relaxar. Estava acostumado a uma agenda ridiculamente apertada.

Mas ao menos pareceu relaxar mais uma vez quando foram para a varanda a fim de apreciar a vista de Londres no final da tarde. Claire estava feliz por apreciar a vista com os braços de Sean ao redor do corpo.

– Eu estava pensando... – falou ele, em tom suave. – Eu lhe devo um café e pudim. Há uma boa cafeteria perto do meu prédio.

– Será que tem corações de caramelo para acompanhar? – perguntou ela, esperançosa.

– Talvez – declarou ele, o brilho provocativo de volta em seus olhos.

Isso soou como uma oferta espontânea em vez de algo planejado, ela pensou.

– Parece ótimo – disse Claire. – Café e um bom chocolate. Conte comigo.

E, para seu prazer, Sean foi de mãos dadas com ela durante todo o percurso de volta até a casa dele. Como não estavam mais sob nenhuma pressão, ele se deixou levar... E ela gostou muito mais desse lado dele.

A última vez que Claire esteve na casa de Sean, ficou aguardando no pátio do lado de fora enquanto ele apanhava a mala. Desta vez, ele a convidou para entrar. Ela descobriu que a cozinha do apartamento era muito organizada e limpa... Como esperava... Mas claramente não era a cozinha de um cozinheiro. Não havia temperos em potes, nenhum equipamento antigo e bem usado. Ela supôs que a sala também não fosse usada, exceto pelo preparo de alguns drinques.

A sala de estar era decorada em tons neutros. Claire notou que havia muitas fotografias da família no consolo da lareira.

Sean serviu café para ambos, acrescentou açúcar e muito leite para ela, e gesticulou para o pequeno prato que trouxera na bandeja.

– Corações de caramelo, como você disse que gostava.

– Eu gosto. – Ela sorriu, apreciando o fato de ele ter se lembrado e feito o esforço.

– Pode colocar uma música se quiser – sugeriu Sean, indicando o MP3 player.

Ela franziu o cenho.

– Sean, não quero ser grosseira, mas todas as suas listas de música são um pouco... Bem...

– O quê? – indagou ele, parecendo confuso.

– Suponho que todas as faixas de cada lista tenham o mesmo número de batidas por minuto.

– Sim, mas é sensato. Significa que tudo está arranjado da forma que quero para qualquer atividade que eu esteja fazendo.

– Entendo – disse ela. – Mas você não gosta de música?

Sean franziu o cenho.

– Claro que sim.

– Não consigo ver algo que você ouça por prazer. Para mim é como se você apenas tocasse o mesmo tipo de música o tempo todo. – Organizado novamente. E desta vez ela não poderia deixar passar. – Isso funciona nos negócios, mas, Sean, você não pode viver sua vida pessoal como se fossem negócios.

– Certo – falou ele.

Desejar que ela entendesse era pedir muito.

Claire suspirou.

– Não estou brigando. Apenas dizendo que você está perdendo muita coisa e talvez haja outra maneira de viver.

– Vamos concordar em discordar, está bem?

Sean havia se fechado novamente, Claire pensou com um suspiro... E agora ela poderia adivinhar exatamente por que os namoros dele não duravam mais do que três semanas. Ele deixava as namoradas loucas ao se fechar quando elas tentavam se aproximar e depois sugeria gentilmente para que fossem amigos, ou elas iriam desistir de tentar se aproximar dele.

Ela também sabia que dizer isso seria a forma mais rápida de terminar o relacionamento entre eles; e pelos vislumbres que teve ela estava certa de que, por trás dos muros, o verdadeiro Sean Farrell era alguém que valia a pena conhecer melhor.

– Certo, eu desisto – disse ela. – Mas você não tem absolutamente nada meloso e relaxante aqui.

Ele tossiu.

Caso não tenha notado, sou um homem.

Ela tinha notado.

– Não gosto de coisas melosas – prosseguiu Sean. – Mas... – Ele apanhou o MP3 player gentilmente das mãos dela e passou depressa pelas faixas.

Quando a música começou a tocar, ela reconheceu: "Can't Take My Eyes Off You", mas era uma versão rock.

– A banda tocou essa música no casamento de Ashleigh – disse ele. – E eu me vi olhando diretamente para você... Por isso a chamei para dançar.

– E ali estava eu pensando que fosse uma tradição – comentou ela.

– Não. Eu queria dançar com você.

A honestidade a desarmou. Justamente quando ela estava pensando em terminar o relacionamento, ele derreteu-a por dentro.

Sean puxou-a nos braços, e Claire ficou surpresa em descobrir que, embora a música fosse rápida, eles podiam dançar devagar.

– Então, quando estávamos dançando – acrescentou ele. – Eu quis beijá-la.

Claire se viu umedecendo o lábio inferior com a língua.

– Você quer me beijar agora, Sean?

– Quero. – Ele sustentou-lhe o olhar. – E quero fazer muita coisa além de beijá-la.

Uma onda de excitação a invadiu, mas ela tentou parecer fria.

– Você poderia ser mais específico?

– Eu quero despi-la desse vestido – declarou ele. – Por mais adorável que seja. E quero beijar cada centímetro da sua pele desnuda.

– Parece ser um bom plano – disse ela. – E o que eu faço?

Ele sorriu.

– Estou surpreso por você ainda não saber. Não é o que você disse? Ser espontâneo. Seguir o coração.

– É – confirmou ela. – Vou tirar esse seu terno austero.

– Austero? – indagou Sean. – Meu terno é *austero*?

– É bem-cortado, mas é muito sério. Eu gostaria de vê-lo desarrumado – declarou Claire. – Como naquela manhã em Capri.

– Seria a manhã em que você me expulsou da cama?

– É, e não me faça me sentir culpada. Aquilo foi apenas uma circunstância.

– Hum.

– Além do mais, não posso expulsá-lo da sua própria cama – observou ela.

– Verdade. – Ele franziu o cenho. – Mas se você disser não em qualquer momento espero que saiba que eu irei parar.

Claire acariciou-lhe o rosto.

– Sean, é claro que sei. Você é...

– Chato?

Ela meneou a cabeça.

– Eu iria dizer honroso.

Ele roçou o polegar no lábio inferior dela, fazendo-a sentir a pele formigar.

– Você normalmente me chama de organizado.

– Às vezes você é. Você foi esta noite, e eu quase o deixei e voltei para casa. – Ela sorriu. – Mas há uma grande diferença entre ser organizado e ser chato.

– É?

– Deixe-me mostrar – disse Claire. – Leve-me para a cama.

– Achei que você nunca fosse pedir.

Para a surpresa de Claire, ele ergueu-a no colo e carregou-a escada acima. Ela queria fazer um comentário sobre ele ser musculoso, para provocá-lo, mas, ao mesmo tempo, não queria estragar o momento. Ficou chocada ao descobrir que gostava da forma como ele assumiu o comando, parecendo um troglodita.

No quarto, Sean colocou-a de volta ao chão.

– A última vez que você tirou o vestido sua lingerie combinava com o tecido – lembrou ele. – Está combinando hoje?

– Você vai ter de descobrir.

– Isso é um desafio?

– Em parte. É também uma oferta.

Sean fechou as cortinas e acendeu a lâmpada do abajur. Depois, sentou-se na beirada da cama.

– Mostre-me – convidou ele.

Claire abriu o zíper do vestido e se livrou do tecido, depois o pendurou no espaldar de uma cadeira.

– O que foi? – indagou ela, vendo o divertimento no rosto dele.

– Você é neurótica com vestidos.

– Não. Sou apenas prática. O tecido é de linho e amassa demais. E não vou sair daqui como se tivesse deitado em um palheiro.

Sean exibiu um sorriso lento e sexy.

– Gosto da imagem. Muito. Você deitada em um palheiro.

Ela meneou a cabeça.

– Não é tão romântico, sabe. A palha irrita a pele e isso não é nada sexy.

– Presumo que você saiba disso porque uma vez, hum, seguiu seu coração?

– Ouça, não dormi com todos os homens que namorei e certamente não dormi com ninguém em tão pouco tempo quanto dormi com *você* – declarou ela, cruzando os braços na frente do peito e fulminando-o com o olhar.

Sean se ergueu, caminhou até ela e roçou os lábios nos dela.

– Não estou chamando você de vulgar, Claire. Ambos temos um passado. Estamos no século vinte e um, e não no dezenove. Tenho trinta anos e você vinte e sete. Eu ficaria mais surpreso se ambos fôssemos virgens. – Ele traçou a alça do vestido com o dedo. – Hum. Alça cor de creme. Gostei. Você tem um excelente gosto para roupas, srta. Stewart.

– É pérola, não creme – corrigiu ela.

Ele exibiu um largo sorriso.

– E você teve a coragem de me chamar de austero.

– Detalhes – disse ela. – Você precisa entendê-los direito.

– Estamos de comum acordo aqui.

Ela tossiu.

– O que foi? – perguntou ele.

– Minha lingerie está visível. Você pode ver que combina, então fiz minha metade da barganha. E agora, sr. Farrell tenho de dizer que você está com roupas demais.

– Então, pode me despir, Claire – declarou ele, abrindo as braços para lhe dar total acesso às roupas.

Foi uma oferta que ela não pôde recusar.

MAIS TARDE, aninhada nos braços de Sean, Claire virou o rosto para beijar-lhe o ombro.

– É melhor eu ir embora.

– Ainda não. Está tão confortável aqui. – Ele a puxou para mais perto. – Fique mais um pouco. Eu a levarei de carro para casa.

Então, o supereficiente homem de negócios era carente? Ah, que bom, Claire pensou. E, na verdade, ela gostou. Isso o tornava muito mais humano.

– Certo – disse Claire, e recostou as costas nele.

Engraçado como não precisavam conversar. Bastava estar juntos. Era uma *paz*. Algo que ela nunca acreditou que pudesse acontecer com Sean; mas gostava de estar com ele. Quando ele não estava sendo superorganizado até o último microssegundo. E parecia que ele sentia o mesmo.

Talvez, apenas talvez, aquilo tudo não fosse terminar em lágrimas.

– Então. Quando você vai estar livre? – quis saber ele.

– Domingo? – sugeriu ela. – Tenho de fazer compras no sábado.

– Pode ser domingo.

– Você organizou esta noite, de modo que vou planejar o domingo – falou Claire. – E isso significa que vou fazer as coisas do meu jeito.

– Seguir seu coração.

– Ser espontânea e me divertir – disse ela. – Vou buscá-lo às 9h. E não vou me atrasar.

– Não? – perguntou ele, em tom irônico.

– Não. – Claire o beijou. – A primeira parte desta noite foi, hum, um pouco demais para mim. Mas amei o jantar. Amei a vista da varanda e estar com você. Esse tipo de coisa funciona comigo. Mas... – Ela meneou a cabeça. – Regras são para o trabalho. E eu mantenho minha vida profissional e minha vida pessoal separadas.

– Humm – disse ele, e ela sabia que ele não estava convencido. Mas depois Sean fez um esforço e declarou: – Gostei de ficar com você essa noite.

Mas o atraso dela realmente o irritou. Ele não precisava dizer isso.

Beijou-a de leve.

– Vou levá-la até a porta.

– Sean, são apenas alguns passos. Acho que tenho idade suficiente para lidar com isso.

Ele ergueu as mãos.

– Como quiser.

– Não estou afastando-o de mim – falou Claire, em voz baixa. – Mas não preciso de proteção... Assim como você. – Claire já havia tido um homem superprotetor em sua vida, e foi mais que suficiente. E era parte da razão de ela sempre ter escolhido namorados com espírito livre, que não iriam fazer uma confusão por qualquer coisa que ela fizesse.

Por outro lado, talvez ela tivesse exagerado, porque todos eles foram desastrosos.

Mas Sean poderia se comprometer? Será que encontrariam algum meio-termo? Caso não conseguissem, aquele seria tão desastroso quanto seus antigos relacionamentos.

– Obrigada por se importar – declarou ela. – Vejo você no domingo.

– Ser espontâneo. Seguir o coração.

– Você está aprendendo – disse ela, com um sorriso, e o beijou. – Boa noite.

CAPÍTULO 9

QUANDO CLAIRE foi buscar Sean na manhã de domingo, ele estava usando calças formais, uma camisa e uma gravata. Ao menos não era um terno completo, mas ainda não se adequava para o que ela queria fazer. E eles pareciam opostos, uma vez que Claire estava com shorts jeans, um top e sandálias. Sean parecia muito formal.

– Você tem um par de jeans? – quis saber ela.

– Não.

Como ela havia suposto.

– Está bem, então. – Apanhou uma embalagem que continha o nome de uma loja impressa.

– O que é isto? – indagou ele.

– Presente. Para você. – Como ele ainda permaneceu imóvel, ela acrescentou: – A ideia é que você vista. Agora.

Sean espiou a sacola.

– Você comprou um par de jeans para mim?

– Sim.

– Como sabe meu tamanho?

Ela revirou os olhos.

– Tirei suas medidas para o terno do casamento, lembra-se?

Ele suspirou.

– Claire, não precisava comprar um par de jeans para mim.

– Você não tem nenhum. Então, na verdade, eu precisava.

Ele a encarou e ela suspirou.

– Sean, não dificulte as coisas. Eu comprei um presente para você, só isso. É o que as pessoas fazem quando namoram.

Ele ainda não parecia convencido.

– Olha, você comprou aquelas flores lindas para mim, e não acho que você iria gostar se eu lhe comprasse flores... Bem, não que eu pense que *não se possa* comprar flores para um homem – esclareceu –, mas eu não acho que você seja o tipo de homem que iria gostar.

– Provavelmente não – admitiu ele.

– A maioria das mulheres iria comprar chocolate para o namorado, mas eu mal posso dar doce a alguém que possui uma empresa do ramo, posso? O que me deixa com poucas opções de presentes. É apenas um par de jeans comum, Sean. Nada que seja muito caro. Então vamos lá. Faça algo que você não faz desde que era um adolescente – provocou ela – e vista o jeans. E troque os sapatos por um par de tênis.

– Tênis? – perguntou ele.

Ela assentiu com a cabeça.

– Porque aposto que você não tem nenhum sapato esporte.

– Não há nada errado em parecer sério no trabalho – protestou ele.

– Eu sei, mas você não vai ao trabalho hoje, Sean. Você está se divertindo. E pode continuar com essa camisa, apenas tire a gravata.

– Mandona – resmungou ele, mas fez conforme ela pediu. No momento em que havia se trocado para um jeans e um tênis, ele pareceu fantástico... Muito mais acessível. *Tentador*. Claire estava contente por ter escolhido um jeans claro que parecia levemente gasto. Isso combinou muito com ele.

Claire cruzou os braços e o encarou.

– O que foi? – indagou ele. – Não estou usando a gravata.

– Mas o último botão da camisa ainda está fechado. Arrume isso e dobre as mangas até a altura do cotovelo.

– Claire...

– Nós fizemos seu encontro da sua maneira – disse ela. – E você concordou que desta vez iríamos fazer do meu jeito.

– Isso está passando dos limites – disse ele, e por um momento ela achou que ele fosse se recusar; mas por fim ele obedeceu.

– Está quase perfeito – declarou Claire, depois se aproximou dele, colocou-se na ponta dos pés para beijá-lo e desarranjou os cabelos dele.

– Por que fez isso? – perguntou ele, recuando um passo.

– É apenas o *look* de alguém que parece ter acabado de sair da cama. O que o deixa muito sexy – acrescentou ela. – Como você estava em Capri.

Ele exibiu um sorriso predador.

– Então, se você acha que estou sexy...

– Vamos adiar isso – comentou ela. – Porque primeiro vamos nos divertir.

HAVIA UM lado mandão de Claire, Sean pensou, que ele nunca tinha visto antes. A ideia de ceder o controle... Não era dessa forma que ele costumava fazer as coisas.

– Este é seu carro? – Ele olhou para o conversível rosa-shoking que estava estacionado do lado de fora da casa dele. – Ah, você está brincando.

– O que há de errado com meu carro? – Ela abriu a porta do lado do motorista.

O que havia de errado com o carro dela? Por onde ele deveria começar?

Sean fechou os olhos.

– Ah, eu sei, eu sei, seguir a maré. – Ele resmungou e abriu os olhos novamente. – Mas, Claire, rosa-shoking? É sério?

Finalmente ela teve piedade dele.

– Peguei emprestado com uma amiga. Não tenho um carro no momento.

– Então, poderíamos ir no meu – sugeriu ele, esperançoso.

– Não... Vamos fazer isso da minha maneira. – Ela lhe deu mais um daqueles sorrisos insolentes. – Na verdade, minha amiga quer vender o carro. Eu estava pensando em comprar dela.

Ele fez uma careta, mas não disse nada.

– Muito sábio, Sean, muito sábio – provocou ela.

Claire prendeu o cabelo com um lenço, acrescentou um par de óculos escuros que a faziam parecer incrivelmente sexy. Quando entraram no carro, ela baixou o capô, conectou o MP3 player e começou a cantar músicas pop dos anos sessenta. Pior ainda, ela o fez cantar junto; e Sean ficou surpreso em descobrir que conhecia a maioria das músicas.

No momento em que chegaram a Brighton, ele parou de ficar embaraçado pela altura do som e passou a cantar o refrão de todas as músicas favoritas dela.

– Brighton – disse ele.

– Isso. Hoje ficaremos na beira da praia – falou ela, em tom alegre.

– E isso não foi planejado?

Ela girou os olhos nas órbitas.

– Não seja ridículo... Você não planeja coisas como ir à beira do mar. Você segue seu coração e se *diverte*.

Ela estacionou o carro, tomou-o pela mão e eles foram até a beira do mar.

Aquilo era tão diferente do que ele estava acostumado a fazer em um sábado. Ele poderia se sentar no jardim... Vigiando o homem que ele pagava para aparar a grama, exterminar as ervas daninhas e fazer a área parecer organizada... Mas na maioria das vezes estaria em seu estúdio, trabalhando. Ele não poderia nem mesmo se lembrar da última vez que fora à praia. Com uma de suas namoradas, talvez, mas ele não tinha prestado muita atenção.

Mas, com Claire, ele estava definitivamente prestando atenção.

– Esses seus shorts são realmente curtos. – E isso o fez querer tocá-la.

Ela apenas riu.

– Eu tenho pernas bonitas… Posso muito bem mostrá-las antes que elas fiquem enrugadas quando eu estiver velha.

– Você é... – Ele se interrompeu e meneou a cabeça.

– Sou o quê, Sean?

– Muitas coisas – declarou ele. – Metade delas eu não ousaria dizer no momento.

Claire deu risada e o levou até o píer. A fila para entrar no parque de diversões estava enorme.

– Você não comprou os ingressos antes?

Ela revirou os olhos.

– A fila é parte da diversão.

– Como? – retrucou ele. Em sua opinião, filas era uma perda de tempo. Se algo valesse a pena ser visitado, você compraria ingressos pela internet; além disso, estaria usando o tempo com mais sabedoria.

– Expectativa – disse ela. – Vai valer a pena esperar.

Ele não estava tão certo, mas concordou em seguir os planos dela.

– Está bem.

E entraram na fila da montanha-russa.

– Achei que você detestasse altura.

– Detesto, mas vai valer a pena se isso relaxar você um pouco – revelou ela. – Isso vai aprimorar o tempo que você passa fazendo negócios, porque vai olhar para as coisas com uma perspectiva diferente.

Ele não estava tão empolgado com o parque, mas para o bem dela fingiu estar se divertindo.

Compraram algo rápido para comer e seguiram para a praia mais próxima.

– Tire os tênis – disse ela, removendo seus próprios sapatos. – E dobre a barra do jeans.

– Você é tão mandona – resmungou ele.

Ela exibiu um largo sorriso.

– A recompensa valerá a pena.

– Que recompensa?

Ela piscou um dos olhos para ele.

– Espere para ver.

Sean teve de admitir que era bom caminhar à beira-mar com ela, os sapatos em uma das mãos e a outra na mão dela. O som das ondas se quebrando, as gaivotas guinchando, o aroma do ar salino e o calor da luz do sol na pele. Ele nunca tinha se sentido mais vivo.

Isso deve ter refletido na expressão de seu rosto, porque ela disse em tom suave:

– Eu lhe disse que iria valer a pena.

– Aham. – Sean sorriu para Claire. – E por falar em recompensas…

Ele inclinou-se para a frente e a beijou. Mas o que começou como um doce e leve roçar de lábios se transformou em algo intenso.

Sean se afastou, lembrando-se de que estavam em um local público e com famílias ao redor.

– Claire. Precisamos...

– Eu sei. – Os dedos dela se apertaram ao redor da mão dele. – E foi isso que eu desejei o dia inteiro. Que você relaxasse, apenas um pouco, e se divertisse comigo.

– Eu *estou* me divertindo – afirmou ele, meio surpreso pela própria admissão.

– Ótimo. – A expressão do rosto dela se suavizou e isso o fez querer beijá-la novamente... Mais tarde, ele prometeu a si mesmo.

Quando terminaram de caminhar, tiveram de voltar pela calçada a fim de se secar... Claire claramente não tinha pensado em trazer uma toalha... E então ela disse:

– É hora do chá da tarde. E tenho algo muito especial em mente.

– Certo.

Ele não se importava em seguir o ritmo das coisas por um tempo, principalmente quando isso significava estar de mãos dadas com ela. Era um enorme prazer só caminharem juntos.

Conforme entravam na cidade, ele viu a exótica construção abobadada de Royal Pavilion.

Mais uma fila, pensou com um suspiro. Era uma das maiores atrações turísticas da área. Novamente, se ela tivesse planejado eles poderiam ter comprado os ingressos on-line em vez de ter de enfrentar uma fila. Ele detestava perder tempo daquele jeito.

Mas, quando se aproximaram, ele percebeu que havia algo estranho. Não tinha fila.

Uma nota do lado de fora do Pavilion informava que o edifício estava fechado por causa de uma manutenção urgente. Apenas naquela semana.

Sean estava prestes a dizer a Claire que, se tivesse planejado essa viagem antes, então saberia sobre o fechamento e eles não teriam ficado desapontados.

– Ah – ela falou, com a voz alegre. – Tenho certeza de que poderemos encontrar um bom local para tomar nosso chá.

Mas as lojas de chá estavam cheias de turistas que haviam tido exatamente a mesma ideia. Haveria filas.

– Desculpe. Isso é, hum, um pouco desastroso – disse ela.

Sim. Mas ele não iria fazê-la se sentir pior ao concordar com ela.

– Você apenas seguiu seu coração – declarou ele. – Talvez possamos ir a uma sorveteria em vez de uma loja de chá.

– Talvez – falou ela, embora ele visse que ela estava desapontada.

Eles caminharam pela parte histórica da cidade, espiando pelas janelas das lojas antigas e por fim encontraram uma loja de chá que tinha espaço em uma mesa.

Após apreciarem um chá, eles fizeram uma última caminhada na praia, depois Claire os levou para casa.

– Posso deixá-lo na sua casa ou você gostaria de jantar comigo? – indagou ela.

Sean sabia o que ela queria ouvir.

– Eu acho que vou deixar as coisas acontecerem.

O sorriso dela foi uma verdadeira recompensa.

– Então não vamos para casa pela estrada – observou ela. – Vamos encontrar um pequeno pub country onde poderemos jantar.

Mas todo pub em que eles pararam não servia refeições nas tardes de domingo.

– Não posso acreditar – desabafou ela. – Quero dizer... É o verão. A época em que há mais turistas. Por que nenhum deles iria servir comida nas tardes de domingo?

Sean não tinha coragem de perguntar por que ela não havia planejado melhor.

– Volte pela estrada – disse ele. – Vamos pegar uma refeição para viagem em Londres.

– Sinto muito. Ainda assim, pelo menos poderemos baixar o capô do carro e apreciar o sol no caminho de casa – sugeriu Claire. – Eu sinto muito. Isso não deveria ter acontecido – declarou, mordiscando o lábio inferior.

– Então, estamos literalmente deixando as coisas acontecerem. – Sean observou e beijou-a.

– Por que isso? – indagou ela.

– Por admitir que você nem sempre está certa. – Ele roubou mais um beijo. – E também porque essa camiseta está linda em você.

– Por que está molhada, você quer dizer? – Ela revirou os olhos. – Homens.

Sean sorriu.

– Na verdade, eu quis alegrá-la um pouco.

– Porque hoje foi um desastre total.

– Não, não foi. Eu gostei do mar.

– Mas nós não fomos ao Pavilion, eu não pude encontrar um lugar para jantarmos e nós nos ensopamos. – Ela suspirou. – Se eu tivesse feito as coisas da sua maneira, tudo teria sido diferente.

– Mas, quando planejei nosso encontro, nós terminamos apressando as coisas e foi um desastre também – lembrou ele, em tom suave. – Acho que ambos podemos aprender algo desta situação.

– Que às vezes você precisa planejar as coisas em sua vida pessoal? – sugeriu ela.

– E às vezes você precisa seguir o coração – completou ele. – É uma questão de compromisso.

– Isso funciona para mim também. Compromisso. – Ela falou com um sorriso.

No caminho de volta a Londres, ele indagou:

– Então você está pensando seriamente em comprar esse carro?

– O que há de errado nele?

– Além da cor? Eu estava pensando, não é muito prático para carregar vestidos de noiva.

– Não preciso de um carro para isso. Contratando uma van para os casamentos – declarou ela.

– Então por que você não tem carro? – quis saber ele.

– Eu moro e trabalho em Londres, então não preciso realmente de um carro... O transporte público funciona bem.

– Você precisou de um carro hoje para nos levar a praia – observou ele.

– Não necessariamente. Poderíamos ter ido de trem – disse Claire.

– Mas então você não poderia cantar suas músicas durante todo o caminho até Brighton.

– E nós não teríamos nos molhado no caminho de casa – concordou ela.

– Realmente precisamos despi-la dessas roupas molhadas – declarou ele. – E meu apartamento é mais perto que o seu.

– Bem observado – concordou ela, e seguiu na direção que levava ao apartamento dele.

Sean teve o grande prazer de livrá-la das roupas molhadas do lado de fora do chuveiro, depois ensaboá-la debaixo da água quente. Quando terminaram, ele colocou as roupas dela na secadora enquanto ela se enxugava. E em seguida ele teve o prazer maior ainda de erguê-la nos braços, carregá-la até a cama e fazer amor com ela até que ambos ficassem zonzos.

Mais tarde, ela estava aquecida e doce nos braços dele. Sean afastou o cabelo que lhe caía sobre o rosto delicado.

– Você iria me contar sobre o porquê não se tornou uma médica.

– Apenas não era o que eu queria fazer – disse ela.

– Mas você se inscreveu no curso de medicina na universidade.

Ela se apoiou em um dos cotovelos para encará-lo.

– Era o sonho do meu pai, não meu. É um pouco difícil resistir à pressão dos pais quando você tem dezesseis anos. Principalmente quando seu pai é um pouco superprotetor. – Ela enrugou o nariz. – Felizmente eu percebi a tempo que você não pode viver o sonho de outra pessoa. Então, recusei a oferta e me inscrevi novamente no curso de moda.

Sean podia ver a dor nos olhos dela e puxou-a para mais perto.

– Então o que a fez perceber que você não queria ser médica?

– Minha mãe – suspirou Claire. – Ela tinha apenas trinta e sete anos quando morreu, Sean. – Lágrimas encheram os olhos dela. – Na última semana de vida dela, quando estávamos segurando a mão dela no leito, ela me disse para seguir o meu sonho e fazer o que meu coração me dizia que era a coisa certa a se fazer.

O que claramente não tinha sido medicina.

Sem saber o que dizer, ele apenas lhe afagou o cabelo.

– Mesmo quando pequena, eu costumava desenhar vestidos. Meu pai dizia que estilistas ganhavam pouco e ser médica significava que eu iria ter um bom trabalho para o resto da vida. – Ela suspirou. – Eu sei que ele apenas queria o melhor para mim. Ele teve uma criação difícil e não queria me ver lutando para ganhar dinheiro da forma como ele quando jovem. Mas o sonho de medicina era *dele*, não meu. Ele disse que eu poderia fazer os vestidos nas horas vagas... Mas não havia chance de eu ter horas vagas, não considerando o tanto que os médicos trabalham. Era tudo ou nada. – Ela fez uma careta. – Tivemos uma briga intensa por causa disso. Ele disse que eu estaria perdendo tempo se estudasse moda e me deu um ultimato. Se eu estudasse medicina, ele iria me bancar durante a universidade; mas se escolhesse moda, ele iria me expulsar de casa até que eu voltasse a ter bom senso.

Isso soou como as palavras de um homem assustado, Sean pensou. Um homem que queria o melhor para a filha e não sabia como dizer isso a ela. E disse a coisa errada para uma adolescente que tinha acabado de perder a pessoa que mais amava no mundo. Ele não estava lidando muito bem com a situação. Provavelmente porque estava no mesmo barco.

– É um ultimato e tanto – disse Sean, tentando encontrar as palavras que não fariam Claire pensar que ele a estava julgando.

– Foi muito ruim na época. – Ela deu uma pausa. – Eu conversei com sua mãe sobre isso.

Ele ficou surpreso.

– Minha mãe?

Claire assentiu com a cabeça.

– Ela foi adorável… Sua mãe sabia que eu estava saindo dos trilhos um pouco e tinha começado a beber para fugir da dor de ter perdido minha mãe, então ela me acolheu sob suas asas.

Exatamente o que Sean teria esperado da mãe. Então ele descobriu por que ela foi tão insistente quando disse que ele teria de cuidar de Claire na noite do aniversário de dezoito anos de

Ashleigh. A mãe conhecia a história inteira. E sabia que podia confiar em Sean para fazer a coisa certa. Cuidar de Claire quando ela precisasse.

Claire sorriu amargamente.

– A bebida também foi a pior coisa que eu poderia ter feito aos olhos do meu pai, porque o pai dele costumava beber e jogar. Acho que isso foi parte da razão de eu ter feito isso, porque queria deixá-lo tão irritado por ele ter me deixado. Mas sua mãe me disse que minha mãe iria odiar ver o que eu estava fazendo da minha vida e me fez enxergar que meu comportamento não iria melhorar a situação. Eu disse a ela que minha mãe tinha me pedido para seguir meu sonho, e ela me perguntou o que eu realmente queria fazer com minha vida. Mostrei meus desenhos e ela me disse que minha paixão por moda deveria ser explorada, e seria uma pena se eu ignorasse meus talentos. – Ela sorriu. – E depois conversou com meu pai. Ele ainda não achava que desenhar vestidos fosse uma carreira estável... Ele queria que eu tivesse o que ele achava que seria um "emprego adequado".

– Ele ainda pensa assim? – quis saber Sean.

– Ah, sim. E ele me diz isso também, muitas vezes – declarou Claire, soando magoada e irritada ao mesmo tempo. – Quando saí da loja onde eu trabalhava depois de ter me graduado, ele entrou em pânico que eu não fosse capaz de administrar um negócio sozinha. Ele queria que eu voltasse para a universidade.

– E estudasse medicina?

– Sim, porque então eu definitivamente teria um emprego pelo resto da vida. – Claire enrugou o nariz. – Mas não é apenas pelo lado acadêmico das coisas. Claro, eu poderia ter cursado medicina. Mas meu coração não estaria nisso, e não seria justo com meus pacientes. – Ela suspirou. – E tive um problema de caixa no ano passado. Recebi alguns cheques sem fundo. Ainda tenho de pagar meus fornecedores pelos materiais e, hum... –

Ela hesitou. – Eu poderia ter pedido ao meu pai para me emprestar o dinheiro, mas depois ele iria me dar um grande sermão sobre pedir um depósito para minhas clientes e insistir no pagamento em dinheiro ou em uma transferência direto para minha conta. Mais uma vez, ele iria fazer com que me sentisse como se não acreditasse em mim e eu não fosse boa o bastante para me virar sozinha. Então eu, hum, vendi meu carro. Isso me impediu de falir.

– E você mudou a maneira como recebe os pagamentos?

Ela assentiu com a cabeça.

– Admito que aprendi da maneira mais difícil. Hoje em dia peço o pagamento por etapas. Mas não há nenhum problema. E papai não sabe sobre isso, então evitei o sermão. – Novamente, Sean podia ver o flash de dor nos olhos dela. – Eu apenas queria que meu pai acreditasse mais em mim. Meu avô e a tia Lou acreditavam em mim. Assim com Ash.

– E eu também – afirmou Sean.

Ao ver o olhar surpreso de Claire, ele disse com a voz baixa:

– O vestido do casamento de Ashleigh me convenceu. Admito, tive minhas dúvidas sobre você. Principalmente quando perdeu o vestido. Mas depois você apareceu com uma solução... E, quando o vestido original foi encontrado, pude ver o quanto você era talentosa. Minha mãe estava certa sobre você, Claire. Sim, você poderia ter sido uma médica muito competente, mas teria ignorado seus talentos... E isso teria sido uma pena.

Os olhos dela cintilaram com as lágrimas.

– Vindo de você, isso é um elogio e tanto. Obrigada.

– Você fez a coisa certa, seguiu seus sonhos.

– Sei que sim. E estou feliz fazendo o que faço. Nunca vou ser rica, mas recebo bem pelo o que faço... E isso é importante. – Ela deu uma pausa. – Mas e quanto a você, Sean? E quanto aos seus sonhos?

– Estou vivendo-os – respondeu ele, automaticamente.

– Mas suponha que a fábrica de doces não existisse – persistiu ela. – O que você faria?

– Começaria outra fábrica, eu acho – disse ele.

– Então fazer doces é realmente seu sonho?

Ela não parecia acreditar nele.

– É claro que é meu sonho. O que há de errado com isso? – quis saber ele.

– Você é a quarta geração a administrar os negócios, Sean – observou ela, em tom suave. – Você tem um enorme senso de família, herança, integridade e dever. Mesmo se não quisesse fazer isso, você não teria abandonado o negócio da sua família. Jamais.

Ele ficou chocado por ela conseguir lê-lo com tanta precisão. Ninguém mais jamais tinha feito isso. Ela não estava julgando; estava apenas relatando os fatos.

– Gosto do meu trabalho – protestou ele.

Ele gostava mesmo.

– Não estou dizendo que você não goste – falou ela. – Só estou lhe perguntando qual é seu sonho?

– Estou vivendo-o – repetiu Sean.

Contudo, se ele fosse realmente honesto, sentia pressão para manter os negócios fluindo da mesma maneira que o pai sempre fez. Depois que os pais morreram no acidente, ele precisou manter as coisas estáveis para todos os que trabalhavam nos negócios.

Ele esteve tão ocupado administrando os negócios. E depois, quando provou à sua equipe e competidores que era mais do que capaz de administrar bem os negócios, ficou tão ocupado garantindo que as coisas ficassem daquela maneira que não teve tempo de pensar no que queria de verdade.

Justamente antes do acidente dos pais, ele trabalhava em alguma ideia nova. Algo que teria sido sua contribuição aos negócios da família. Ele amava fazer pesquisa e trabalho de desenvolvimento. Mas teve de arquivar isso depois do acidente, e nunca tinha tempo de voltar para suas ideias. O pensamento o fez se sentir desconfortável.

Sean pretendia pedir a Claire para ficar aquela noite; mas no momento precisava de alguma distância para recuperar o equilíbrio.

– É melhor eu ver se suas roupas estão secas.

Estavam. Então era fácil sugerir o preparo de uma bebida gelada enquanto ela se vestia para dar uma dica de que era o momento de ela ir para casa.

Sean deixou-a caminhar até a porta sem lhe dar um beijo de boa-noite.

E passou o restante da noite acordado, miserável e arrependido. Ela o pressionara e ele fizera o que sempre fazia e se afastara, sem querer que ela se aproximasse demais.

Mas as palavras dela se repetiram por várias e várias vezes em sua mente. *Qual é seu sonho?*

O problema era que nem sempre se pode seguir os sonhos. Não se você tem responsabilidades e outras pessoas dependem de você.

Todos têm um sonho, Sean.

O que ele realmente queria?

Sean sentou-se à mesa, fitou o jardim através da janela, mas estava muito escuro para que enxergar qualquer coisa. Depois cerrou os dentes, voltou-se para o computador e abriu um arquivo.

Sonhos eram um luxo. E ele tinha um negócio para administrar. Os sonhos poderiam esperar.

CAPÍTULO 10

SEAN PASSOU o dia seguinte incapaz de se concentrar.

O que era ridículo, porque nunca, jamais, deixou alguma de suas namoradas distraí-lo do trabalho.

Mas Claire Stewart era diferente, e ela entrava em sua mente de forma que ninguém mais conseguiu antes. Ele definitivamente não iria permitir que ela fizesse isso, mas, ao mesmo tempo, estava acontecendo... E ele não sabia o que fazer a respeito.

Em parte, queria telefonar para ela porque queria vê-la; e em parte estava assustado porque ela o fazia olhar para coisas em sua vida que ele preferia ignorar.

E ele ainda não conseguia afastar as palavras de sua mente. *Todos têm um sonho, Sean.* Qual era seu sonho?

Sean ainda não tinha decidido o que iria dizer a ela naquela noite, então se enterrou no trabalho. E notou que ela também não telefonou. Isso significava que ela também pensava que o envolvimento entre os dois estava se tornando realmente ruim e eles deveriam interrompê-lo?

Então, na manhã de terça-feira, sua assistente lhe trouxe uma caixa branca.

– O que é isso? – indagou ele.

Jen deu de ombros.

– Não tenho ideia. Apenas me pediram para lhe entregar.

Não havia cartão com a caixa. Ele franziu o cenho.

– Quem comprou isso?

– Uma mulher loura. Ela não deu o nome. Apenas disse que você saberia de quem seria o presente – disse Jen.

Sean sentiu o coração parar de bater por um segundo.

Claire.

Mas se Claire tinha realmente vindo à fábrica e deixado a caixa, por que não entrou para vê-lo?

Ou talvez ela pensasse que ele fosse se recusar a vê-la. Eles não tiveram exatamente uma briga na noite de domingo, mas ele precisava reconhecer que as coisas estiveram um pouco tensas quando ela partiu.

E ela não tinha dito algo sobre não mandar flores a ele e também sobre o fato de não poder comprar chocolates para um doceiro?

– Obrigado. Tenho uma boa ideia de quem seja o presente – disse a Jen, e esperou até que ela fechasse a porta ao sair antes de abrir a caixa.

Claire tinha lhe comprado um bolo.

Não apenas um bolo... O bolo de limão mais maravilhoso que ele já tinha provado na vida.

Ele cedeu e telefonou para ela.

Claire respondeu depois de três toques.

– Um Sonho de Vestido, aqui é Claire.

– Obrigado pelo bolo – disse ele.

– O prazer foi meu.

– Por que não entrou na minha sala?

– Sua assistente disse que você estava em uma reunião, e eu não tinha tempo de esperar até que você estivesse livre.

– Justo. – Ele fez uma pausa. Sean sabia o que precisava dizer e era homem o bastante para isso. – Claire, eu lhe devo um pedido de desculpa.

– Pelo quê?

– Por ter lhe dispensado na noite de domingo.

– Aham.

Ele suspirou, adivinhando o que ela queria que ele dissesse.

– Ainda não posso responder sua pergunta.

– Não pode ou não vai?

– Um pouco dos dois, para ser sincero – declarou ele.

– Certo. Está ocupado esta noite?

– Por quê? – perguntou ele.

– Achei que poderíamos sair para nos divertir um pouco. Você pode me encontrar na minha loja?

– Claro. Às 19h está bom para você?

– Sim. Não coma – disse ela. – Porque poderemos comprar alguma coisa no caminho. – Claramente ela queria levá-lo para uma caminhada em algum lugar.

– Jeans e tênis está bom? – verificou ele.

– Você pode usar terno e sapatos... O que quiser, contanto que possa caminhar meia hora e ainda se sentir confortável.

Quando Sean apareceu na loja às 19h em ponto, Claire estava usando um vestido azul-marinho e sapatilhas. O cabelo estava preso em um rabo de cavalo com seu lenço preferido.

Eles caminharam por Camden Lock, compraram um hambúrguer e compartilharam algumas polentas fritas, depois rumaram para o canal em direção a Regent's Park. Ele nunca havia explorado a área antes, e era uma caminhada surpreendentemente bonita.

– Adoro caminhar por aqui. Este lugar é incrível... É a maior coleção de rosas em Londres – contou a ele.

– É inacreditável – disse Sean.

– Você precisa tirar um tempo para fazer coisas desse tipo, Sean, ou vai perder muita coisa.

Ele sabia que ela estava certa.

– Sim – concordou ele, em tom suave, e puxando-a para os braços, beijou-a.

– Fez isso para me calar? – indagou ela quando ele interrompeu o beijo.

– Não... É porque você é irresistível.

Ela claramente não sabia o que dizer porque isso a silenciou.

Caminharam de volta ao longo do canal para Camden, de mãos dadas, depois ele comprou duas taças de vinho e se sentaram do lado de fora, apreciando o anoitecer antes de voltarem para o flat de Claire.

– Quer entrar? – indagou ela.

– Acha que é uma boa ideia?

– Provavelmente não, mas estou pedindo mesmo assim.

– Provavelmente não – concordou ele. – Mas eu estou dizendo sim.

Eles se sentaram com as janelas e cortinas abertas e uma música suave tocando no ambiente; havia uma jarra de água gelada na mesa de café, e ela colocou fatias geladas de limão na jarra. Sean estava surpreso em ver o quanto ele se sentia à vontade ali.

– Está ficando tarde, preciso ir – falou ele . – Tenho reuniões logo pela manhã.

– Você não precisa ir – disse Claire. – Pode ficar. – Ela fez uma pausa. – Se quiser.

– Tem certeza?

– Sim.

Em resposta, ele fechou as cortinas e carregou-a até a cama.

NA MANHÃ seguinte, Claire despertou antes de o alarme tocar e se viu sozinha na cama. O lado onde Sean havia dormido estava frio. Ela ficou um pouco desapontada por ele nem mesmo tê-la acordado antes de partir ou deixado um bilhete no travesseiro. Contudo, ele dissera que teria reuniões logo pela manhã. Provavelmente despertou muito cedo e não quis perturbar o sono dela.

Naquele exato momento, Sean entrou no quarto, carregando uma bandeja com duas canecas de café e um prato de croissants.

– Café na cama, minha querida.

– Você saiu para nos comprar café? Isso é... É tão *adorável* – comentou ela, sentando-se na cama. – Mas realmente não precisava. Tenho frutas e iogurte na geladeira, além do mais há pão e granola no armário.

– Eu notei que há uma padaria na esquina. Achei que croissants poderiam ser bons, e estou com pouco tempo, então comprei café em vez de prepará-lo.

Sean sentou-se na cama e compartilhou os croissants com ela.

– Você pensou que eu tivesse ido embora sem me despedir, não pensou?

– Hum... Bem, sim – admitiu ela.

– Eu não faria isso com você. Deixaria ao menos um bilhete. – Ele terminou o café e beijou-a de leve. – Desculpe. Agora eu *realmente* preciso ir. Posso lhe telefonar mais tarde?

– Eu gostaria disso.

Claire se envolveu no roupão e o acompanhou até a porta antes de dar um beijo de despedida nele.

AMBOS FICARAM ocupados durante a semana, mas conseguiram trocar mensagens na sexta-feira.

Tem algum compromisso na hora do almoço?

Desculpe, mas tenho.

Está bem. Está ocupada depois do trabalho?

Por quê?

Estou tentando ser como você e planejar um encontro espontâneo.

Claire não pôde deixar de sorrir. Planejar algo e ser espontâneo eram coisas que realmente não combinavam.

Está bem.

Cinema? – sugeriu ele.

Depende. A pipoca está inclusa?

Pode estar... – respondeu ele.

Combinado. Hora e lugar?

Posso ir lhe buscar.

Ela queria manter ao menos um pouco de sua independência.

É melhor eu encontrá-lo no local. Isso poupará tempo.

Certo. Vou verificar os filmes e lhe mando uma mensagem dizendo sobre o horário e o local.

Claire esperava que ele fosse escolher algum suspense, mas quando chegou ao cinema e o cumprimentou com um beijo descobriu que ele tinha optado por um romance.

– Isso é para me satisfazer? – quis saber ela.

– Eu já vi esse filme antes. Os atores são muito bons – disse ele.

– Então você sabe tudo sobre filmes, hum? – provocou ela, mas ficou feliz por ele ter escolhido um filme que seria do seu agrado.

Eles se sentaram na última fileira, de mãos dadas, e Claire apreciou o filme durante todo o tempo. Mais tarde, de volta ao apartamento de Sean, estavam abraçados na cama quando Sean disse:

– A reunião foi difícil hoje.

– Não foi como você esperava?

– Não. Precisamos repensar nos negócios.

– Sempre pensei que os corações de caramelo fossem os preferidos das noivas. É o tipo de coisa sobre a qual minhas clientes sempre me perguntam, porque nem todos gostam de amêndoas açucaradas.

– O preferido das noivas? – indagou ele.

– Aham... Os corações podem ser envolvidos em papel prateado ou dourado para servirem de lembrancinhas.

Ele assentiu com a cabeça.

– Bem pensado, Claire. Obrigado. Eu nem mesmo tinha considerado essa ideia.

– Então por que o grupo não gostou dos caramelos? Eu os achei fabulosos.

– É um desvio muito grande do centro dos negócios. Farrell tem produzido balas de caramelo por gerações. Não estamos realmente associados com chocolates, a não ser pelos corações de caramelo... Que foram ideia da minha mãe.

– Está pensando em parar de fabricar balas, então?

– Sim e não – disse ele. – O que quero fazer é olhar para outros tipos de balas.

Ela franziu o cenho.

– Estou sendo obtusa? Porque balas são... Bem... Balas.

– A menos que estejam em algo – disse ele. – Pipoca caramelizada como a que você escolheu essa noite no cinema. Ou sorvete de caramelo.

– Você não estava concentrado no filme, estava? – indagou ela. – Estava pensando em trabalho.

– Na verdade estava pensando sobre você – confessou ele. – Mas a pipoca caramelizada me deu uma ideia. – Enrugou o nariz. – Se eu levar os negócios nessa direção, isso significaria comprar máquinas diferentes e arranjar uma equipe de treinamento especializada. Eu precisaria ter certeza de que o investimento iria valer o custo e a Farrell veria um bom retorno do dinheiro.

– A menos que você colaborasse com outros fabricantes... Alguém que já tenha uma fábrica apropriada e a equipe certa. Talvez você pudesse licenciá-los para produzirem seus bombons.

– É uma ótima ideia. E eu poderia fazer uma pequena lista de outros negociantes cujas ideias são as mesmas das dos Farrell. Pessoas que seriam grandes parceiros.

– Este é seu sonho, não é? – perguntou ela, em tom suave. – Manter sua herança… Mas colocar sua marca nos negócios.

– Acho que sim. Pesquisa e desenvolvimento sempre foram meu forte – admitiu ele. – Quero cuidar do desenvolvimento de diferentes sabores de balas e bombons. Algo diferente de menta ou laranja. Eu estava pensando em canela ou gengibre para o Natal, ou talvez edições especiais de corações de chocolate... E uma versão de creme e morango para o verão.

– É uma ótima ideia – comentou ela. – Talvez chocolate branco.

– E embalagens diferentes – completou ele.

– Você pode vendê-los em caixas pequenas e grandes – sugeriu ela. – Para pessoas que querem um mimo, mas não uma caixa grande.

Ele a beijou.

– Estou começando a pensar em contratá-la.

– Não daria certo... Estou acostumada a fazer as coisas do meu jeito e odiaria ter de seguir as regras de outras pessoas o tempo todo. Além do mais, não quero tê-lo mandando em mim, pois acho que acabaríamos brigando.

Sean enrugou o nariz.

– Não quero brigar com você, Claire... Gosto de como as coisas estão agora.

– Eu também – admitiu ela.

– Faça amor, não faça guerra... É um grande slogan, sabe.

Ela exibiu um largo sorriso.

– Apenas se for colocado em prática e não apenas dito, Sr. Farrell.

Ele deu risada.

– Posso captar uma indireta.

E então a beijou até que ela se sentisse zonza.

CAPÍTULO 11

AO LONGO das próximas semanas, Claire e Sean se tornaram mais próximos. Claire não conseguia ver Sean toda noite, mas conversava com ele todo dia e se viu bastante ansiosa para seus encontros. E mesmo nos dias em que as coisas eram frustrantes e se recusavam a dar certo, ou ela tinha uma cliente que mudava de ideia sobre o que queria ao menos duas vezes no dia, a situação não era tão ruim porque Claire sabia que iria ver Sean ou conversar com ele ao telefone mais tarde.

E ele a mimou ao levá-la a seus lugares preferidos... O museu Victoria e Albert. Ela o levou para ver suas peças favoritas de roupas, mostrou os tecidos, os formatos e a costura que inspirava alguns de seus modelos. Quando pararam para tomar um drinque gelado em uma cafeteira, ela o encarou.

– Desculpe. Você deveria ter me dito para eu me calar.

Ele sorriu.

– Na verdade, eu gostei muito.

– Mas eu estava dando uma aula, fazendo-o olhar para cada detalhe que deve tê-lo entediado.

– Você estava iluminada, Claire. Moda é sua paixão. E foi um prazer conhecer um pouco mais desse mundo – comentou ele. Sean alcançou a mão dela por sobre a mesa e levou-a aos lábios. – Nunca perca essa paixão.

Ele iria aceitá-la da maneira que ela era, Claire pensou com um súbito choque. O primeiro homem que ela namorou e que tinha visto quem ela era de verdade aceitou isso e a encorajou a fazer o que mais amava.

Em retorno, Sean deu a ela um tour da fábrica de doces. Ele a guiou através da fábrica, explicando os vários estágios de produção e permitindo que ela provasse diferentes produtos.

Estavam no meio do tour quando o gerente de vendas se aproximou de Sean.

– Sean, peço desculpas por interromper – disse ele, sorrindo para Claire. – Temo que estejamos enfrentando um problema.

– Ei... Não se importem comigo – declarou Claire. – Os negócios vêm primeiro. Posso fazer um tour a qualquer momento.

– Obrigada – falou Sean. – Qual é o problema, Will?

– Conversei com a imprensa mais cedo ao telefone, conversei sobre a aquisição da empresa – informou Will. – Expliquei que não está acontecendo e que Farrell está como antes, mas alguém claramente esteve espalhando dúvidas entre nossos maiores clientes, porque tenho recebido telefonemas. E um de nossos clientes em particular diz que quer conversar com você.

– Você é o gerente de vendas – observou Sean. – É tão capaz de lidar com isso quanto eu.

Will o encarou com desconfiança.

– Não aos olhos de Mel Archer.

– Ah. *Ele*. – Sean fez uma careta. – Claire, você se importa se Will terminar o tour com você?

– De forma alguma.

– Vou conversar com Archer e explicar a situação – informou Sean. – E eu vou deixar bem claro para ele que confio em minha equipe para fazer o trabalho bem-feito e ser proativa.

– Desculpe.

– Não é sua culpa – assegurou Sean. – Vejo você mais tarde, Claire.

Claire sorriu para ele.

– Não se preocupe. Vou aguardá-lo na recepção.

Will terminou de fazer o tour com ela e respondeu todas as perguntas. Incluindo aquelas que ela sabia que não deveria perguntar, mas não conseguiu se conter, pois era uma chance de ver o outro lado de Sean.

– Você trabalha para Sean há muito tempo? – indagou Claire a Will.

– Três anos – respondeu Will. – E ele provavelmente é o melhor patrão com quem já trabalhei. Ele confia em você para fazer o trabalho, mas está sempre por perto caso algo dê errado.

Então, seu empresário supereficiente gostava de ensinar pessoas e desenvolver a equipe. E isso era algo que ela sabia que Sean não iria lhe contar por si mesmo.

– Ele é um bom homem – falou ela.

QUANDO ASHLEIGH e Luke voltaram da lua de mel, convidaram Claire e Sean para verem as fotografias do casamento. Claire chegou à casa de Ashleigh trazendo champanhe e brownies. Sean já estava no local, e ela o cumprimentou friamente antes de escolher as fotografias das quais iria tirar cópia.

Pouco tempo depois, Sean ofereceu ajuda para o preparo do café.

– Eu fiz algo que a aborreceu? – indagou ele, em tom suave, quando estava sozinho com Claire na cozinha de Ashleigh.

– Não. – Claire franziu o cenho. – O que o fez pensar isso?

– Você pareceu um pouco fria comigo esta noite.

– Na frente de Ash, sim... Ela espera que eu seja civilizada com você. Se eu for gentil com você, ela vai descobrir que algo está acontecendo entre nós, e não quero que ela saiba sobre isso. – Claire inspirou profundamente. – Ela já me fez algumas perguntas, e eu disse que tivemos uma espécie de trégua em Capri, quando você percebeu que o desaparecimento do vestido não foi minha culpa, e você estava a um passo de ceder.

– Você disse a ela que eu estava *cedendo*?

Claire exibiu um largo sorriso.

– Ela apenas sorriu e disse que essa palavra não estava no seu vocabulário, e deu uma semana antes de começarmos a brigar um com o outro novamente.

Ele se aproximou.

– Eu definitivamente não estou cedendo, mas também não estou sendo rude. – Ele deu uma pausa. – Na verdade, prefiro beijá-la.

– Eu também – respondeu ela. – Mas ainda não estou pronta para contar a Ash.

– Então eu sou seu segredo?

– Por enquanto... E eu sou o seu – acrescentou ela.

No final da noite, Sean disse:

– Claire, está chovendo... Vou lhe dar uma carona até sua casa para que não fique ensopada.

– É uma trégua e tanto – falou Ashleigh, dando um olhar intenso para ambos. – Embora você não vá deixar Claire no apartamento dela enquanto a briga não terminar.

– Não vou brigar se ela não brigar – disse Sean. – Claire?

– Sem brigas, e obrigada por ter me oferecido uma carona.

Ashleigh semicerrou os olhos para ambos, mas não disse nada.

– Você tem alguma ideia do quão perto ficamos de sermos descobertos? – Claire indagou irritada no caminho de casa. – Tenho certeza de que Ash adivinhou.

– Qual é o problema de alguém saber sobre você e eu? – perguntou Sean.

– Ainda é cedo. E, na verdade, a menos que meu calendário esteja errado, você vai me dispensar nos próximos dias de qualquer maneira.

– Como chegou a essa conclusão?

– Porque, Sean Farrell, você nunca namora ninguém por mais de três semanas.

– Eu não dispensei minhas namoradas em exatamente três semanas de namoro – disse ele. – Isso é injusto comigo.

– Mas você as dispensou – persistiu Claire.

– Não, terminei com elas gentilmente e as fiz sentir como se fosse decisão delas – corrigiu ele.

– Quando na verdade foi sua decisão.

Ele deu de ombros.

– Se isso as faz se sentir melhor sobre a situação, qual o problema?

– Você é impossível.

Sean deu risada.

– Ashleigh disse que não chegaríamos ao seu apartamento antes de começarmos uma briga. Ela estava certa.

– Não estou brigando. Estou apenas relatando os fatos... E não ouse me beijar para me calar – avisou ela.

– Não posso beijá-la enquanto estou dirigindo – observou Sean. – Isso vai ficar para mais tarde.

– Você realmente é o homem mais irritante... – Incapaz de pensar em uma resposta apropriada, ela se calou.

– Além do mais, você ficaria entediada com um homem submisso.

– Você continua sendo impossível – resmungou ela.

– Sim – concordou ele, com alegria.

– E, com licença, você acabou de perder a rua da minha casa.

– Porque não vamos à sua casa. Vamos para a minha.

– Mas tenho uma noiva que vai chegar logo pela manhã de amanhã para tirar as medidas – protestou ela.

– Eu tenho um alarme, uma escova de dente nova, e vou levá-la para casa depois do café da manhã.

Claire suspirou.

– Você tem uma resposta para tudo.

– Para muitas coisas – corrigiu ele, e ela resmungou.

– Desisto.

– Ótimo.

Sean despiu-a devagar depois de trancarem a porta principal da casa, colocou as roupas dela na lavanderia e levou-a para a cama. E ele era fiel a suas palavras, pois lhe deu uma escova de dente nova, fez o café na manhã seguinte, assegurou-se de que as roupas dela estavam secas, depois a levou para casa.

Claire o beijou demoradamente no carro.

– Vejo você mais tarde. E obrigada pela carona.

ASHLEIGH APARECEU na loja de Claire na hora do almoço.

– Olá, estranha... Quanto tempo – provocou Claire. – Já faz o quê, doze horas?

– Vamos almoçar – disse Ashleigh. – Agora.

– Por que eu sinto que você vai me dar um sermão? – indagou Claire.

– Porque eu vou. Quando isso tudo começou?

Claire tentou parecer inocente.

– O quê?

– Você sabe perfeitamente o que estou dizendo. Você e meu irmão. E não negue. Ambos estão agindo de forma bem diferente um com o outro.

– Ele apenas me deu uma carona para casa ontem à noite – disse Claire, cruzando os dedos debaixo da mesa. Foi muito mais do que isso.

– Humm. – Ashleigh cruzou os braços e fitou-a nos olhos.

Claire enfim cedeu.

– Ash, ainda é cedo. E você conhece Sean. Provavelmente não vai durar.

– Por que não me contou?

– Porque quando tudo der errado não vou querer que nossa amizade sofra.

Ashleigh a abraçou.

– Nada poderia me impedir de continuar sua amiga.

– Sean também não quer que você se machuque – observou Claire.

Ashleigh revirou os olhos.

– Isso não vai acontecer, e não comece a agir de forma superprotetora comigo como meu irmão mais velho... Lembre-se de que sou mais velha que você.

– Está bem – cedeu Claire.

– Achei que alguma coisa estava acontecendo quando ele a ajudou a preparar o café. Depois, quando lhe ofereceu uma carona para casa, tive certeza – confessou Ashleigh.

– Ainda é muito, muito cedo – avisou Claire.

– Mas está dando certo.

– No momento. Ainda estamos brigando, mas é diferente agora. – Claire sorriu. – Sean não é tão neurótico com organização quanto eu pensei.

Ashleigh deu risada.

– Não com você por perto.

– E ele parou de me chamar de “srta. Caos”.

– Ótimo, porque você não é. – Ashleigh a abraçou novamente. – Eu não consigo pensar em ninguém que eu goste mais do que você para ser minha cunhada. Sempre a considerei como uma irmã.

– Não estamos juntos há muito tempo – alertou Claire. – Então não posso prometer nada.

– Eu acho que vocês farão bem um para o outro.

– Promete que você não vai dizer nada? Mesmo para Luke?

– É um pouco tarde para Luke – observou Ashleigh. – Mas não vou dizer nada para Sean.

– Obrigada. E você vai ser a primeira a saber se as coisas prosseguirem – garantiu Claire. – Ou quando nós terminarmos.

NAS DUAS semanas que precederam o desfile da coleção de vestidos de casamento, Claire esteve muito ocupada e quase não teve tempo para encontros. Sean aparecia na loja e trazia marmitas a fim de se assegurar de que ela se alimentasse durante a noite. Ele também a convencia a tirar intervalos antes que seus olhos começassem a doer, e fazia massagens em seus ombros doloridos.

Ainda que em parte Claire pensasse que ele estava apenas sendo um pouco superprotetor, estava grata pelo tratamento.

– Eu realmente aprecio isso, Sean.

– Eu sei, e você faria o mesmo por mim se eu tivesse um desfile – observou ele. – A propósito, estive conversando com alguns fabricantes sobre unir projetos e licenciá-los. Conversar com você realmente me ajudou a ver como eu queria que a empresa ficasse no futuro.

– Está seguindo seus sonhos?

– Talvez – disse ele, com um sorriso, e a beijou.

Na semana anterior ao desfile, Claire levou Sean para conhecer sua família... O pai, Jacob, a avó, a tia Lou e os primos. Ela certamente o havia mencionado para a família, porque eles pareciam saber quem ele era.

– Não sei se você viu o vestido que Claire fez para minha irmã, mas é absolutamente incrível – disse Sean a Jacob. – Ela é muito boa no que faz. E ama o que faz. Isso dá segurança às clientes. E é por isso que elas comentam sobre o trabalho de Claire com as amigas.

Jacob não disse nada, mas ergueu uma das sobrancelhas.

Sean decidiu não pressionar a situação... A última coisa que queria era que Jacob aborrecesse Claire sobre o assunto e abalasse a confiança dela àquela altura... Mas teve de esconder um sorriso quando viu o sinal de positivo que a avó de Claire e a tia lhe deram fora do raio de visão de Jacob.

Contudo, Sean ficou em silêncio enquanto levava Claire para casa.

– Sinto muito, Sean. Não deveria ter pedido para você conhecê-los... Ainda é muito cedo – disse ela, supondo que ele estivesse quieto por ter entendido a situação de forma completamente errada. – Mas é que, bem, todos eles virão para o desfile de vestidos e pensei que seria melhor se você os conhecessem antes.

– Não, foi bom conhecê-los – disse ele. – Gostei deles. – Sean queria sacudir o pai de Claire, mas julgou que essa não fosse a coisa mais tática a dizer.

– Eles gostaram de você... E papai o aprovou, e foi a primeira vez que isso aconteceu.

Ele não pôde esconder sua surpresa.

– Mesmo que eu tenha discutido com ele?

– Você me defendeu – disse ela. – E eu gostei. Acho que papai também. Mas ele é apenas um pouco... Difícil.

– Ele vai dar o braço a torcer no final – assegurou Sean. – Quando vir sua coleção de vestidos, vai entender.

– Dificilmente. Ele é homem. Então não está nem um pouco interessado nos vestidos – declarou Claire, mas, para o alívio de Sean, ela sorriu em vez de parecer aborrecida. – Eu só tenho de me lembrar de não permitir que isso me atinja.

– Você vai arrasar – disse Sean. – Venha. Vamos para a cama.

Ela sorriu.

– Achei que você nunca fosse pedir...

* * *

Na próxima semana, Claire trabalhou até tarde e fez mudanças de último minuto em alguns vestidos, e a única forma de Sean tirá-la do trabalho para jantar foi erguendo-a no colo e carregando-a para fora do ateliê.

– Você precisa comer para manter sua força, e não pode viver de sanduíches pela próxima semana – disse ele. – Ou vai ficar doente.

– Acho que você tem razão. – Ela inalou o aroma divino que provinha da sua cozinha. – Espere, você não comprou uma marmita.

– Não é nada de mais – falou Sean secamente. – Mas é comida caseira e há alguns vegetais.

– Sean, obrigada. Foi muito bom de sua parte fazer isso por mim.

– Imagina, e você sabe que faria o mesmo se eu estivesse me preparando para um grande evento, então não é nada de mais. – Ele a beijou suavemente. – Sente, minha dama, porque o jantar vai se servido em trinta segundos.

Mas quando estavam comendo, Sean notou que ela empurrava a comida para o lado.

– Minha comida é tão terrível assim? Você não precisa ser educada comigo... Deixe no prato se tiver odiado.

– Está maravilhosa. Estou apenas cansada. – Ela fez um esforço para comer.

Ele tentou distraí-la um pouco.

– Então, você tem um sonho de vestido?

– Na verdade, não – disse ela.

– Todos esses anos quando você esteve desenhando vestidos de casamento, você nunca desenhou um que quisesse para si mesma?

– Acho que isso iria depender de onde e quando eu iria me casar... Se fosse uma praia eu não usaria o mesmo vestido, véu ou sapatos que usaria em uma pequena igreja no campo no meio do inverno.

– Entendi – declarou ele. – E que tipo de casamento você iria preferir?

– Não sei.

Ele podia adivinhar por que ela não estava respondendo... Obviamente receava que ele pensaria que fosse uma indireta.

Sean tirou a mesa.

– Deixe-me lhe servir um café.

Claire exibiu um sorriso cansado.

– Obrigada. Um café seria ótimo.

Sean serviu duas canecas de café e as repousou sobre a mesa.

– É descafeinado – disse ele –, porque acho que você já vai ter dificuldade para dormir e a última coisa de que precisa é de cafeína.

– Acho que sim.

E Sean esperava que o que ele estava prestes a fazer fosse distraí-la para que ela dormisse em seus braços naquela noite e parasse de se preocupar tanto com o desfile.

Sean apanhou uma caixa que havia guardado na geladeira mais cedo... Uma caixa contendo uma mensagem muito importante.

Assim que ele pôs a caixa na mesa, Claire sorriu.

– Seria alguns de seus caramelos? Ou está tentando uma coisa nova?

– Abra a caixa e veja – convidou ele.

Claire o fez, e seus olhos se alargaram enquanto ela lia a mensagem. Quando olhou de volta para Sean, ele pôde ver o brilho de lágrimas nos olhos dela.

– *Sean*.

– Ei. Dizem que você deve declarar isso com flores, mas sei que você gosta de ser diferente, então pensei em dizer isso com chocolate. – Ele tinha congelado as letras: *Eu amo você, Claire*. – Ou talvez eu apenas precise dizer isso. – Sean engoliu em seco. – Nunca disse isso para ninguém. Amo você, Claire. Acho que provavelmente amo há anos, mas a ideia de permitir que alguém se aproximasse de mim me assustava demais. Sabe quando você me perguntou do que eu tinha medo? *Disso*. No fundo acho que eu tinha medo de perder minha companheira, como perdi meus pais, então foi mais fácil mantê-la a distância.

– Então, o que mudou? – perguntou Claire.

– Capri – respondeu ele. – Ver como você resolveu os problemas quando o vestido de Ashleigh desapareceu. E depois nossa dança. Eu não conseguia tirar os olhos de você, como diz a letra da música. Tentei dizer a mim mesmo que isso era apenas uma atração física, mas era mais. Muito mais.

– Ah, Sean. – Ela piscou para conter as lágrimas.

E ele não conseguiu se calar.

– E nessas últimas semanas, conhecendo-a melhor, pude ver como você realmente é. É divertida, corajosa e mandona e... Sabe quando me questionou sobre o que eu estava procurando em uma parceira? Posso responder isso agora. Estou procurando *você*, Claire. Você é tudo o que eu quero.

– Sabe, eu me apaixonei por você aos catorze anos, mas você era o irmão mais velho da minha melhor amiga, o que o deixava fora do meu alcance. E você sempre me fez sentir como se eu fosse um incômodo.

– Provavelmente você era quando adolescente.

Ela riu.

– Amo você, Sean. – Claire empurrou a cadeira para trás, contornou a mesa, abraçou-o e beijou-o. – Nas últimas semanas eu o conheci melhor e percebi que você não era bem quem eu pensava. Você não é controlador e cheio de regras.

– Não?

– Bem, talvez apenas um pouco... E você fica lindo de terno. – Claire sorriu. – Embora eu prefira quando você está de jeans desbotado e camisa branca com as mangas dobradas até os cotovelos. Isso o faz parecer muito mais acessível.

– Vou me lembrar disso – disse ele.

Sean podia ver que ela estava tão cansada que nem mesmo teria energia para apreciar o café. Então, carregou-a até a cama e permitiu que ela dormisse em seus braços. Ele não estava pronto para dormir ainda; mas foi bom se deitar no escuro com ela nos braços e refletir. O fato de ela sentir o mesmo por ele era incrível. Então, talvez, apenas talvez, aquele caso pudesse dar certo.

CAPÍTULO 12

NA MANHÃ do desfile, Claire se levantou antes das 6h e verificou as coisas em sua lista de afazeres.

Então o celular dela. Sean não podia dizer muita coisa pelo final da conversa de Claire, mas o rosto dela estava pálido, e isso lhe dizia que algo estava errado.

Quando ela encerrou a ligação, soltou um forte suspiro.

– Desculpe. Vou ter de abandoná-lo e fazer uma centena de telefonemas.

– O que aconteceu?

– É a agência de modelos. – Claire fechou os olhos por um momento. – Parece que seis homens que contratei através da agência são muito amigos. Eles saíram para um jantar na noite passada e passaram mal com a comida e não vão poder desfilar.

– Então a agência vai mandar outros modelos?

Claire meneou a cabeça.

– Todos os modelos estão ocupados ou fora do país. Eles disseram que sentem muito por terem me decepcionado, mas que a situação está além do controle deles e é claro que vão me devolver o pagamento. – Ela deu uma pausa. – Só terei de consultar minha agenda e implorar alguns favores e esperar encontrar seis homens dispostos a desfilar.

Sean passou o braço ao redor do corpo dela e a abraçou.

– Você precisa encontrar cinco homens apenas. Eu vou desfilar.

Ela o encarou como se as palavras ainda não tivessem entrado em sua mente.

– *Você?*

– É.

– Você! – repetiu ela, parecendo incrédula.

– É tão difícil me ver como um modelo? – indagou ele, em tom irônico.

– Não, nem um pouco. Você ficaria fabuloso com as roupas. Mas é que... É uma coisa pública, desfilar com todos encarando-o, e é tão longe do que você normalmente faz que pensei que você fosse achar muito embaraçoso ou estranho ou... – Ela se interrompeu. – Ah, meu Deus, Sean. Você realmente faria isso por mim?

– Sim – falou ele, com firmeza.

– Obrigada. – Ela o abraçou com força. – Isso significa que terei de encontrar apenas cinco homens.

– Vou encontrá-los para você – prometeu ele. – Acho que podemos contar com Luke e Tom, e tenho alguns outros conhecidos em mente. Apenas me diga os tamanhos que você precisa e irei telefonar para eles e resolver o problema.

– Sean, tem certeza sobre isso?

– Sim – confirmou ele. – Agora vá tomar um banho enquanto eu preparo o café.

Claire o abraçou novamente.

– Eu já lhe disse o quanto você é maravilhoso? Há cinco minutos meu mundo parecia ter desabado, e agora...

– Ei... Você faria o mesmo por mim – observou ele.

Meia hora depois, Sean estava com tudo arranjado. Luke e Tom concordaram de imediato, além do sócio de Tom. Sean telefonou para o melhor amigo e seus gerentes de vendas na fábrica, e todos concordaram em encontrá-lo no desfile duas horas antes do início para que Claire pudesse fazer qualquer ajuste necessário nos ternos.

Depois ele fez Claire se sentar e tomar o café da manhã, antes de ajudá-la a guardar todos os vestidos na van que tinham contratado.

– Tem certeza de que pegamos todos os vestidos de casamento? – indagou ele, antes de fechar as portas da van.

– Sim.

Sean beijou-a de leve.

– Vai dar tudo certo, Claire. Apenas respire e verifique sua lista.

Claire sorriu e verificou a lista.

– Está tudo certo. Estamos prontos para ir.

O salão do desfile estava lotado de pessoas. Claire se ocupou tirando medidas dos modelos e fazendo ajustes; depois, quando as modelos chegaram, ela explicou a situação e pediu para que ensinassem os homens a desfilar.

Enquanto Claire fazia os últimos ajustes nos vestidos, Sean perguntou:

– Está tudo bem?

– Sim. – Claire sorriu para ele. – Você é incrível e eu o amo. Agora vá aprender a desfilar.

TODOS OS vestidos eram de tirar o fôlego. As mãos de Claire tremiam visivelmente. Agarrando as mãos de Claire, Ashleigh declarou:

– Respire. Dará tudo certo.

– As roupas são incríveis – acrescentou a avó de Claire.

– Você vai surpreender o público – encorajou a tia Lou, dando-lhe um tapinha no ombro.

Apenas Jacob estava em silêncio, mas Claire não esperava nada do pai; sabia que desfiles de moda não eram do gosto dele.

O fato de ele ter vindo significava que estava do seu lado desta vez... certo?

Mas finalmente o desfile começou. A coleção de Claire foi a primeira. Os modelos se apresentaram em um grupo de cada vez: a noiva, o noivo e as damas de honra. Outono. Inverno. Primavera. Verão. Sean, estava maravilhoso em um terno feito sob medida; Claire sentiu o coração perder uma batida quando ele captou seu olhar e sorriu para ela.

Enfim, toda a coleção foi mostrada. Claire notou a música, as luzes... E aplausos?

– Você conseguiu, amor – declarou a avó, e a abraçou. – Ouça os aplausos de todos. Eles a acham fantástica, tão fantástica quanto nós.

– Conseguimos. – Claire tremia com uma mistura de alívio e adrenalina.

Naquele instante uma mulher se aproximou de Claire.

– Claire Stewart? – indagou ela.

Claire ergueu os olhos.

– Sim.

– Pia Verdi – apresentou-se a mulher, entregando um cartão de visita.

Os olhos de Claire se alargaram enquanto ela olhava o nome de uma das maiores fabricantes de vestidos do país.

– Gostei do que vi e gostaria de conversar com você sobre desenhar uma coleção para nós – disse Pia. – Obviamente você está com sua agenda agora, mas telefone para minha assistente na segunda-feira de manhã e marcaremos uma reunião.

– Obrigada… Eu adoraria – falou Claire.

Minutos depois, Sean entrou na sala e, erguendo-a no colo, girou-a até que ela começasse a rir.

– Nós conseguimos, Sean.

– Eu, não. Foi você quem desenhou aqueles trajes incríveis.

– Mas você me ajudou quando precisei. Muito obrigada. – Ela entregou o cartão de visitas a ele. – Olhe quem quer conversar comigo na próxima semana.

– Eles estão lhe oferecendo um emprego? – perguntou ele.

– Melhor do que isso... Estão me pedindo para conversar com eles sobre desenhar uma coleção. Então, meu nome seria publicado, mais ainda teria minhas noivas. É tudo o que eu sempre quis. Estou tão feliz.

– Que ótima notícia. – Ele a abraçou. – Estou tão orgulhoso de você, Claire. Você merece.

– Obrigada – agradeceu Claire. – Mas é melhor eu descer e voltar para o estande. Não é justo deixar Iona sozinha.

– Estou tão feliz que Pia Verdi veio vê-la – disse ele.

Claire franziu o cenho ao absorver as palavras dele.

– Espere aí. Está me dizendo que você a conhece?

– Hum, não exatamente.

Claire semicerrou os olhos para ele.

– Sean?

Ele suspirou.

– Apenas mexi uns pauzinhos enquanto você estava providenciando as coisas, só isso.

Claire ficou gelada.

– Você mexeu uns pauzinhos?

– Eu só disse a ela que suas coleções eram brilhantes e que ela precisava ver.

A bile subiu à garganta de Claire enquanto ela percebia o que tinha realmente acontecido. O que ela achou que era seu triunfo se transformou em nada.

– Você falou com Pia Verdi – repetiu ela. – Você disse a ela para ver minha coleção.

– Claire, foi apenas uma informação, só isso. Você teria feito o mesmo por mim.

– Não. – Ela meneou a cabeça. – Não, eu não teria achado que precisaria interferir. Porque *sei* que você pode fazer as coisas sozinho. Eu *sei* que você terá sucesso sem ter alguém para empurrá-lo e apoiá-lo. E você... – Ela suspirou. – Você tem de estar no controle. O tempo todo. Não era isso que eu queria.

– Claire, eu…

– Não – interrompeu-o. – Não. Acho que você acabou de esclarecer algo para mim. Algo importante. Não posso fazer isso, Sean. Não posso estar com alguém que não me consulta e que sempre faz as coisas de acordo com a agenda... *Sua* agenda. – Ela meneou a cabeça. – Sinto muito, sei que você teve boa intenção, mas… Não é o que eu quero. – Ela inspirou fundo. Não havia como voltar atrás. – Está acabado.

– Claire…

Ela recuou um passo, evitando a mão que ele havia estendido.

– Não. Adeus, Sean.

Claire se afastou com a cabeça erguida. E o tempo todo ficou pensando como foi que o dia se transformou de algo tão maravilhoso em algo tão terrível? Como tudo poderia ter dado tão errado?

Estava acabado... E eles eram muito diferentes para terem um relacionamento longo. Aquele verão tinha sido apenas um caso. Um dia ela seria capaz de olhar para trás e se lembrar dos momentos bons, mas tudo o que conseguia pensar era na amargura da decepção e como desejou que ele fosse o homem que ela pensava.

Estúpido, estúpido, estúpido.

Sean se odiou pela forma como a luz dos olhos de Claire tinha desaparecido. Porque era sua culpa. Ele pensou que estivesse fazendo um bem... Conversou com Pia Verdi e outros com as melhores intenções... Mas percebeu que fizera a coisa errada.

Ele havia perdido algo tão precioso. Sabia que era tudo culpa sua e não sabia se algum dia poderia consertar aquilo.

Ele definitivamente não poderia fazer nada naquele dia; sabia que precisava dar um tempo para ela se acalmar. Mas no dia seguinte ele iria telefonar. Desculpar-se… e esperar que ela o perdoasse e lhe desse uma segunda chance.

CAPÍTULO 13

DEVERIA TER sido uma noite de comemoração.

Sem querer azarar as coisas, Claire não tinha reservado uma mesa em um restaurante, embora planejasse levar a família, Sean, Ashleigh e Luke para jantar, a fim de agradecê-los por todo o apoio que haviam lhe dado.

Mas a comida teria gosto de cinzas; e ela não queria que sua tristeza afetasse outra pessoa. Então, apenas sorriu para a família e a melhor amiga, fingindo que seu coração estava inteiro.

– Estou bem. Apenas preciso ir embora. Tenho de levar a van de volta para a locadora.

Por fim, ela os persuadiu a parar de se preocupar e partiu com a van sozinha. Mas, no momento em que deixou os vestidos na loja, devolveu a van e pegou o metrô de volta para o flat, ela se sentiu esgotada e vazia.

Claire se deitou na cama, muito triste para dormir e desejando que as coisas tivessem sido diferentes.

Ela tinha sido injusta com Sean?

Ou era o medo de que ele pudesse ser muito protetor no futuro e isso iria fazer com que ambos fossem infelizes juntos?

CLAIRE AINDA não tinha respondido essas perguntas quando se levantou às 6h do dia seguinte. Era muito cedo para um domingo, mas não havia sentido em ficar acordada na cama. Uma vez que aquela era sua segunda noite maldormida, Claire precisou de três xícaras de café com açúcar extra antes de ter energia para tomar um banho e lavar o cabelo.

O trabalho parecia ser a resposta. Se ela se concentrasse em desenhar outro vestido, não teria tempo de pensar no que tinha acontecido com Sean. E talvez sua mente pudesse revelar algumas respostas.

Ela esperava.

Claire estava desenhando em sua sala de estar quando a campainha soou.

Estranho. Não estava esperando ninguém.

E quem iria apertar a campainha antes das 8h em um domingo?

Claire desceu as escadas e piscou, surpresa, quando abriu a porta.

Sean estava parado do lado de fora... De jeans e camiseta branca em vez do terno usual... E com um enorme buquê de flores nas mãos.

– Sean?

– Posso entrar?

– Eu... – Ah, Deus, o que ela iria dizer agora?

– Vou dizer o que preciso da entrada, se for preciso – disse ele. – Mas prefiro conversar com você em particular.

– Entre – disse ela.

– Primeiro, eu quero dizer que sinto muito. E as flores são apenas para... – Ele se interrompeu, olhou para as flores e depois para Claire. – Acho que exagerei um pouco, não é?

– Elas são lindas... mas não sei se possuo vasos suficientes.

– Eu apenas queria dizer que sinto muito. E achei que precisava fazer um gesto grande, porque palavras não bastam. E sei que você ama flores. E... – A voz dele falhou.

– Vamos colocar essas flores lindas na água antes que comecem a murchar. – Ela rumou para a cozinha, encontrou um recipiente e começou a enchê-lo com água. – Elas são adoráveis. Obrigada.

Ele havia feito um grande esforço por ela.

O pedido de desculpas era sincero. Mas ela ainda precisava ouvir as palavras.

Quando terminaram de colocar as flores na água, Claire indagou:

– Você quer um café?

– Não, obrigado. Apenas preciso falar com você. – Sean inspirou fundo. – Claire, eu honestamente não quis magoá-la. Apenas quis ajudá-la. Mas percebo que lidei com a situação de forma errada. Interferi em vez de apoiá-la propriamente e perguntar o que você queria que eu fizesse. Eu a fiz se sentir incapaz, como se não conseguisse fazer nada sozinha... Mas, Claire, eu *acredito* em você. Sabia que seus vestidos iriam fazer qualquer loja de moda se sentar e tomar nota. Mas o desfile foi tão atribulado que eu não quis correr o risco de eles não terem tempo de ver sua coleção e você não teria sua chance. Foi por isso que fui conversar com Pia Verdi.

A expressão do rosto dele estava séria e sincera. Ela sabia que ele estava sendo sincero. E também sabia que devia um pedido de desculpas. *Ambos* estiveram errados.

– Eu exagerei um pouco – confessou ela. – Trabalhei sem parar por semanas e, depois de tudo ter dado errado na primeira vez... Bem, acho que você me pegou no momento errado. Agora que tive tempo de pensar a respeito, sei que seu coração está no lugar certo. Você teve boas intenções. Mas ontem senti como se você estivesse agindo de forma superprotetora e asfixiante, como meu pai, porque você não acha que eu posso fazer as coisas sozinha. Você acha que preciso ser cuidada o tempo todo.

– Claire, não sou seu pai. Sei que você pode fazer as coisas sozinha – comentou ele. – E, apenas para que saiba, não acho que você precisa ser cuidada. Na verdade, eu acho que isso iria enlouquecê-la.

– Sem dúvida. – Claire inspirou fundo. – Quero um relacionamento com alguém que vai me apoiar de volta.

– É o que eu quero também – falou Sean.

A esperança inundou seu coração.

– Antes de ontem... Antes de as coisas darem errado... Foi o que pensei que tivéssemos – confessou ela.

– Nós tínhamos – disse ele. – Nós *temos*.

Claire mordiscou o lábio inferior.

– E o magoei da mesma forma que você me magoou. Eu estava furiosa. Fui injusta e ingrata e o afastei de mim. Sinto muito. E, se eu tentar pensar primeiro antes de agir no futuro, você acha que podemos começar de novo?

– Então, quem dizia seguir o coração está agora tentando seguir uma agenda? – disse Sean. – Nem pensar. Porque quero uma companheira que pense fora da caixa e me impeça de ser controlador.

– Você não é controlador... Bem, não o tempo *todo* – acrescentou ela.

– Obrigado. Eu acho. – Ele a encarou. – Não posso prometer perfeição e não posso prometer que nunca mais iremos brigar, Claire.

– Não seria normal se nunca mais brigássemos – observou ela.

– Verdade. Acho que apenas precisamos aprender a nos comprometer. – Ele abriu os braços. – Então. Você e eu. O que acha?

Claire se permitiu envolver no abraço dele.

– Sim.

– Ótimo. – Ele a beijou demoradamente. – E vamos conversar mais no futuro. Prometo que não vou bancar o sabichão.

– E prometo não ser superteimosa.

Ele riu.

– Talvez devêssemos apenas dizer que vamos *tentar*.

– É um bom plano.

Sean arqueou uma das sobrancelhas.

– Você vai admitir que planejar as coisas fora dos negócios também é bom?

Ela deu risada.

– Isso seria um não. Na maior parte do tempo. Você vai admitir que ser espontâneo significa ter mais diversão?

Ele exibiu um largo sorriso.

– Não se eu estiver com fome e tiver pegado chuva.

– Compromisso – disse ela. – Isso funciona para mim.

– Para mim também. – Sean a beijou. – E vamos fazer isso dar certo. Juntos.

EPÍLOGO

Dois meses depois

CLAIRE ESTAVA trabalhando nos desenhos da primeira coleção para Pia Verdi quando o telefone emitiu um som de alerta.

Ela fitou a tela. Sean. Provavelmente dizendo que iria chegar em casa tarde aquela noite, ela pensou com um sorriso. Embora não tivessem ido morar juntos oficialmente, eles caíram em uma rotina de passar as noites dos dias de semana no flat dela e as dos finais de semana no dele.

V&A. Espero você em trinta minutos.

Ele estava brincando?

Três baldeações de metrô! Leva trinta minutos além da caminhada até a estação, respondeu ela.

E é claro que ele sabia. O Victoria and Albert Museum era seu lugar preferido em Londres. Ela o levou lá diversas vezes e sempre se demorava diante de seus vestidos favoritos feitos pela Chanel. Ela nunca, jamais se cansava de olhar para aquele vestido.

Então, quarenta minutos.

Meio minuto depois, houve outra mensagem de texto.

Pode demorar cinquenta e coloque seu vestido azul. Aquele com margaridas.

Por quê?

Conto quando você chegar.

Ela exibiu um largo sorriso. Sean claramente estava de bom humor, então seria divertido. Mas por que queria encontrá-la no museu? E por que aquele vestido em particular?

Claire ainda não tinha ideia quando chegou a Kensington. Mandou uma mensagem de texto para ele da entrada do museu:

Onde você está?

Bem ao lado da sua vitrine preferida.

Bem fácil, ela pensou, e foi encontrá-lo.

Ele estava ao lado da vitrine, vestido com um belíssimo terno preto e uma camisa branca, mas não estava de gravata.

– Está bem. Estou aqui. – Ela gesticulou para sua roupa. – Vestido azul. Margaridas. Como pedido, sr. Farrell.

– Você está linda – disse ele.

– Obrigada. Mas ainda estou tentando descobrir por que você queria me encontrar aqui.

– Porque estou prestes a acrescentar mais coisas à sua carga de trabalho.

Ela franziu o cenho.

– Não entendo.

Ele apoiou um dos joelhos no chão.

– Claire Stewart, eu amo você de todo o meu coração. Quer se casar comigo?

Aquela era a última coisa que ela esperava em uma tarde de quinta-feira em seu museu favorito.

– Sean.

– Estive pensando sobre isso durante o último mês. Onde mais eu poderia pedir uma estilista em casamento, a não ser em seu lugar preferido em Londres? E próximo de sua vitrine favorita?

Claire entendeu por que ele tinha pedido para que ela usasse seu vestido preferido: para tornar isso tão especial para ele quanto para ela. E porque mencionou acrescentar mais coisas a sua carga de trabalho... Porque ela teria um vestido de casamento muito especial para fazer. O seu.

Claire sorriu.

– Sean Farrell, também amo você de todo o meu coração. E estou empolgada para me casar com você.

Sean se colocou em pé, ergueu-a no colo e beijou-a intensamente. Depois, colocou-a de volta no chão e apanhou algo do bolso da calça.

– Precisamos formalizar isso.

Ela piscou.

– Você comprou um anel para mim?

– Sem consultá-la? Sem chance. Este é temporário. Apenas segui o coração – declarou ele, e deslizou algo no dedo anelar dela.

Quando olhou a aliança improvisada, ela começou a rir. Ele tinha feito um anel com uma embalagem nova de bala.

– Vamos escolher a aliança apropriada juntos – disse ele. – Assim como vamos fazer com todas as decisões importantes.

– Um companheiro que irá me apoiar e que eu irei apoiar – disse ela, e o beijou. – Perfeito.